冥合天人

陈众议 著

人民文学出版社

图书在版编目（CIP）数据

冥合天人 / 陈众议著. —北京：人民文学出版社，2023
ISBN 978-7-02-018161-2

Ⅰ.①冥… Ⅱ.①陈… Ⅲ.①长篇小说—中国—当代
Ⅳ.①I247.5

中国国家版本馆 CIP 数据核字（2023）第 137878 号

责任编辑　樊晓哲　薛子俊
责任校对　杨益民
责任印制　张　娜

出版发行　人民文学出版社
社　　址　北京市朝内大街 166 号
邮政编码　100705

印　　刷　北京盛通印刷股份有限公司
经　　销　全国新华书店等

字　　数　220 千字
开　　本　880 毫米×1230 毫米　1/32
印　　张　11.5　插页 1
版　　次　2023 年 8 月北京第 1 版
印　　次　2023 年 8 月第 1 次印刷

书　　号　978-7-02-018161-2
定　　价　69.00 元

如有印装质量问题，请与本社图书销售中心调换。电话：010-65233595

凡是过往,皆为序章。

——莎士比亚

假作真时真亦假,无为有处有还无。

——曹雪芹

楔 子

"少时快乐很简单,老来简单很快乐。"这是爱新觉罗氏落魄子孙留下的一副对联,与之呼应的是"睡前原谅一切,醒来犹如重生"。倘使没有翠花,我的人生大抵应该如此。

"青青方巾,悠悠我心。"曾几何时,翠花戴着她唯一的蓝色头巾,一路吟诵着,颇有那么一点欢欣,那么一点自得。她满以为这是她的华章,就像她亲手创建的铁姑娘队一样,直到有一天石头那个愣头青给了她当头一棒:一本没头没尾、品相褴褛的《诗经》,而且直接指着《郑风·子衿》对她说:"你厉害啊!居然改编《诗经》名句,真是烂熟于心啊,还活学活用呢!"

她显得有点沮丧:"噢,原来这话人家早就说过了!"

我安慰她说:"前人说过了也没有关系嘛,哪句话没人说过呢?何况你说的不是子衿,而是方巾。"

石头趁势调侃:"是啊,反正你在某人心里早就'巧笑倩兮,美目盼兮'了。"

翠花是铁姑娘队队长，满怀革命豪情。她曾独自远赴大寨取经，那经历虽比不得玄奘西行，但至少也有几分后来我等负笈四海的雄心壮志。

一

天在，风去；风在，云去；云在，雨去；雨在，听它的人去了。

石头当时对我说，翠花不辞而别，离开了清风镇。我的第一反应是她又去大寨了。石头摇了摇头说：

非也。你还记得《幽明录》里的庞阿吗？翠花就是那个石氏女，见了庞阿不禁神魂颠倒、欲罢不能，结果芳灵出窍，缠着庞阿不放……哈哈，或者就像传说中的田螺姑娘或画中神女，说不定就在你身边哦。

我急忙叫他打住。这样的比附太不合时宜。人家翠花一个立志将革命进行到底的铁姑娘，怎会如此不堪地沉沦于斯？我估计她一定是去了大寨或者北京。可石头以为大不然。他言之凿凿："你走了之后，她叫那个六神无主！"

小芳在一旁帮腔，说翠花的日记可以证明一切。石头这下被打了鸡血似的，兀自亢奋起来。他摇头晃脑，念念有词："对，对，对！有元稹'曾经沧海难为水，除却巫山不是云'两句……还有缠绵悱恻的霍小玉……"

如此等等，都是翠花出走后一干知青的演绎。其中的缱绻是他们荷尔蒙勃发的产物。想象一旦插上翅膀便一发而不可收。我虽然迟迟没有见到翠花的日记，但估计石头他们多半也是胡诌的，就像他拾人牙慧捡来的一堆乱七八糟的黄段子和煞有介事的鬼故事。然而，段子是一时的精神自慰，迷信却是一生的神经迷醉。

当然，我也能推导出翠花的失落和沮丧，毕竟我俩是对子。她也确曾手把手地教我插秧、种地，还有意无意地用那些遥远的山歌撞击我的耳膜。我投桃报李，也曾时不时地给她讲个鬼故事，尽管我压根儿不信鬼神。

话说很久以前，在遥远的纽约有个出租车司机。一天，他看见路边有一对貌似情侣的年轻人在向他招手，于是就停了下来。年轻人上了车，司机问道："你们去哪里？"年轻人回答说："我们？我只有一个人啊！"司机以为年轻人玩幽默，也顺势幽了一默："那您去哪里？姑娘就跟我走吧！"年轻人回说："莫名其妙！我去第五大道……"汽车快速行进，眼看就到第五大道附近了，司机忽然发现沉默的年轻人确实是一个人。他大惑不解："您同伴呢？怎么不见了？"年轻人心想，"真是莫名其妙！我明明是一个人，何曾有过什么同伴？"年轻人正这么想着，司机已然汗毛森竖，他不停地通过后视镜窥探着后排座：

明明看到有个笑颜如花的女孩一起上了车，怎么就不见了呢？那个年轻人于是给司机讲了个故事：

那是两年前发生的一次灾变。为了利用小长假进行登山训练，年轻的登山爱好者带着女友去科罗拉多爬山。为安全起见，年轻人让女友待在帐篷里等他回来。结果当天有雷阵雨，霎时间风云大变。男友久久没有返回，女孩等啊等啊，又怕又冷。这时，远远走来一个跟跟跄跄、血迹斑斑的英俊少年，他十四五岁，手里提着那个年轻人的一顶登山帽，问女孩是不是年轻人的朋友。女孩瞪大了双眼，忙不迭点头称是。少年一脸愁云惨雾，他告诉女孩说："你的男友和其他人都在大雨中不慎坠崖身亡了，你赶快跟我走吧！"于是，女孩凄厉地痛哭着，准备跟随那个少年弃帐而去。就在她三步一回头的过程中，男友和一群落汤鸡似的登山者追来了。这时，天色几近昏暗，少年架着女孩边跑边说："他们已经变成僵尸了，咱们赶快跑，否则不被他们生吞活剥了才怪呢！"那女孩纵然有一千、一万个不舍，也只好将信将疑地跟着他越跑越远，背后传来她男友羸弱的叫喊声："这个男孩已经死了，是我们把他从山崖下救上来的，你千万别跟他走啊……"随后，来自纽约的年轻人向当地警方报了案。根据警方的勘察，当时那一带并没有下雨，因此认为年轻人大概率是受伤后产生了幻觉。年轻人拗不过警察，只好独自忧伤地回到了纽约。

你们觉得司机会相信那个年轻人还是自己的眼睛？

别猜了！司机既不相信年轻人，也不相信自己的眼睛。他在想，"万一那个女孩根本没有上车，而年轻男子无非是她送来的一个魅影呢？"

翠花自诩无神论者，而且革命意志坚定，总是刨根问底："究竟是那个年轻男子的脑筋出了问题，还是司机看走了眼？"我于是就逗她："你怎么不问问那个女孩到哪里去了？"她毫不犹豫地说："那还用问？肯定是被不良少年给拐走了！"

我趁机吓唬她："如果那个少年把那个女孩变成了鬼呢？或者还有那个年轻男子……"虽说朝鲜战争过去不久，越南战争仍在继续，但那时候美国本土却遥远得像外星世界，什么子虚乌有都可以被编为唬人的故事。我则因为不信，所以不怕；因为不怕，故而虚构；因为虚构，也就难免似是而非，谓游戏固可，说讥嘲更好，反正结果是横扫一切牛鬼蛇神。

翠花不苟且："你瞎说！世界上没有鬼。"

"万一美国有呢？他们不是鬼子吗？"就这么调侃着，我们忽然到了该分手却没有机会说分手的时候。

二

　　琴在，音去；音在，曲去；曲在，谱去；谱在，奏它的情去了。

　　记得那是一次不知不觉的胃出血，我不得不离开清风镇，到城里治病，怎知这一走几乎就是永诀。而我谱写的那支《山村晚来曲》一直在层峦叠嶂中回荡。

　　石头想我了，就用我给他的钥匙打开门锁，然后将一切占为己有，包括那支竹笛。翠花气不过，警告他不许随便动我的东西，但石头哪里会听。翠花急了，就用锥子撬开那把锈迹斑斑、聊做安慰的铁将军，闯入我的房间，还悄悄取走了我的口琴。

　　不久，她也离开了清风镇，却并没有进城找我。我猜她跟随红卫兵一路向北，先到北京，然后转道去了大寨。后来听说，她途遇一个算命先生，从此改变了人生。算命先生是一位耄耋老人，他戴着墨镜，在沙丁鱼罐头般密不透风的车厢里艰难地摇晃着。

　　人头攒动、摩肩接踵，人们在火车上寸步难行。夜晚，车厢里灯光暗淡，老人依然戴着墨镜，翠花这才知道他是个盲人。她好心地挤到他旁边，问他是否需要帮忙。那老人感激地点了点头说："我想上厕所……"

　　翠花使出了铁姑娘的浑身解数，她蛙泳般将双手插进人群，然后左右开弓，硬是替老人辟出一条道来，差点儿丢掉自己身后的大背包不说,还几次与人发生口角。这且不赘,就说她用尽吃奶的劲儿带着老人往前挤,身后的人群迅速拉链儿似的合上了。好不容易挤到车厢顶端的厕所,发现里面竟也是人满为患,于是她恳请里面的人让老人进去方便一下。人们极不情愿地蠕动了几下,翠花不顾他们的麻木不仁硬是把老人给推了进去。

老人用额头顶着车皮,勉强方便后,翠花再用吃奶的劲儿靠双肩和臀部从散发着浓烈尿臭味的厕所挤退了出来。翠花无奈地对他说:"我们挤不回车厢去了,不如就待在这里吧!"

老人觉得很过意不去。因为这里臭气熏天,简直如坠粪坑。但正所谓既来之则安之,人在无如之下,只能学夫子,用"远人不服而不能来也"之类的话自我安慰。翠花不明就里,老人便把这层意思传递给了翠花,说道:"真人皆能屈能伸,而且成熟的果子都低垂,智慧的人儿才低调。"

翠花大叹"茅塞顿开",感慨说:"听君一席话,胜读十年书!"

老人于是滔滔不绝,一边赞美翠花善良,一边夸奖她长得漂亮。翠花虚荣心得到了满足,竟然一时没想起来问他如何得知自己长啥模样。她从绣着"为人民服务"的挎包里掏出干粮来给老人吃。老人倒也不客气。他断言翠花今后必成人器,而且挡不住财运滚滚。

翠花只当老人受她点滴之惠,随口说说而已,岂料他动真格要收她为徒,并包她今后要风得风、要雨得雨。

按下这边不表,且说翠花出走后,石头被病中的罗老师一次次唤去审讯,恨不得插上翅膀飞回城里探个究竟。他嘴里不说,心里却大概率怀疑翠花跟我私奔了,于是用蟹爬似的糗字给我写信。所憾那时节信走得太慢,慢得像失眠者的时轮,待我收到信再不胜其烦地重申、发誓,转回去已经是两三个星期之后的事了。

三

屋在,人去;人在,影去;影在,神去;神在,懂它的心去了。

时间会改变一切。多年来,石头就像是我的影子,住在隔壁,合灶吃饭,还恨不得尿到一个壶里。那种形影不离的日子也只是少年时期才有。我们曾经拿红薯和土豆胡乱填饱肚子,然后一起赤足在那些山峦和峡谷中留下脚印。未几,山腰竹林里便满是"某某到此一游"、"某某在此一梦"之类的涂鸦。那是用小刀刻画的真实和想象。

海碗口粗的毛竹挺拔青翠,几近无限地向空中伸展。地上铺着厚厚的一层竹叶,仿佛天然地毯;地毯下会冷不丁钻出一条蛇或几朵竹荪来。我们累了、困了,总会躲进竹林去待上一会儿。清凉的竹叶味儿令人陶醉。如果翠花和她的铁姑娘们也一起钻了进来,就会有故事在遮天蔽日的林子里发生。当然,还没到男欢女爱的时候,故事也是想象的产物，却可用来吓唬女孩，是令她们一惊一乍的好玩意儿。

很久很久以前，一群年轻人聚在林中憩息，就像我们现在这样。忽然，有个女孩发现人群里多了一个陌生的姑娘。那姑娘娉娉袅袅，楚楚动人，见对面的男孩正痴痴呆呆地盯着自己望，便越发转睛流精，气若幽兰。旁边的女孩譬如翠花，正欲开口对周遭人等点破奇迹，那若仙的女子却突然愁眉紧锁，倏忽七窍流血，反衬着洁白如雪的肌肤，并旋即化作一丝云烟，缥缥缈缈地升了上去，但地上又明明留下了血迹。翠花和那个对面的男孩顿时哑口无言，她怔怔地注视着身边的姑娘就这么瞬间化于无形了，一时说不出话来。少顷，她问旁边的小芳。小芳会意地使劲儿点头，说："看见了，又看不见了。""啥呀？"其他人面面相觑，不知她们究竟看见或者看不见了什么。

翠花嗔怪起来："叫你别拿我乱弹琴，你就是不听，气死我了！"

好吧，那就不拿你比附。话说那仙子似的姑娘化作一缕青烟钻出了幽暗的密林。可林子里的女孩开始失魂落魄。她们疯也似的站起身来朝林子外面跑去，跑得比受惊的小鹿还快。这时，男孩子们也按捺不住了，一个个抱头鼠窜。后来他们就噩梦缠身，不能自已了。再后来……

"别再后来了，这是石头胡诌的一个故事。"我善意地宽慰着铁姑娘们，"山有山鬼，河有河妖，狐仙狸精，皆万物有灵论的遗毒，不能当真。谁当真，谁倒霉！"可石头不以为然，他坚称信则有，不信则无。我当即阻止他，因为余光已经告诉我无论女孩男孩都已经掉了一地的鸡皮疙瘩。为了让大家继续安静地休息一会儿，我不得不戳穿石头的把戏："石头这是拿日本古人的吓死鬼唬你们呢！据说这些吓死鬼最是可怕。她们一个个面无人色，惨白如雪，只有七窍滴流着血。当然，为迷惑一般人等，她们会预先化妆一番，将抹去的血迹当作口红和胭脂涂在嘴唇与面颊上，趁着夜色朦胧，出来勾引不良男女。男人上钩后立即被活活分而食之；女人看到她们的真面目后必然被吓个半死，有的甚至直接投河、一死了之。这也是缘何日本男人宁可选择切腹自尽，也不愿被生吞活剥；而日本女子绝望时多愿水死，以便留个全尸。至于后面……就不说了。"

大家自然晓得后面的话是忌讳，因为前些年我们的女知青小奕就是投河溺亡的。

四

　　树在，月去；月在，影去；影在，人去；人在，恋他的她去了。

　　再说翠花被老人的天花乱坠搞得两眼乱坠天花。老人说她是南方女孩。"废话！一听她口音就知道了。"老人又说她从南方来，先到北京，再去大寨。"又是废话！那火车就是从北京到昔阳的，最终都会去大寨。"老人还说她要去大寨，而且准备干一番事业。"这也是废话！她不远千里奔赴大寨，自然是响当当的铁姑娘。"

　　总之，老人好说歹说，总算让翠花有些心动了。她满是怜悯和不忍、好奇和犹疑参半的复杂心理。为了自我安慰，她心想这么一个老人家，千里迢迢挤火车从北京去大寨，而且什么也看不见，不是一颗红心向阳开又是什么？但静下心来，让她大惑不解的是他何以看出她长得好看。为了不揭人之短，她自然没好意思要求老人解开这个疑窦。

　　火车噗嗤噗嗤、咯噔咯噔缓慢而颇有些吃力地向前行进，还不时地鸣笛示意前方铁路上的人畜。记得我小时候就曾和石头、木棒一起到铁轨上等火车。想将铁丝或者带着"四旧"的铜板轧成刀片，火车轮子是最好的帮手。当然，扳道夫会阻止我们靠近铁道，于是我们必须跑得远远的，直到天荒地老。这是木棒的夸张说法。"呸，就知道夸张!"石头会不屑地朝他侔啐一口。于是,你一句,我一句,两个人唇枪舌剑、互不相让。

翠花爱屋及乌,对石头也不免高看一眼。因此,无论他讲荤笑话还是鬼故事,翠花很少打断他,除非他有意拿她做比附。那天竹林里的故事着实把姑娘们吓得够呛,据说当天晚上就有做噩梦的。翠花曾偷偷告诉我,说她梦见了那个惨白如雪的女子。

"好可怕哦,尽管我不相信鬼!你千万别告诉石头啊,不然他一准笑话我。"

那还用说,我自然会守口如瓶,再加上封漆。这是我对翠花的起码尊重。理智使然,我是宁可想入非非也不会早恋的一类人,何况当时确实还小,更何况弃旧图新、晚婚晚育政策已经深入人心。可翠花不一样,她早就发育得蓬蓬勃勃,稍与触碰就会瓜熟蒂落。当然,这是我后来长大了得出的结论。而她之所以要主动告诉我她的害怕,或许也是一种告白,可惜我太晚熟了。再说即使有那个心,也没那个胆呀!

果不其然,据后来石头回忆,当晚翠花就吓得不敢睡觉了。她悄悄跑到隔壁表妹小芳家,跟她凑合了一夜。是夜,两个铁姑娘从小说到大,从东说到西。最后,一个说到了我,另一个说到了石头。

至于石头的添油加醋我只能姑妄听之。用木棒的话说,他巧舌如簧,颜之厚矣。我倒不这么看。虽说他能言善辩,甚至有点巧言令色,但大抵不会胡说八道、无中生有，充其量加点油、添点醋罢了。对此，我很有把握，毕竟是从小撒尿和泥过家家一起长大的，不知道的是再后来日本恐怖剧《午夜凶铃》被引进了，人们边看边骂小鬼子变态，害得无数少男少女、大叔大妈不敢独自睡觉，更不敢半夜看电视，以至于一些"三陪"故事不胫而走。石头说小芳看了该剧就没关灯睡过觉，更不敢在卧室里看电视，而且最终跟他闹离婚，也多半是因为他坐牢了，害怕的时候指不上他。

五

路在，亭去；亭在，人去；人在，情去；情在，想它的魂去了。

翠花在火车上站着打瞌睡，反正前后左右挤得水泄不通。老人跟她面对面，无论经意不经意都会碰到了她的身体。开始翠花还尝试过躲闪，但后来不得不放弃了。火车到保定时，人们纷纷下车放风，老人说自己行动不便，就不下车了，却塞给翠花十元钱，叫她随便买点吃的。翠花虽说自己也带了十几元钱，但都是些零钞碎票，她还是第一次看到簇新的十元大团结。她本能地迟疑了一下，随后嗯一声下车了。八九分钟后，她趁众人尚在站台上抽烟聊天，捧着一大包点心自个儿匆匆跑回了车厢。这时，老人已经静静地坐在硬座上哼小曲了。翠花惊讶地看着他，并在心里问："您会唱我家乡的小曲？"老人似乎对她的疑问有所察觉，笑着说："我年轻那会儿是唱戏的，南腔北调都会点儿。后来眼睛坏了，只好跟着一个算命先生学卦象。学着学着，还没来得及施展本领，遑论骗钱害人，我就被打成反革命了。"翠花叫他别说了，这车上全是串联的红卫兵。

老人苦笑着缄口不语了。这时人潮涌回来了，车厢顿时又成了沙丁鱼罐头。这还是老人之前形容的，翠花并不知道沙丁鱼罐头是啥玩意儿。

咯噔咯噔，第二天火车终于进了昔阳站。翠花问老人准备怎么去大寨。老人回说他不去大寨。这本已使翠花感到了十分的懵懂，没想到接下来还有更让她晕头的：原来老人坐车旅行只是为了找到她！这怎么可能？

"怎么不可能？我全国各地到处转悠，目的只有一个：找到你！"

以翠花的脑瓜，她无论如何都不能相信老人的这番辞令。怎么可能？她与他素不相识，何以为凭？

"找到你便是最好的凭证！"

翠花心想，"我还有很多事要做，能跟您这么一个老人有什么瓜葛？我一路帮您是出于善良的本性和革命的人道主义，况且您也出钱买了点心。"

"我知道你在想什么。我找的正是你的这份善良。现如今革命的人太多，善良的人太少。别的我就不敢多说了。"

翠花觉得老人有些言过其实。"如今全国人民的革命热情空前高涨，旗帜血一样红，江山心一般真，善良是最最起码的呀，您怎么会那样说呢？"

"奇怪吧？你去我家看一眼就明白了。"

翠花觉得更加不可思议了，"难不成您家就在昔阳？"

"是的。准确地说，昔阳只是我的一个家。我在你老家城里也有一个家，回头我把地址告诉你。"

眼看人潮汹涌，散兵游勇一时挤不上去大寨的专车。翠花估摸着先到老人家看看也无妨。

"那你就跟我走吧，十分钟就到了。"

那年月，"别跟陌生人说话"之类的训诫尚未流行，而且夜不闭户是常态，反正没啥可偷的。翠花边走边想，老人拽着她的衣角高一脚低一脚地走着。很快到了一个老旧的大杂院，院子中间还有个亭子。人们和蔼地与老人打招呼，还用怪异的目光打量着翠花。老人似乎对此有所觉察，就含糊其词地说翠花是他的外孙女，从南方过来。

翠花有点魂不守舍。她预感很快有大事要发生，后悔自己没能坚守初衷，譬如离开老人直接奔赴大寨。

六

风在，雾去；雾在，月去；月在，日去；日在，迎它的神去了。

老人带翠花进了宅院最后一进，那里有两间瓦房，外屋有炕，里屋也有炕，两屋中间隔着一扇门。厨房在外屋，厕所在两屋顶头的对角上。厕所虽小，但有门有窗，排泄物可以顺利地流向院子后面的一条暗河，河沟上面有一个小山坡。

翠花被请到了里屋。那里除了一个大炕，也有一口大壁橱。老人这才告诉翠花，整个大宅院是先师留给他的，解放后分给了若干工人阶级和贫下中农，但他们都不是坏人。

"既然都不是坏人，您何苦找我来着？"翠花这么想去，老人就摘下了眼镜。"原来您看得见?！"翠花差点儿喊出声来。好在老人早已顺手合上了房门，并赶紧叫她别嚷嚷。翠花恍若醍醐灌顶，尽管这顿悟多少也带着些许无如的沮丧。

"你过来，帮我一起把这口壁橱挪开。在这之前，我先告诉你一个秘密：我患了绝症，活不过今年了。我必须把师傅留下的家业传给一个值得信任的娃，而你就是我千方百计寻找的这个人。以后你住里屋，帮我守着这份家业。"

"慢着！您怎么知道一定会找到我呢？如果我不来大寨，如果我上了另一节车厢，如果……"

"没有如果，这是天意，是机缘！"

"我不迷信！"

"这不是迷信，是坚持。四五年了，我找你找得好苦！"

"可四五年前我还是个不谙世事的小娃娃，连县城都没有去过……"

"以后你会懂的。先不说这些,看看壁橱后面有什么吧!"

他看上去既兴奋又憔悴,可能是年龄的缘故,也可能是因为舟车劳顿。翠花又兀自对他平添了一分同情。她帮他推开了壁橱,里面露出一个塞满旧棉絮的小洞窟。老人扒开棉絮,掀开一口铁箱,一摞金灿灿的东西就此显现。

"这些都是金砖,现在没啥用处,但几年以后会大有用场。你的任务是帮我看好这些财产,等有朝一日它们可以派上用场时再拿出去换钱。"

说罢,老人显得更加疲倦了。倒是翠花成了丈二和尚,以她自诩的唯物主义脑瓜儿,怎么也想不清楚这一切究竟是因为什么。毛主席早就说过,世上没有无缘无故的恨,也没有无缘无故的爱;可老人却实实地将一堆金砖摆在了她的面前。且不说老人有何要求,仅就她一个二十出头、涉世不深的女娃,怎么承受得起这等重托,何况这堆金砖多少沾染着"封资修",对她而言还有来路不明这个实际问题。她该如何自处?她要这么多财产做什么?无产阶级、贫下中农是不贪财的,万一事情败露她又该如何解释?眼看秋末冬初天气骤凉,如果老人活不过今年,那么她又该如何料理后事?这些都是她难以想象的难题。反过来说,素昧平生的老人也很重要,他的托付,他的真诚和善良毋庸置疑,也不容她有任何犹豫与退却。等他百年之后把一切交给国家呢?这显然违背了老人的嘱托和一片好意，但又是她作为铁姑娘唯一的正确选择。一切归国家所有，就连我们每个人都是党和国家的。她这么想着，天气越来越冷，老人越来越老。

没过多久，老人真的病倒了。阴雨伴着雪子儿淅淅沥沥地飘洒着，翠花要替老人请医生，却被老人断然谢绝了。

"傻丫头，省点力气吧，我自己就是最好的郎中。你给我熬锅粥就行了……我这最后一口气就是留着找你的，让你给我送终……"

这让翠花想起了我。我也曾信誓旦旦，要在山村扎根，一辈子不离不弃，到了却背弃了她和一堆誓言，留在城里再也没有回去。她大概率把我的誓言当作山盟海誓了，并将我白皙的肌肤和青春的姿态经美容加工后印入了脑海。从心理学的角度看，记忆有筛选功能。

第一章

　　因为从小的习得，我会不经意冒出一两句"反动言论"，譬如王阳明的"知之真切笃实处即是行，行之明觉精察处即是知"，或者瞿秋白的狱中自述：如果人有灵魂，何必要这个躯壳！如果没有的话，这个躯壳又有何用？大意如此。想当初因人废言极其普遍，但翠花并不知道典出，自然会照单全收。石头经常窃笑，说她鹦鹉学舌。她气不过，骂他骄傲自大、不学无术。石头免不了据理反击："你知道他说的都是谁的话吗？不是封建卫道士口实，就是'左'倾机会主义言论。"

　　"谁说的？"

　　"我刚刚说的。"

　　"你说了不算！"

　　他们你来我往，图口舌之快。那时候天总是蓝的，草木是由衷的绿。春夏季节会突然打雷下雨，雨点像温暖的冰雪，晶莹剔透，落地即碎，入地即化。我们在屋檐下或山洞里躲雨，并指指点点，遥望着山中倾泻的水流和翻滚的云雾，还有雨后那横空出世的七色彩虹……到处散发着青苔味儿和泥土的芳香。

这时，总有知青会信口开河，借稗官野史、灵异志怪聊以自慰。

一

古人相信人死了会变成鬼，而且鬼分善鬼和恶鬼。恶鬼也称厉鬼，专吓唬人，甚至取人性命。话说有一种厉鬼是被断肠草毒死的。断肠草，藤科、草科皆有，南方最多，且种类繁杂，其中之一就很像金银花。因此，误食断肠草的人数不胜数。为了逃避断肠之痛和慢慢窒息而亡，有人就会选择上吊自尽，这样的人死后又被称作水莽鬼，因为水莽是断肠草的别名。

且说从前有个秀才，赶考路上就遇到了水莽鬼。那是一对母女，母亲雍容华贵，风韵犹存；女儿婀娜多姿，秀色可餐。秀才当即被她们迷住了。

"哈哈，这家伙老少通吃啊！"有人逗趣说。

别打岔！正在要紧关头，天色黯淡下来。母女俩邀请秀才进屋歇一晚再行路不迟，否则难免黑灯瞎火走错了道。秀才明知授受不亲，但经不住诱惑，而且盛情难却，便半推半就依了那母女俩。当晚，秀才洗漱既毕，准备上床歇息，心里却放不下那对母女。正在踌躇，外面有人敲门，秀才顿时心如鹿撞。"相公，我娘叫我给您送一杯茶喝，免得晚上口渴。"

门外响起了少女金铃般清脆的声音。秀才迫不及待打开房门，但见少女身穿丝缎睡袍，一手端茶，一手提着灯笼。幽幽的火苗映衬出她无与伦比的明艳。秀才顿时目瞪口呆，一时说不出话来。少女咪笑出声来，神不知鬼不觉地从秀才腋下一溜烟似的闪进了房间，放下茶盏，又闪身出了门。临行回眸一笑，让秀才终于明白了什么叫顾盼神飞、见之忘俗。

"其实秀才就是个大俗人！"又有人打趣。

别打岔！那秀才俗也不俗，他捧着茶盏仔细端详，直到茶凉鸡鸣愣是没呷一口。他天不亮就轻轻打开一道门缝，悄悄倾听门外动静，却发现门外悄无声息。他这时觉得有些口渴，反身喝了少女留下的茶水，然后蹑手蹑脚出了房门，打算到屋外走走看看。这时，原先的宅院不见了，他环顾四周，眼前唯有一座破庙和一堆荒冢。

愣怔、彷徨、悚然之际，秀才顿觉腹痛难耐。他就地滚作一团，霎时间天旋地转。除了要命的腹痛和呼吸困难，只听得远处传来那母女俩的窃窃哂笑。

秀才一命呜呼，母女俩总算可以超生了。原来，那母女本是一体，水莽鬼时而扮作母亲，时而化作少女。毒死秀才后，她很快附体于邻近的一个女孩。几天后，那女孩无疾而终，又说她是误食断肠草而死。她一路追随秀才而来。要说那秀才也算是个孝子，因惦念年迈母亲无依无靠，硬是飘飘忽忽回到了老家。但正所谓时光交错，阴阳两隔，母亲一方面见儿子赶考回来，喜出望外，忙不迭地说，"儿啊，是否高中不要紧，回来就是好光景"，仿佛戏里唱的；另一方面，老人家虽说上了年纪，但眼不花耳不聋，脑子也还清楚。她看到儿子带了个亭亭玉立的绝色女子，却似乎又并不搭理人，就知道其中必有蹊跷。她一面招呼儿子坐下，一面转身牵来一只小羊。她用断肠草喂羊，说等小羊羔断气了再杀了去烹。说时迟，那时快，女鬼撒腿就跑，消失得无影无踪。秀才儿子也蜷缩在角落里瑟瑟发抖。老母亲赶忙叫他别怕，"你即使是鬼，为娘也不嫌弃……"

故事越说越邪乎。我不得不及时打断，以保持政治正确。我说这都是他们拿《聊斋志异》瞎编的。至于断肠草，《唐本草》中记载："人或误食其叶者，皆致死，而羊食其苗大肥。"翠花接住话头说："羊大为美。"

二

翠花是个机灵鬼。回说当天夜里,她卸下橱门在里屋炕上支了一张板床,然后打开背包,直接穿上我留在知青点的军大衣睡囫囵觉。老人送来的被褥她压根儿没敢触碰。

老人走后,翠花叫来邻居大叔大妈,俨然恢复了铁姑娘的作风。

后事处理完毕,她静下心来思考生活,并第一次感到了孤独。于是,她开始收拾老人留下的遗物,在老人的被褥下发现了一堆阴阳八卦和五行六术。有一副对联竟如此写道:

东八字西六爻大显神通
南风水北测卦各有千秋

另一副又曰:

前花木后山峦富贵绵绵
东有水南向阳财源滚滚

她不禁打个寒战,硬着头皮翻阅了炕头上用棉布层层包裹权作枕垫的一沓旧书。它们都是些发了黄的笔记本和

《三命通会》、《穷通宝鉴》、《八宅明镜》，等等。只消看看这一干旧书的目录或者随便翻上两页，她便会心地觉得封建迷信果然可怕。但反过来一想，又觉得人们之所以相信这些劳什子，也许是因为它们多少应了知青们说的心理学道道。

时间一天天过去，翠花越来越离不开这个宅院了。她不断回想起我离开村庄的那些日子，好像一切都改变了，简直恍若隔世。知青们不再把自己当知青，对子们也不再视自己为对子。男男女女都变得怪怪的，说是闹着玩吧，干吗偷偷摸摸、鬼鬼祟祟？说是谈恋爱吧，却又何以哭哭啼啼、吵吵闹闹？真是的，一个个要死要活、愁眉苦脸的，一点儿诗情画意都没有！她想象着我俩在一起的感觉，还有她挎包里一直装着的小口琴……想着想着天就亮了，老人倒是留下了不少大团结和全国粮票，够她体面地过上一年半载。那么以后呢？她横竖都得自食其力，贪吃懒做也不是她的秉性啊！她的词典里没有歪风邪气，只有凛然正气和革命豪情。

那天，她早早地起来扫雪，一直从门口扫到宅院外面的街道。街道上也有不少人在扫雪，有拿扫帚有拿铲的，人们互相嘘寒问暖，顺便把造反派头天夜里贴在大院门口半耷拉着的大字报给清理了。翠花这才得知，原来老人叫胡壮，革命派管他叫胡装。有个姓陈的邻居大叔主动搭讪道："你外公老胡是个好人，就是入错了行。你别说，他还真有两下子，算命测八字那叫一个准！"老陈话音未落，姓孙的大叔就接过了话茬："老爷子那叫生错了年代。现在什么年代？'文化大革命'！"他们自称解放前就认识老爷子，说他是昔阳有名的算命先生、风水大师，虽然眼睛看不见，但心跟明镜似的。

翠花心想，"谁说他眼睛看不见？他那是装的。"因为觉得世上只有她知道这个秘密，她不免沾沾自喜。为了守住老人的财产，并在恰当的时机捐献给国家，她决定暂时住在昔阳。街道和居委会出于好意，决定给她安排一个工作。居委会主任黄大妈说了："年轻轻的，哪能没有工作？"当然，验明正身是必须的，以免让阶级敌人钻了空子。

翠花带着生产队和公社革委会的介绍信。信中赫然写着"铁姑娘队队长"的光荣称号。单凭这一点，黄大妈便不能对她等闲视之。于是，为了留住这个难得的人才，黄大妈决定先让她在居委会当临时工，每月工资十五元。

所谓"麻雀虽小，五脏俱全"，那居委会相当于公社革委会，辖区内事无巨细，什么都管。小孩从出生领证到上学读书，再到分配工作或者上山下乡，乃至婚丧嫁娶，都得通过居委会这一关。要是谁家孩子应征入伍，那可是全体居民的荣光。想当初军队是青少年梦寐以求的好去处，除了要求身体好、成分好，还得运气好。身体条件好说，有客观标准。成分也很重要，尽管有些变数，譬如除了地富反坏右这"黑五类"，还有"走资派"、"海外关系"，等等。地指地主，富指富农，反指反革命，坏指坏分子，右指右派。"走资派"是指那些走资本主义道路的当权派，顾名思义，一般都曾在某级领导机构任职。他们被红卫兵拉下马来，扣上一顶"走资派"的帽子，再踏上一万只脚，令其永世不得翻身。"海外关系"就比较复杂了，父系母系但凡有哪个叔伯舅舅或者七大姑八大姨的旅居海外，可就不好说了。被打个问号算是轻的，因为莫名其妙的"海外关系"变成人人喊打的特务叛徒也是常事，活该你倒霉。说到这儿，何为运气也就好理解了：除去个人表现，祖宗八代和六亲九族的政治身份决定了运气好坏。

三

翠花在居委会打杂，跟着黄主任每天从东到西、从南到北，旮旮旯旯走一遭，然后有事没事记上一笔。实在找不出事由来，拿天气说说也好：今天下雨，东风路下水道有点堵塞，得叫"黑五类"去疏通一下。今天有风，"批林批孔"的巨幅标语被吹走了，必须马上重写，还要防止旗杆被刮倒。今天在反修路上发现了几坨狗屎，得勒令某某"黑五类"或"走资派"去打扫干净……听说黄主任表面上正气凛然，背地里却有点不三不四。于是，有人不怀好意，给她起绰号，管她叫"黄属鸡"，因为她过去曾经是街道办书记，是有名的花瓶，绯闻不少。

自打翠花进了居委会，大杂院里的大妈大婶待她更加亲热了；而这边翠花也不含糊，不出一个月，已经在脑海里画出了辖区的人事地图。某某是无产阶级，某某是"走资派"，某某有"海外关系"，某某属于"黑五类"之或地或富或反或坏或右，那叫个门儿清。要说这儿化音是她从北京公交车上学来的，无意中给自己镀了金。只有去过北京的人才知道，首都的司机师傅和售票员同志一个个含着儿字说话，说起话来黏米团儿似的在芝麻粒儿上打滚儿。

一晃到了仲夏夜，翠花下班回到大杂院，大妈大婶们大抵已经吃过晚饭在天井的亭子里乘凉了。她们七嘴八舌，叽叽喳喳，家长里短、海阔天空地闲聊着。翠花会凑过去打招呼。这时，吴大婶总会提到黄主任，好像有仇似的；或者没话找话，趁机吓唬吓唬翠花。譬如她说："啧啧，我说翠花，你住在你外公家怕不怕呀？"

翠花哂笑着摇摇头："有啥好怕的？"

孙大妈顺水推舟："是啊，干吗要怕？难不成你自己做噩梦了？"

吴大婶不甘示弱："我才不做噩梦嘞！怕只怕有人天一黑就不敢往后边走呢！"

"谁不敢往后边走了？"

"你，你不敢！"

"我走给你看看！"

"走啊，你倒是走啊！翠花别跟着她！"

……

翠花觉得很可笑,"都什么时代了,还这么迷信、胆小!"然而,不说不要紧,一说还真让她有些害怕了。她强打精神、壮着胆子独自穿过小天井,进了黑黢黢的里屋。后山坡传来猫头鹰的怪叫,或者还有什么不知名的动物发出的声音。翠花立即打开两间屋子的电灯,关好门窗。她下意识地站在两屋之间的隔门处左右各扫了一眼。两间屋子除了两个炕、两口壁橱、一间小厕所和一个大灶台,几乎是徒有四壁。

这时她想起了我们的鬼故事。

话说从前有个风水先生,他替一户"凶宅"施法破解。方法很简单:他屈指算来,口中念念有词,说是事出蹊跷必有妖,遂叫那家人找来一条流浪狗,取一小盅狗血洒在宅院大门的门楣上,说妖魔鬼怪最怕狗血。那家人感恩戴德,送了他一小根金条作为酬谢。风水先生洋洋得意地回家了。当时天色已晚,他发现家门虚掩着,这本已使他十分惊诧,因为他临行时明明是锁了门的。现在倒好,不仅铁锁不见了,门还开着一条缝。他站在门口侧耳倾听屋内动静,只闻得一声微弱而凄厉的猫叫。所谓猫阴狗阳,他下意识地开始作法,拿咒语驱妖。这时,从里面走来一位婀娜多姿、飘飘若仙的黑衣姑娘,风水先生心想这不是白天那家人描述的女鬼吗?他吓得瑟瑟发抖,然后定定神,将食指咬破,又指着黑衣女子施起法来。岂料那女子窃窃笑着，毫不畏惧。风水先生立马跪在地上，双手托着金条，恳求女子饶他一命。只见那女子柔声细语地对他说："相公啊，你我前世夫妻，难道你孟婆汤喝得太多连我都认不得了？"

风水先生这下抖得更厉害了。他牙齿咯咯磕个不停，嘴唇和舌头都在哆嗦，词不达意地嗫嚅起来。那女子推开门请他进去，同时悄声对他说："你肯定不相信，但我知道你穿的裤衩是蓝色的，背心是灰色的，上面都有一朵小兰花，那是你睡着的时候我替你绣上去的……你最近是不是经常做梦，梦见有人在你脚底挠痒痒，那就是我呀！"

风水先生这才恍然大悟。原来，民国时期这个宅院确是一间停尸房，紧挨着一家大医院。抗战期间医院被日本鬼子炸毁了，解放前后人们陆续在废墟上建起了民居。因为没人敢住停尸房，它理所当然地归风水先生所有了。当时他还年轻，中气十足，自信满满。他汲取师傅讳疾忌医、谨小慎微的教训，亲自尝试对房子进行辟邪驱魔处理，其中一项便是拿狗血做涂料，和上清漆，将所有门窗都涂刷一遍。后来，借着移风易俗，他倒是活得逍遥，而且街坊邻里一向安好。唯一的缺憾是不能大张旗鼓地替人算命测字看风水了，好不容易有人找上门来请他重操旧业，却仿佛南柯一梦。

翠花记得我当时说过，"玩火自焚，谎话说多了难免遇到'鬼'。当然这个'鬼'字是要加引号的，所谓'世上本无事，庸人自扰之'，他那是自作孽不可活，终于把自己吓傻了。"

可不是吗？翠花心想，李清照所说的"生当作人杰，死亦为鬼雄。至今思项羽，不肯过江东"也是比喻。不过她一个当代铁姑娘，至少不能逊色于古人，必须成就一番事业来才能回去见江东父老。而老人已经为她留下了丰厚的本钱，只要哪天找到合适的机会把遗产上交给国家，总比那些光天化日之下挖夫子墓、将古人挫骨扬灰要来得勇敢和正义。说不定她的名字还能上"两报一刊"呢！

她这么想着，也就不再害怕了。

四

当天晚上，她写了一篇日记。

我想你啊！此时此刻你可想我？我知道你在哪里，你却猜不出我身处何方。我思念那些手把手教你插秧的日子，思念拉着你柔润的手丈量山区的夜路。如今我只能踽踽独行，望着星星怀想曾经的可能。我们为什么不能像别人那样轰轰烈烈地爱一次？我无数遍责问自己：是我不够勇敢，还是你欲盖弥彰、欲擒故纵？不过我总算有了给你写信的勇气。这个勇气拜已故老人所赐,他让我无缘无故地拥有了勇敢的本钱。我知道你不相信无缘无故的爱,也不相信因缘命定。但是,你还记得我们为了彼此抚摸对方数指肚上的螺纹吗?

一螺富,

二螺穷,

三螺磨豆腐,

四螺受人雇,

五螺六螺开商铺,

七螺磨刀枪,

八螺杀爹娘,

九螺骑白马,

十螺走天下。

我是一螺,你是十螺。我的确富了,而你还没有走出你的家乡。如果有朝一日你想走遍天下,我可以助你实现宏愿呀!也许我是自作多情,你走了这些个日子都还没有给我写过一封信呢。难道这第一步非得由我一个女孩子家家先迈出来吗?何况,何况我已经给过你很多机会了呀……

其实,这样的日记我已经写了无数篇,但要让它们成为情书,却是千难万难。

我本来大概率不会读到这样的文字。但诡异的是翠花化蝶之前出现了一个有趣的插曲。1976年末,随着国家政治形势的剧变，翠花的意志有些动摇了。当周遭年轻人开始夜以继日地复习备考，当1977年春天的芳香开始随着雨水弥合龟裂的土地，她慢慢嗅出了未来的新鲜空气。她决定将老人的遗产悉数捐给国家。她要站在时代的潮头为国家的发展尽一己之力。但捐出三十五块金砖不是小事。她反复思量，一是要坐实她同老人的亲缘关系，二是要有可靠的人证帮她完成这项宏伟的事业。于是，她拨通清风镇中学给父亲打电话，结果被告知老人家已经过世，而她的表妹小芳也已经与石头喜结连理。她托刚刚继任中学校长的何老师给小芳捎话，叫她尽快给昔阳县城关镇东方红居委会回电。

当天傍晚，翠花就接到了小芳从清风镇中学打来的电话。在电话里简单寒暄了几句后，翠花就直奔主题，请小芳赶紧买火车票跑一趟昔阳。若非石头再三劝说，小芳哪敢独自穿越好几个省去见她翠花表姐？打死她，她也不敢！打死你，她也不敢！可她最听石头的话，何况她们表姐妹两三年没见面了。既然翠花春雷似的有了音讯，她没有理由拒绝邀请，何况表姐正殷殷切切地盼望着她这个表妹去一同完成一件不知什么惊天动地的大事。

石头首先想到的是社办企业之类的实在事由，尽管他当时正硬着头皮和我们一起备考。为了说服妻子独自去找翠花，石头擅自替老婆买了车票和干粮。当然，他万万没有想到的是翠花居然出门被宝藏给绊住了。

五

再说翠花这边早已将铁箱子搬到了炕上。金砖原是三十六块,她悄悄留了一块,算是对老人的念想,也是对自己大公无私的补偿和犒劳。她先将三十五块金砖一块块码在褥子上,然后再把它们装进擦拭一新的铁箱子里,以便万一有人进来可以顺手盖上被子予以遮掩。她翻来覆去检视着这些金灿灿、沉甸甸的东西,忽然意识到"封资修"也不尽是无用的。譬如这些金块,它们完全可以为社会主义建设服务,至少可以将天安门城楼装点得更加金碧辉煌。反正不能将这些金砖弃若敝屣、藏之深山,翠花一边替小芳准备被褥,一边这么想着。

两天后,小芳如约而至,翠花在火车站翘起脚尖等着,心里泛起了许多美好的涟漪。小芳依然扎"一把刷";脸蛋也还是红扑扑的,像熟透的桃子,轻轻捏一把便可以挤出水来。两个人手拉着手在站台上原地打了几个转儿,好像非如此不能表达久别重逢的喜悦。

一路上,小芳连珠炮似的问了一大堆问题。翠花三下五除二,回答得干净利落,她心里惦记着清风镇的过去,尤其是我这个一去不回头的浪子。可小芳太实在,她只想知道表姐过得怎么样,有没有结婚,想不想回家。待小芳被让进屋里,翠花就迫不及待地关上门,插上闩,然后打开里屋炕上的铁箱子。

除了家乡秦老地主手指上的那枚戒指，小芳从来没见过金子。"文革"期间，镇里的造反派为了将秦老地主嵌在左手无名指上的戒子摘下来，硬是剁了他一根指头。而后那戒指就不翼而飞了，有人说它被造反派头头、后来的公社革委会主任李卫东给私吞了。

面对这一箱子金砖，小芳一时不知说什么才好。翠花装作若无其事的样子，一字一顿地对她说："我们一起把这些金子捐给国家。"

"啊？这么多？！你不留点儿？"

"不留了！"

"哪儿来的？怎么会有这么多金子？"

"是这家老人留给我的……"

……

第二天早上，翠花就和小芳一起将铁箱子抬上预先准备好的三轮车，然后径直奔向县委所在地。她们将铁箱子放在县委大院门口，引来了许多领导和好奇的群众。翠花当着众人打开铁箱的那一刻，时间便嗖地停止了。人们张大嘴巴，怔怔地望着这堆闪耀着金光的物件，简直傻了。

"同志们，这是我外公留下的不义之财，它应该上缴国库。"

巴掌大的县城，消息很快传到了黄主任的耳朵里。她先是老大不高兴，自己辖区发生的事情怎么能绕开她直接找县领导呢？这还了得？！但令她没有想到的是县委书记已经请来了信用社、文物局、公安局和人武部负责人，这会儿正在礼堂现场办公呢。县委书记是个老革命,"文革"期间被打倒,如今又官复原职,正致力于拨乱反正。忽然天上掉下这么一大堆金砖,岂不大快人心?!即使上级收走大部分,留下一两块也够他纠正冤假错案所用了。

"这些金砖应该有上百斤吧?"

"照现在每克两百元的金价,至少值一两千万呢!"

"这么多钱?"

"可不,黄金啊!"

……

"黄主任大口大口呼哧呼哧地狗喘着粗气,两眼冒着火星。"这是翠花的原话,她忽然觉得既可笑又可气。但见黄大主任一路小跑,好不容易挤进了县委礼堂,听到的却是人们的啧啧赞叹和一连串天文数字。

文物局长老董皱着眉头仔细掂量着那些金砖,还不时地用放大镜左看右瞧。少顷,他走到县委书记跟前,悄声对他说:"好像不是纯金。"

"何以见得?"

"您看这上面印着一些符号和编码。☰,☷,☵,☲,☳,☶,☴,☱,也就是乾、坤、坎、离、震、艮、巽、兑……八八六十四卦。"

"照你这么说应该有六十四块金砖?"

"那倒不一定。我得回去查查……"

这边县委书记表扬翠花姐妹大公无私按下不说,董局长回到办公室动员全体工作人员翻箱倒柜寻找答案,结果在一部有关《易经》的卦象书里找到了一点蛛丝马迹。那本黄得不能再黄、破得不能再破的旧书里写到了八八六十四卦的组合方式，也提到了如下关于数字的阴阳五行：

零属阴土，包容万物；
一属阳水，事事顺遂；
二属阴火，欣欣向荣；
三属阳木，可上可下；
四属阴金，只上不下；
五属阳土，财权丰厚；
六属阴水，海纳百川；
七属阳火，声名远播；
八属阴木，财运滚滚；
九属阳金，至高至尊。

这些对于如何界定金砖依然是毫无用处。

六

信用社苏社长带着一干人等在公安局、人武部的监督下用度量衡估算金砖的价值。按下这些不表，且说翠花带着小芳离开县委，兴高采烈地一路走去。黄主任气喘吁吁地跟在她们身后，她心里有一百个疑问，却一时成了哑巴。翠花知道她想知道什么，就停下脚步，主动迎上前去对她说：

"主任，这是今天一早我跟表妹打扫卫生时不经意发现的，可把我们给吓坏了！"

"哦，原来是这样……这个胡老头！你外公把金子藏在哪里呢？"

"想想都害怕，他居然把金子藏在壁橱后面的窟窿里，阴森森的……"

"你们快带我去看看！"

黄主任几乎以命令的口吻边说边走在了前面。于是，三人步履匆匆地回到老宅。黄主任不请自进，发现壁橱后果然有一个黑黢黢的洞窟。她问翠花有没有手电筒，翠花摇摇头。于是，黄主任亲自到灶台取来火柴。她一根接着一根擦亮火柴，还不时地用柴火棒东戳戳西戳戳，眼珠子都鼓出来了，直至汗流浃背，才喘着大气一屁股坐到炕上。

翠花端给主任一碗凉白开，黄主任一边喝水，一边用探照灯般的目光扫射着旮旮旯旯。末了，她还翻起褥子看了看，然后又猫着老腰在炕灶肚里擦了一根火柴。翠花笑眯眯地望着她，然后佯装无辜地检讨说：

"都是我太没经验，应该先告诉主任您的……"

"都过去了，以后注意便是。再说了，不全怪你，我也有责任，平素对你教导不够。虽说胡……是你外公，但起码的阶级立场还是应该有的。没想到他居然藏得这么深！"

"可不!"

"你仔细检查其他地方了吗?"

"都查过了。这不,外屋的壁橱也挪开了……"

"那好吧,先这样,有什么情况随时报告!"

老太太沮丧地走了。翠花和小芳忍俊不禁。她们对黄主任的心思有了大致的猜度,即使没有十分准星,至少也是个八九不离十。

"瞧她那个急呵呵的贪婪样儿!"

翠花边说边咯咯地笑着,这笑声让小芳想起了过去。每当我和石头等一干知青在那里逗乐,翠花都会咯咯地笑个不停。那笑声既清脆,又富有磁性,可以在山坳里转几个圈。用石头的话说是"绕梁三日有余音焉"。如今大家天各一方,我和石头、木棒几个天天躲在图书馆或中学教室里准备高考,连做梦都是满嘴的之乎者也和勾股定理、化学元素、物质原理。

是夜,她们躺在同一个炕上,回想着过去的点点滴滴。它们是那么遥远,却又分明近在咫尺。此时此刻,翠花心想:"比起那海枯石烂的山盟海誓,我更喜欢内心的这份缱绻和思念。它像雨雪过后的一抹彩虹,或者孤独迷惘之际忽然收获的一阵喜悦,随着时光流转,心像月一样阴晴圆缺,有绚烂,也有哀愁……"

"你在想他吧?"

翠花的思绪被小芳突然打断。她显然意犹未尽,霎时间有一种敞开心扉、分享隐私的冲动,于是拿出日记本给小芳看。小芳出于好奇，急切地翻阅着表姐的日记。表姐是她闺蜜般的发小和亲戚，如今因为石头的关系，她们自然更加亲近了。

"我早就知道你们的关系……大家都说你们是最般配的一对，郎才女貌，真的！"

"可惜造化弄人，我们现在天各一方，早成陌路了……"

"怎么会？回去重新开始嘛！"

"不行了，人家转眼就是大学生了，我拿什么跟人家过？"

"喜欢就行啊！"

"没那么简单！"

然后是沉默。

第二章

翠花捐出金砖的新闻早传开了。人们纷纷投来艳羡、好奇，还多少有些妒忌和猜疑的复杂目光。没过几天，县委书记亲自给东方红居委会打来电话，说要找翠花同志。电话是黄主任接的，听说是县委书记找翠花，就忙不迭地把翠花叫去听电话，自己也踮着脚，站在旁边竖起耳朵，那耳郭都快贴到听筒了。县委书记先是夸奖一番，说她这是为人民服务，还援引林则徐的名言说：

子孙若如我，留钱做什么，贤而多财，则损其志；

子孙不如我，留钱做什么，愚而多财，益增其过。

末了，他请翠花尽快去一趟县委礼堂。翠花心想："我还没结婚呢，哪来的子孙？"不过她对县委书记兀自增添一份好感，觉得他很有文化，并让她忍不住想起了什么人。

她知道黄主任一字不落地听得真切，但依然很有礼貌地向后者请了假。黄主任边说"去吧去吧"，边利索地穿上了外衣，明摆着要一同前去凑热闹呢。万一县委书记颁个奖、给一大笔奖金啥的，她不在场咋行？翠花对此心知肚明，心想有黄主任作陪，她也省得回家叫小芳了。就这样，她们急匆匆朝县委奔去。路上不断有人和她们打招呼。黄主任威风地朝他们摆摆手。翠花一如既往地笑容可掬，尽管内心不乏名与利的矛盾和纠结。捐金使她成了名人，不捐又当如何？好在事情很快有了结果。

原来，所谓的金砖其实是镀金铅砖。曾几何时，风水先生在对新人或死者进行阴阳八字测算后拿它们做婚丧嫁娶、红白喜事的彩头。但鉴于这些镀金铅砖铸造于同治年间，多少有点文物价值，关键是翠花在浑然不知的情况下慨然捐出了这些金砖。这是什么精神？这是共产主义精神。因此，县委会同文物局和信用社经过慎重商议，决定颁给翠花一面锦旗和两千元奖金，以资鼓励。

翠花多少有些沮丧，虽算不得受骗上当，但终究还是铅砖一堆。黄主任二话没说，直接代表居委会替翠花领了锦旗和两千元奖金。多亏县委书记特别强调，锦旗可以挂在居委会，但奖金一定要给翠花本人。这说明什么？说明那个一切利益归集体的时代已经过去，翠花有了最初的本钱。甭说70年代末两千元是一笔不小的数目，即使是在80年代初，万元户也屈指可数。

翠花足够机灵,她知道黄主任眼馋得很,决定分给她五百元作为酬谢。毕竟这两年黄主任有恩于她,尽管她也没少替主任鞍前马后地跑腿。可是令翠花没有想到的是黄主任居然谢绝了这五百元酬金。

"你还年轻,以后用钱的地方很多。好好拿它做本金吧!"

就凭这一句,翠花觉得没白跟了黄主任这些时日,最重要的是自己从没在她背后跟别人乱嚼舌头。宅院里的孙大妈、吴大婶,天天都在议论黄主任,说她这个作风不好,那个事情有问题,恨不得立马取而代之,可一旦见面却热乎得很,比亲姐妹还亲姐妹。

一

翠花没有心情掺和这些婆婆妈妈,她认为当务之急是怎么用好这笔奖金。她想做生意,也想合资建街道企业或社办企业。后者随着商品经济的步伐风生水起,如火如荼。为慎重起见,她开始翻阅老人留下的笔记本,并在他八卦似的图谱中找到了故乡老城的一个地址。她想那一定就是老人所说的另一处房产。

令翠花犹疑的是:时过境迁,如今古城重新变回了地级市,那房子还在吗?即使还在,她还能继承吗?

时光倏忽,翠花一犹豫,两年过去了。小芳倒是帮忙出了个主意。她说石头两次高考没考上,现在已经开始做

"二道贩子"了，路子野得很，找他准没错。可翠花不情愿，她要独立自主，不能轻易求人，更不能和故旧人等有瓜葛。小芳眨巴着眼睛不明就里。翠花安慰她说："你是例外。我俩不分彼此。以后我有钱了，一定亏待不了你！"

也许她想争一口气：你考上大学有什么了不起？见过薄情寡义的，可没见过你这样的！这是后来翠花通过小芳和石头传递给我的一种感觉，原话如何我无法揣度。我理解她的心情。她漂亮、聪慧，而且善解人意。问题是我选择了一条孤独之路：学问嘛，用钱锺书的话说乃是荒江野老屋中两三素心之人商量培养之事。而她翠花与时俱进，几乎一夜之间从铁姑娘华丽转身，成了炙手可热的新富婆。

我可能有些迂腐，一方面相信取之有道、用之得法，另一方面又觉得钱的异化作用是无与伦比的。莎士比亚就曾把钱比作娼妇，说它可以颠倒黑白、混淆是非，变卑贱为尊贵，视丑陋为美丽，变老人为少年，让懦夫成勇士……用我们古人的话说是"有钱能使鬼推磨"。当然，人们包括翠花大可以认为"百无一用是书生"，而且属于吃不到葡萄说葡萄酸的一类。

我也曾尝试过给翠花写信：

丫头，听说你发达了。恭喜啊！……

或者：

翠花，你一向可好？抱歉这么久才给你写信……

又或者：

翠花同志：你好！时光倏忽，杂事倥偬，一晃这些年过去了……

总是没话找话，自己都觉得无聊。就这样，时间一年年过去，彼此也就越来越疏远，仿佛射向不同方向的两颗子弹，彼此的距离只会越来越远，这信也就越来越无从下笔了，尽管我对她始终存有一份特殊的感情。这感情带着纯洁的友谊和诚挚的谢意，至于有没有爱情，我确实说不好。可能是因为当时太年轻，也可能是因为情愫没到火候。少年的冲动（用弗洛伊德的话说是"力比多"）被理智或懵懂的革命意志压抑了。后来负笈海外，自尊和洋人复杂的目光又扼杀了我等黄皮肤穷学生许多可能的浪漫。好不容易回国工作，自己又成了超龄大男，必须立刻找人结婚生娃，否则连分房的资格都没有。再好不容易论资排辈熬足年头，政策又变了，单位不分房了。于是，靠微薄工资攒的那点钱总是跟不上房价飞涨。有个同事说过，房价五位数的时候，他缺四位大数；房价六位数的时候，他缺五位大数，总之生活中相对差距不变，绝对差距却越来越大。

二

就在我出国的那年,翠花找到了老人的几张房契,并实实在在地有了第一桶金。当然过程并不一帆风顺。

虽说靠着居委会和派出所之间的关系,翠花较为顺利地办好了昔阳县城的房产公证,但其他地方的官司却一言难尽,其中的故事就有点像稗官野史、道听途说了。

据说老人在北京也有一处房产,而且是一座四合院。是年北京"鹤翔桩"、"红茶菌"、"过夜尿"风行一时。翠花揣着房契,像只没头苍蝇,从这个居委会到那个房管处,整整跑了两个月。倒是跑出了一点眉目。其中既有拆迁补偿的新闻,也有封建迷信沉渣泛起的旧说,最神的一个桥段是四合院闹鬼。

话说这四合院坐落在王府井,其时已经变成了大杂院。里面住着十多户人家,天井和走廊都搭建了各种厨房和只能放下盆盆罐罐的小厕所。其实院子里原是有一间厕所的,而且男女分开,各走半边。这在过去很是少见。但奇怪的是厕所被弃用了。翠花几次到四合院观望,也听到了"千万别进厕所"之类的警示。可有一天她实在憋不住,就擅自推开了挂满蜘蛛网的女厕所,结果看见黑黢黢的马桶上似乎有人,而且比常人身量魁伟,活像巨兽。翠花当即缩腿拉上门离开了。

有人看见翠花的莽撞,就提醒说:"这厕所不能进!"翠花惊魂未定,反问道:"为什么?"于是鬼故事来了。

且说过去有个新搬来的主妇起夜上厕所。她一手提着裤子,一手举着蜡烛。然而,当她嘎吱一声推开厕所的其中一扇门时,忽然凄厉地大叫一声,并随即倒在地上。当闻声赶来的家人和邻居发现时,她瞪着猫眼般的瞳孔,哆嗦着说了个鬼字,就一命呜呼了。更令人难以置信的是她手上抓着一把一米来长的头发。这头发当然不是她自己的,因为她留的是齐肩短发。

恐怖迅速传开,以至于再没人敢住这个院子。解放后,人民政府破除迷信,不仅迁来了十来户人家,而且再没传出什么灵异故事,尽管厕所被闲置了。因为长久不用,管道早已堵塞,而且一直臭气熏天。即使把马桶底部用水泥封住,也依然冒着腐朽味儿。近年来,随着一些稀奇古怪的功法成为时尚,鬼故事竟也幽幽地飘拂起来。

翠花不信鬼神,她愣是从城乡接合部请来了几个农民工,趁着阳光明媚,直接将厕所铲除了,唯一没动的是外墙。她自行设计,并对原址稍加拓展,浇筑了十公分厚的水泥地,还加入了横七竖八若干钢筋。邻居们知道她是这院子的主人,都看西洋景似的见证了一间宽六米、深五米的小屋拔地而起。屋子分两间,但门只有一扇,外间没开天窗，因为倚墙有一栋两层小楼。里间开了天窗，外墙保留了一扇窗户，正对着胡同口，但换了窗框和双层玻璃，玻璃中间加了钢丝网。翠花自然还挂了遮光窗帘。这样一来，大门一关，这房子就成了胡同的一部分。为了保持相对的独立性，翠花经常反锁大门，自个儿拿凳子爬窗进出。

厕所原来就是这个结构。唯一不同的是分割房间的墙体本来只有两米来高。墙头中间有一根有些歪斜的柱子。据说曾经有人将裤带系在柱子上吊死了。翠花在拆除厕所的过程中进过仔细察看和分析，认为所谓的鬼魅或巨人只是柱子的影子，通过射进天窗的月光折映出影影绰绰的形象。

有好心人建议翠花去找个气功大师或风水先生祛祛晦气。翠花心想，我"外公"就是法师，他的财产不可能闹鬼。再说这世上哪里有鬼？！

关键时刻她想起了我的正经话："幻出心生。鬼神是人类蒙昧时代的产物，因惧而孩。"但石头又说了："宁可信其有，不可信其无。"

三

基于当时的情形，翠花有了主意：找海灯法师。理由有些天真，因为以海灯法师的声望，她根本难以接近。叵翠花是谁呀？她是敢作敢为的铁姑娘。况且昔阳的街道衬衫厂已经开始盈利，她有了施展的资本。最初的两千元奖金使她妥妥地变成了万元户。这当然是小芳有一搭没一搭的言说，再经过石头的勾描和夸张慢慢地成就了神话。其中的一个段子是翠花在嵩山和江油之间徘徊。虽说当时的名人还没有现如今那么遥不可及，但被誉为"得达摩正宗，怀惊人绝技"的海灯法师那会儿实在是忙。

就在她四处寻觅的过程中，一个自称关飞阳的少年撞进了她的世界。在翠花看来，那少年一表人才，并使她多少想起了过去的人儿。他看了无数遍《少林寺》电影后一门心思想出家到嵩山当武僧。可他万万没有想到的是这并不容易：不仅手续繁杂，而且最要命的是必须获得家长的同意和公社书记的签字画押。这可如何是好？他这个辍学的浪子怎么有脸去找家长？即或硬着头皮去求父亲和继母，他们也不会同意啊。那时节考上大学才是天之骄子，余下皆属下品。

为了学艺，关飞阳只能偷偷潜入嵩山，饱一顿饥一顿地偷学少林功夫。翠花在嵩山遇见他时，已是深秋时节。小关衣着单薄，瘦骨嶙峋，那天他蜷缩在少林寺墙根下晒太阳，并时不时地起身耍几拳。翠花走上前去与他搭讪。他见翠花一个女流之辈，一副爱搭不理的样子。翠花窃笑着，递给他一个面包。小关开始放松警惕，问翠花来少林寺干吗。翠花直言不讳，说是来找海灯法师。

"这个人我听说过，二指禅，他已经离开少林了。"

"那你知道他去哪里了吗？我昨天问过这里的师父，

他们说不认识这个人。我也去别的地方打听过,好像没人知道他的踪影。"

"得道高僧都这样,喜欢云游四方。等以后我练成少林功夫,也要云游四方、行侠仗义。"

"看不出来,你小小年纪,还挺有抱负!这样吧,这是我的名片,你学成后就来找我。"

小关虽然是第一次接受名片,却听说过名片明骗的传言。然而,对方毕竟是一名年轻貌美的姑娘。他估摸着姑娘无非二十出头,却已经是某衬衫厂副总经理,顿时有些自惭形秽。作为回报,他给翠花出了个主意:"看在你一片虔心的分上,我告诉你一个秘密。虽说少林寺名声在外,但扩建需要资金,你与其这么满世界找人,倒不如给他们捐笔钱来得直接。也许他们能帮到你。"

"你这小家伙倒是机灵,莫不是想借船过河?"

"非也!我可不是徐福之辈,为了一己私利蛊惑秦始皇劳资靡费……"

"不错嘛,看样子还读过一些书!"

"那当然,出来混肚里没一点墨水,身上没一点功夫,咋整?"

"看来你是东北银儿……"

"俺东北铁岭圪垯的。我劝你别信啥法师,有钱有功夫那才是真本事!"

"小小年纪有见识!说说看,如果我聘你做助理,要多少月薪。"

小关迟疑片刻，欲擒故纵地说："俺还得学功夫呢，等过些时日再说吧！关键是知不道你会不会像刘邦和朱元璋，过河拆桥……"

"怎么会？你想多了！刘邦远了些，都是传说。就说朱元璋杀相师吧，那是为了提振士气、攻克滁州的孤注一掷。虽然那相师说朱元璋可比自己多活一天，朱元璋还是果敢地将那相师拖出去斩了。结果两天后朱元璋好好的，于是士气大振……瞧，俺也不是胸无点墨吧？凡事靠智谋判断，而不是偏听偏信，更不能听凭神魔诡道。"

"那你来少林找海灯法师做甚？"

"找你啊！海灯法师只是个借口。"

翠花说罢咯咯大笑。她的笑声在嵩山回荡，同时感染了小关。他从没听到过如此爽朗的笑声，更没见识过这般胆略的姑娘。不过在女流面前，他可不能示弱："你蒙我！"

"没人蒙你，只是天机不可泄露。"

四

有关翠花的很多故事不是坊间传说，便是小关添油加醋的胡说八道，而且大多是在石头故世后传到我耳边的。如今，我被翠花麾下大将小朝小露设计陷害，不得不学孙膑装疯卖傻，结果住进了精神病院。在这里，小关成了我唯一的精神伙伴。

据小关回忆,翠花带他从郑州乘火车一路向北。途中,他俩推心置腹、置腹推心地聊得畅快。翠花被他人小鬼大的性格所折服,决定好好器重他。而这正中他的下怀。用他的话说,最赚钱的生意莫过于经营人心。这够深刻吧?

我说是的。

可怎么赚人心的钱呢?

小关当时现身说法:

"譬如我这个年龄的男人,都想有钱有势,但首先得有本事,否则既不会有钱也不会有势。"

"你这个年龄的男人?你才多大呀!"

"十六岁了!"

"哦哟,大男人了!"

翠花觉得好笑。可小关不觉得这有什么好笑的,战争年代十五六岁都当团长、师长了。

"好吧!那你有钱有势了干吗?"

"要风得风,要雨得雨,再找个既漂亮又贤惠的女朋友。"

"这不需要有钱有势啊!人家普通人不照样娶媳妇?"

"那要看娶什么样的媳妇!像你这样的,没钱没势的能娶到吗?"

"没大没小!看我怎么收拾你!"

翠花嘴里这么说,心里却是甜滋滋的。她"老外公"留下的遗产还不仅仅是物质的,现在看来也许精神方面还有一个大宝藏，而小关只不过是她随机应变、初试牛刀的小小成果。

小关是个单纯的少年，尽管佯装成熟，还会拿课堂里、书本上学来的知识糊弄人。翠花也一样。她终究是个黄毛丫头。在我眼里，她充其量不过是年长人家几岁罢了。姑娘小伙儿第一次结伴旅行，况且彼此都有所图，半道上还凭借翠花的一纸"相当于副处级"证明临时升舱搬进了软卧，而且碰巧对面上下铺空着，孤男寡女难免擦出一点火星。至于如何让火星变成火花，那全凭翠花需要。

据说先是翠花挑逗小关，问他有没有谈过女朋友。小伙子拍拍胸脯说："谈过！学校里追我的女孩多了去了！"翠花明知道他在撒谎，那时节中学生谈恋爱是受禁的，但她却笑着朝他竖起了大拇指。

"那你呢？是不是也有很多男生追过你？"

"你个小破孩！我要是再早生几年，都可以有你这么大的娃儿了……"

因为心虚，翠花没继续往下说。换了在老家，她早该被人在背后戳脊梁骨了，说"老姑娘"那是轻的。当然，在小关面前，她必须摆老资格，否则今后怎么镇得住他！于是，她佯装俏皮地问他是不是处男。这下小伙子难为情了，说自己是处男吧，可能被人看扁；可真要是说自己已经有过那个了，却也实在说不出口。就在他一时语塞之际，翠花乘胜追击：

"要不要我教教你啊？"

我想这大概率是小关胡诌的。凭我对翠花的了解，她还没有开放到这个地步。

"你没听人说过吗，无论男女，第一次最好吃熟瓜……洋人管它叫红苹果……"

小关固然难为情，但内心深处却很是享受翠花的挑逗。他说："好啊，谁怕谁呀！"这下球被踢到了翠花这边。她脸红了，而且心跳到了嗓子眼。她不得不沉默片刻。所幸夜色朦胧，灯光黯淡，车厢里除了列车行进的轰隆声，早没了白天的人声嘈杂。

于是，翠花叫小关闭上眼睛，她想象着某种情景。他喃喃地说："干吗？……"

"叫你闭上眼睛，你就闭上眼睛！"

五

那会儿，石头在南方倒买倒卖做"二道贩子"，穿着牛仔裤，留着披肩发，腰间还总是横系着大钱袋，俨然暴发户一个。从面包车到小轿车，从普通小轿车到SUV，他一点儿都不落队。至于生意嘛，他更是一会儿前店后厂，一会儿倒腾煤炭，一会儿投资房产，不亦乐乎。不过有些是后话。人生说短短，说长长，就看从什么角度。

小时候总觉日子很长，时间很慢，可一旦步入耄耋，那就过一天赚一天喽。

回说尝到禁果的滋味后，小关成了翠花的心腹，对她唯命是从，虽说刚下火车就在旅馆里被人蒙住脑袋狠揍了一顿。后来，每当他回想起那次挨揍，总觉得是翠花赏给他的杀威棒。然而，人家对他不义，他不能对人不忠。要说忠诚，他真可谓赴汤蹈火，在所不辞。翠花循着小关无意中说过的一句话慢慢思量，心想这人心的确是最有名堂的大富矿。就说昔阳的那家街道衬衫厂吧，靠着一点点的色彩、一步步的花哨，竟成了香饽饽，订单络绎不绝。那不就是人们开始有了时尚观念吗？为什么时尚呢？吸引眼球呗！干吗吸引眼球呢？窈窕淑女，君子好逑呗！

就这么想着，思维的涟漪一波一波地荡漾开去……

翠花准备投资娱乐业。开始只是小打小闹，什么卡拉OK啦，什么洗浴中心啦，闹着闹着就大撒把玩起了带色的营生。为了打通各种关节，翠花可没少下本钱。她非但亲自陪吃陪喝，而且舍得孩子套得狼，把小关的欲望给彻底激发和释放了出来。她以挑选时装模特和演艺苗子为名，大批延揽姿色少女。

俗话说"重赏之下，必有勇夫"，而翠花的座右铭是"香饵之下，必有欲女"。但万事开头难，为教唆少女卖身，她甚至不惜牺牲小关，让他勾引、下药、诱逼、强奸，无恶不作。她还叫他同每个入选的姑娘签生死状，并想方设法拍下她们的裸照以备不时之需。作为夜总会的总管，小关一马当先，绑架、殴打、关押、要挟所有离经叛道、图谋不轨的女孩。

为规避扫黄打非风险，翠花更是不择手段。同时，她自知罪大恶极,开始尝试躲在幕后,却怂恿小关大肆贿赂有关人等。除非关键时刻她绝不亲自出马。用她的话说,"要钱有钱,要人有人,投其所好,无往不胜。"

她的女孩们一个个打扮得花枝招展,而且训练有素,能歌善舞,无所不能;陪酒接客,有求必应。但背后是一本本触目惊心的血泪账,小关对此供认不讳。据他星星点点、断断续续的回忆,翠花曾重金邀请各路明星培训这些女孩,还不远千里请来韩国美容师、整容师替她们祛除瑕疵。为阻止她们拒客和逃跑,不少女孩被铁链锁在包房中供变态狂虐待。驯顺一点的每天晚上穿着军人般的制服,排着整齐划一的队伍,从顶楼开始请各色宾客挑拣。这些宾客非富即贵,浑身珠光宝气自不待言,为心仪的女孩一掷千金也是常事。小关记得有个弹琴的姑娘,技艺不凡,但相貌平平,结果被一个土豪看中。那姑娘固然一千个不情愿,但又怎么拗得过公司铁律和百般胁迫?用小关的话说,入行就得无我,而且每个姑娘的工号后面都赫然写着:"宾客就是上帝,可以为所欲为!"

岂有此理!我始终不能相信翠花这么一个单纯的乡姑会摇身一变成为时代的败类。可小关不这么看,他坚信大师品德高尚,认为她那是在超度不幸的生灵。

"就说那个夏琴丫头吧,她何德何能,凭嘛拒绝客人?……"

"难道她不能有自己的选择吗?还有没有王法了?"

"大师就是王法!挣钱就是王道!……"

我知道他疯疯癫癫，早已病入膏肓，怎么跟他计较都无济于事，唯一能做的是多多地从他嘴里捡些口实，拾点牙慧。我是多么渴望了解翠花的罪状和行踪，自然也很想知道夏琴们的惨痛和无如。不过关键时刻小关会脑筋短路，居然想不起夏琴是否失身、如何失身等在他看来毫无意义的细枝末节。反正进了公司就嫁给公司了，说身不由己那是好听的。

"脱了衣服熄了灯，大家都一样！"

这几乎成了小关的口头禅。而我听了就非常反感，可反感不反感又能如何？夏琴大概率也逃不过被人糟蹋的厄运。

"偷看她们洗澡澡，馒头有大有小……嘻嘻，还是不一样的。"小关无耻之尤，会时不时地流着口水胡叨叨，就像贪婪的鬣狗。我趁机追问他是否记得还有一个叫燕子的女孩。

"她呀……知不道！"

"是你不想说或不敢说吧？"

"真的知不道！真的……"

他脑袋摇得像拨浪鼓。我猜他之所以说不认得燕子，一定是因为有苦衷或者比无耻更无耻的难言之隐。曾几何时，他在翠花身边那也是一人之下万人之上的人物，怎么可能不认识燕子这个鼎鼎有名的前台小姐？而他落魄到现在这个地步，大概率也是因为触犯了如是帝国的"天律"。自从翠花成了远近闻名的如是大师，像燕子和夏琴为之献身的夜总会何啻十家八家？反过来说，要经营这样的情色场所，没有牢狱般的铁律是万万不能的。

他小关这等宵小，见个护士都两眼发直，面对夜总会众多秀色可餐的女孩，又怎么能够不逾矩？然而，善有善报，恶有恶报。听说他也曾被关在暗无天日的地下室，直到警方捣毁那些名噪一时的夜总会。但是，长期的羁押使他产生了严重的抑郁症，又或者早在他被关押之前就精神出了问题。总之他最怕黑，而且脑子一时清醒一时糊涂，仿佛被淤泥杂物堵塞的水龙头。

我努力帮助他恢复记忆，并轮番使用精神分析疗法、认知行为疗法、精神放松疗法、情境刺激疗法，等等，却收效甚微。有一天，在对他进行精神放松过程中我有意延长了催眠时间，并诱导他回忆燕子和夏琴。

六

"你慢慢放松……想象金碧辉煌、灯红酒绿的大厅，那里有很多珠光宝气、婀娜妖艳的女孩，她们一个个貌若天仙……你看到燕子在热情照拂宾客……夏琴在大堂一隅弹琴，一扇苏绣屏风把她掩映得影影绰绰、缥缥缈缈……"

"是的……"

"你对她们都做了些什么？"

"我没有，是大师……"

"大师对她们做了什么？"

"知不道……关起来了……"

"那后来呢？"

"后来……放出来了……大师说燕子是我女儿……"

"那关小露呢？关小露是你女儿吗？"

"是的……大师说的……"

"你跟大师是什么关系？"

"我是大师的仆人，我是大师的信徒……"

"大师待你好吗？"

"好……大师待我好……只要我听话，就能荣华富贵、长命百岁……"

"大师待燕子好吗？"

"好……燕子是大师的女儿……"

可是第二天小关的口实全变了。我不知道他是真疯还是假傻。从心理学的角度看，抑郁症分轻度、中度和重度。重度抑郁可导致精神分裂。而移情法是治疗抑郁症的普适方法，因此我尝试激发他的童年记忆，并明确表示我不仅同样信奉如是大师，而且熟识燕子和夏琴。

我在上海查阅过小关的档案，对他如今的医疗记录也略知一二。我知道他童年丧母，生长在单亲家庭。少年时期，乃父再婚，并将小关送进了一所寄宿学校。在那里，他因同学欺凌发生斗殴，并受到过纪律处分。这是触发他辍学和投奔少林寺的直接原因。翠花的出现改变了他的人生轨迹。在他心目中，翠花应该是多重身份的叠加：亦师亦友，亦母亦姐……总之比较复杂。

他开始并不信任我。但是,我比他更了解翠花的过去,那是毫无疑问的;而且我可以通过常识性推导,逼真地描述他本人的生活轨迹,乃至他追随翠花后的所作所为;更为重要的是我了解燕子和夏琴的外貌与秉性。这就由不得他不信了。

因为记忆功能缺损或者对我存有戒心,即使想起了什么,他也总是犹犹豫豫、吞吞吐吐。

第三章

翠花凭借她特有的原始触角，一方面感知了时代大势，另一方面又从零星的演义中撷取了点滴智慧。在她看来，小关所说的瞄准人心最可牟利是确凿无疑的。但同时翠花不想让自己沦为商人。宋人郑思肖在《心史》中罗列的"一官、二吏、三僧、四道、五医、六工、七猎、八民、九儒、十丐"早已深入人心。尽管元朝之后又开始流行另一个版本，即"一官二吏，三僧四道，五医六工，七商八娼，九儒十丐"，但基本思想并未改变。她自知这辈子与官吏无缘，但在官吏之下、僧道之上却是大有空间的。

曾几何时，她从我等知青手里借阅过《明演义》等一干杂书，而其中的一些奥秘她只有现在才能心领神会。譬如关于魏忠贤这个大太监、大奸臣，多少人对其恨之入骨，锦衣卫、东厂的手段更是令人闻风丧胆、毛骨悚然，但有一点是古来文人墨客未能看破的，那便是魏忠贤何以深得天启帝宠信。在翠花看来，天启帝需要借助魏忠贤铲除可能动摇国本的各色异己，包括居心叵测的皇亲国戚。当然，首当其冲的是朝野上下的权钱交易。后者在明晚期的快速亡朝灭族进程中得到了应验：东林党勾结江南商贾和官吏不择手段，掏空国库。这直接撼动了明朝根基和江山社稷。但天启时期魏忠贤作为阉党首领，既无后嗣可传，又没有多少私利可藏，他在残忍诛杀异己、动人奶酪、夺人蛋糕的同时，还曾主张薄收农业税、重收工商税，以增国库、确保军饷，并且启用了袁崇焕这样的志士能人。

这有点扯远了，翠花心想，关键是不能做比娼妇好不了多少的奸商。

这是通过与小关的接触逐渐体悟的一种可能与或然，否则翠花完全可以在90年代的住宅商品化大潮中觅得一席之地。不，她要赚商人的心房钱，小关这么说。至于赚心房钱的典出，却只是小关的一面之词。我始终不太相信当初凭他一个十五六岁的少年能说出这种话来。除非……除非他偷听到了哪位高人的私房话。

一

小关经常说梦话。有一次，他说到自己在嵩山捡到一块金砖，铸着一个"曌"印。我对做梦人说，那是武则天为自己准备的国号。

他还经常在梦中提到北魏的永泰公主。那是宣武帝之女、孝明帝之妹，公元521年出家到嵩山东峰，潜心修佛。由于她公主出身，又乐善好施，便深受僧俗两界的崇敬。唐中宗神龙年间，嵩岳僧人奏请皇帝整修明练寺，奉祀永泰公主，遂更名永泰寺。可怜的永泰公主有一位比她更可怜的哥哥，即孝明帝元诩。宣武帝驾崩后，年幼的元诩继位，由皇太后临朝听政。欺高太后好性情，元诩的生母胡太妃开始独揽朝政大权。高太后被逼削发为尼，本以为残生可与青灯古佛做伴，但依然没有逃过胡太妃的魔掌。胡太妃以进香为名，用毒酒害死了高太后，同时又以小皇帝的名义自封为皇太后。年幼的永泰公主目睹了皇室血腥，对母亲的阴险毒辣更是不寒而栗。十年后，皇兄长大成人。兄妹情深意笃，但他们的母亲依然专横歹毒如故。在经历了一系列腥风血雨之后，孝明帝发动政变未果，被囚禁致死，时年一十九岁。

小关对这段历史了然于心，他经常有意无意地拿如是大师比附永泰公主。我自不以为然，但可以想见这对孤男寡女是如何趁着夜色和无尽的轰隆声偷食禁果的。他们天翻地覆、聚云洒雨的结果是小关无怨无悔、一生一世的臣服，当然这是我俗脑凡心的揣度，小关不这么看。他笃信大师，坚信她始终在以最现代、最时尚的妙法普度众生。

我问过他知不知道一个叫石头的人。

"知不道……"

但他游离的眼神告诉我他在撒谎。于是，我又问他燕子去哪儿了。他本能地摇了摇头，然后说：

"死了。"

"怎么死的？……知不道！"

我无须听他撒谎，因为我知道燕子是怎么死的。但我的否定似乎激将了他，使他很不高兴。他否定了我的否定：

"谁说我知不道？"

"我刚刚说的。"

"你说了不算。"

我的激将法奏效后，便屡试不爽。小关就像一个虚荣好强的孩子，他似乎只有在提到如是大师时目光才充满了温顺。

二

所幸精神病院不像监狱，一座千万人口级城市接收强制执行精神治疗的医院往往少之又少。我所在的这家精神病院专收公检法处置的精神病患者。而我已经是三进宫了，不少老医生都熟识。利用职业特长，我努力帮助医生分析和制定一些特殊病人的治疗方案，也多少借工作之便了解到有关患者的档案资料。但是，我真正在意的只有关飞阳。他是我揭秘翠花，也即如是大师的唯一希望。由于严重的抑郁症和地下室潮湿环境造成的关节损伤，他的神志多半处于糊涂状态。偶尔的清醒仿佛昙花一现，是我必须好好利用的机会。有时，他灵光一闪，会口吐莲花，把夜总会说个有声有色。那是他人生中最得意的时光，可谓要风得风，要雨得雨，就连那些呼风唤雨、无所不能的达官显贵都对他敬重有加。

人们需要他。而他就是美国汽车大王福特所说的那个破局者。福特说，他在设计汽车之前，到处询问："您需要更好的交通工具吗？"所有人的答案都是一匹"更好更快的马"。于是，保守的人会把关注点放在寻找更好的马，只有极少数天才会放下"马"字另辟蹊径。于是，更好更快的马出现了。它就是汽车。

小关的贡献在于满足某些达官显贵的需要。因此，他煞费苦心，建立了一个秘密档案，将各色人等的癖好收集起来，并以此为依据不断更新和扩充夜总会的"节目"。"节目"的主角除了妖娆少女和百变少男，还增加了"耽美"、"百合"等特色服务。为了替宾客保守秘密，并投其所好，一般情况下他们只需要记得夜总会或小关的电话号码即可。其实二者一而二、二而一，一切尽在他的掌握之中。大多数贵宾只需一次踏入，便可终身享受夜总会提供的"节目单"，而且有求必应，甚至可以获得"送货上门"特殊服务。当然，后者取决于贵宾的信用度和"货物"的忠诚度。万一"货物"出现意外，譬如"一加一等于三"的情况，只要对方付得起钱，夜总会概不追究。

我想燕子就是"一加一等于三"的产物，尽管她大概率是翠花和小关的杰作，当然也不排除初创时期翠花也曾"以身殉职"。

根据小关时断时续的片言只语和点滴记忆，我大致厘清了两条重要线索：一是翠花的原始积累过程，二是她成为如是大师的秘诀。关于前者，最好的见证便是夜总会如何赚人心房、牟取暴利；关于后者，则是无数因意志薄弱甘愿受骗上当的石头们和其名不详的贪官污吏。后者不信马列信鬼神，无论是好色，还是贪财，或者惜命，都乖乖地拜倒在翠花的石榴裙下，被她玩弄于股掌之间。就说石头吧，我的这个发小曾经是何等意气风发、天不怕地不怕的愣头青，一朝被如是大师摄取心房，就一发而不可收。他和燕子的故事想必读者在《如是我闻》中已经知悉，在此恕不赘述，但其将金库钥匙拱手让给他心目中的如是大师，却必得由小关详细禀告。

在与小关的一次似睡非睡、似梦非梦的交谈中（老实说我确实使用了催眠法），他交代了石头的上当和枉死过程，简直令人心惊肉跳。原来，事情并不像石头所说的那么简单。首先，石头遇见燕子是一个精心策划的"阳谋"。尽管内因起决定作用，石头骨子里不无好色的基因。这在他后来处心积虑招募美少女成立模特公司可见一斑。

话说是年某日，小关在五星酒店举办嘉年晚会，入场费高达万元。石头收到请柬后毫不犹豫地欣然赴会。局是如是大师设的，小关的任务是派人将请柬送至达官显贵手中。晚会高端大气上档次，第一个节目便是几近裸体的模特招摇于兹。伴随着优美的旋律，模特戴着凤头面具，整齐地走着猫步飘然而至,缤纷的透明丝巾与其说为了遮掩她们美丽的胴体,毋宁说是把"真理"更好地展示在人们眼前。石头虽说见过世面,并不怯风月场所,但亲历这般群体性的"有色醉态"却是第一次。就在他"醉意朦胧"之际,燕子飘然若仙出现在他的面前。她是来敬石头的。

"您就是大名鼎鼎的石董事长吧?"

"是啊,鄙人行不更名,坐不改姓。您是……?"

"我叫燕子。久仰您的大名,今日得见,实乃三生有幸!"

"呵呵,您夸张了,让我禁不住想起了一个人来……"

"我猜猜……您是说木棒先生吧?"

"您怎么知道?"

"天机不可泄露,咯咯……"

"哎,您的笑声又让我想起了一个人来……"

"莫不是翠花?而今的如是大师……"

"啊?您让我仔细瞧瞧,难道您是……?"

"我倒是想……只不过没那个福分。小女子是如是大师观音菩萨似的妙手捡回的一条小命而已。"

"老朽愿闻其详,说来听听。"

"是这样的,我从小患了一种食土怪病,因此面容枯黄,个子也一直长不起来,直到遇见如是大师,她用基因疗法拯救了我。出于敬慕和感恩,我请她将自己尽可能变成了大师的模样……"

"原来如此,怪不得这么眼熟!"

三

这且按下燕子不提,先说石头自从感染了艾滋病便一蹶不振。正在他百无聊赖之际,如是大师伸出援手,给了他一把救命稻草。为了报恩,也为了信仰,石头捐出了一大笔财富:整整两个亿,而且是美金。

这只是一例个案,却是我晚年最关心,也最为之心痛的一例个案。我揣测翠花和小关不到万不得已都不会让燕子"以身相许"。她毕竟有可能是他们"一加一等于三"的结果,而且以夏琴对她的了解,她那宁折不弯的个性也不至于会让自己轻易俯首听命于翠花或小关。因此,我想到了一种可能,那便是某位贪官或土豪的觊觎和翠花或小关的手段,毕竟燕子是前台小姐,而且才貌出众。在无数花枝招展的少女中间,她的高洁自然具有鹤立鸡群的品格。

小关的选择性忘却或有意三缄其口更使我坚定了自己的推测。譬如他提到过一个鬼故事,它是夜总会逼迫姑娘们就范的招数之一。

据说在夜总会地下室阴暗的角落里,曾经有一个花季少女被勾魂鬼摄取了魂魄。她因为不听小关的命令被关入地下室接受禁闭。几个小时后,那姑娘渐渐失去了时间感,她于是开始一边"反省过错",一边用数脉搏计时,为的是忘却恐惧、继续存在。数着数着,困倦和瞌睡渐渐淹没了害怕。

虽则已经分不清白天黑夜,但她依稀记得自己刚刚还在跟两个同伴和一名陌生贵宾玩扑克,却不料同伴被那个老男人给支开了。落单的姑娘被卖进夜总会固然有些时日,而且经历过一系列严酷的培训,但这是她第一次正式接客。早听一些同伴说过,光凭姿色,却无实战经验是不行的。果然,她胆怯了,结果遭顾客投诉被扔进了暗无天日的地牢。

她迷蒙中隐约看见一片漆黑的"地下宫殿"阴森瘆人。四周没有一个人影。忽然,她模模糊糊地觉察到有两个白衣人自远而近向她走来。待她们走到跟前,姑娘看到她们是两个朦胧得隐去年龄、惨白如纸的瘦高妇人。这两个人对她说,你一定是迷路了,与其独自在此徘徊,不如随我们到寒舍住一宿,待天明时再谋出路。

姑娘很是高兴,就答应了。她追随两个素不相识的白衣人走到一个更加幽暗的去处。但见大门敞开,屋子里满是蛛网,还有一个冒着青烟的香炉。姑娘被邀请坐在香炉旁边,肚子饿得咕咕直叫,只见那两个人端来好酒好菜,大家一起开怀享用。

吃着喝着,姑娘听到了呻吟声,伴随着呻吟还有一些莫名的喧嚷，随问道，这声音是怎么回事啊？二人答道，这个人已经病入膏肓了，大罗神仙也救不了她。不一会儿，约莫已经到了五更天，两人自言自语道，时辰已到，该办正事了。于是，她们从腰间抽出一纸文书，对姑娘说，麻烦姑娘对着这份文书呵一口气。姑娘不明就里，便迷迷糊糊地照做了。之后，那二人喜形于色，忽然腾空而起，飞上了屋顶。姑娘这才发现，她们的腿脚同鸡爪没有两样，却足有七八寸长。正在她大惊失色之际，两个白衣人凭空消失了。

当她知道这两个人是勾魂鬼时，也就彻底疯了。但奇怪的是她手里紧紧地攥着一个硕大无比的鸡爪子。后来，所有被投入地下室关禁闭的人都能听见她凄厉的呻吟。

这个可怖的故事出自古老的民间传说，想当初我就拿它在月黑星稀的田间地头吓唬少男少女，如今却被夜总会拿去吓唬"不听话"的姑娘，还添油加醋、骇人听闻地制造了更大的恐怖。

话说那个被鸡爪厉鬼摄取魂魄的姑娘一直在地下室游荡。她生命体征全无，却识得夜总会的其他姑娘。无论哪个倔强的姑娘被投入地下室，她都会悠悠荡荡地飘忽在每个角落，发出凄厉的呻吟，让人生不如死，直至完全屈服、成为任人摆布的行尸走肉。夜总会需要的正是任人摆布的行尸走肉。她们被各种手段所驯服，成为各色"贵宾"的玩物。

以我的唯物主义头脑,此类故事纯属虚构。从心理学的角度看,鬼和神一样,源自远古,并代代相传,幽幽地潜入我们的无意识。即使理性文化可以稀释,甚至消解集体无意识中的鬼神镜像,但在特定条件下它们依然会对人们产生作用。这足以制造恐怖气氛的黑暗和某些音乐、图像、文字等相关元素的催化下达到惊人的效果。我想小关他们在暴力胁迫无效时,正是通过这些恐怖手段逼人就范的。

但终究是多行不义必自毙,小关的下场也许恰好印证了这类自作孽不可活的古训。他从一个刽子手般的凶神恶煞蜕化成了目下瑟瑟缩缩、语无伦次的可怜虫。

"那个鸡爪鬼是我做的,哈哈哈……"

这一点他倒是记得清楚。

四

有一天,我让一位前来探病的同事悄悄夹带了一点私货:一皮囊白酒。他将皮囊绑在肚子上,这还是我上回见到他时特地拜托他这么做的。我知道小关虽然酒品了得,但不胜酒力。他过去在生意场上经常两杯下肚就满地乱爬,不是钻桌子,便是钻裤裆。非富即贵的宾客在嘎嘎笑声中夸他有韩信之才。

"我才不做韩信呢!要做也得做项羽……"

"那你的虞姬在哪儿呢?"

"虞姬出来!快出来!"

于是,姑娘们一个个搔首弄姿,开始围着酒桌走猫步。小关说他其实并没有醉,只不过他喝酒上脸,总是红脸关公似的,仿佛全天下的酒都被他喝了。

那天我拿酒试他。果然,没喝几口,他就牛头不对马嘴了,但神志依然清醒。他说如是大师其实并非凡人:"她有七十变,只比孙悟空少了两变而已……"

"你知道少了哪两变吗?"

"哪两变?"

"知不道吧?我告诉你……嘘……别让人听见了!"

"嘘……你说得小声点!"

"我声音大吗?"

"不大。"

"那不就得了!"

结果他啥也没说。为调动他的记忆功能,激发他的话语欲望,我给他讲了个故事。我说:

> 菩提祖师当时问孙悟空想学天罡三十六变,还是地煞七十二变。孙悟空心想多比少好,就要学地煞七十二变,它们是通幽、驱神、担山、禁水、借风、布雾、祈晴、祷雨、生火、入水、掩日、御风、煮石、吐焰、吞刀、壶天、神行、履水、杖解、分身、隐形、续头、定身、斩妖、请仙、追魂、摄魂、招云、

取月、搬运、嫁梦、支离、寄杖、断流、禳灾、解厄、黄白、剑术、射覆、土行、星数、布阵、假形、喷化、指化、尸解、移景、招来、运去、聚兽、调禽、气禁、大力、透石、生光、障服、导引、服食、开壁、跃岩、萌头、登抄、喝水、卧雪、暴日、弄丸、符水、医药、知时、识地、辟谷、魔祷。

小关听得一头雾水，便问啥叫天罡三十六变。我说：

那天罡三十六变嘛，就是斡旋造化、颠倒阴阳、移星换斗、回天返日、唤雨呼风、振山撼地、驾雾腾云、划江成陆、纵地金光、翻江搅海、指地成钢、五行大遁、六甲奇门、逆知未来、鞭山移石、起死回生、飞身托迹、九息服气、导出元阳、降龙伏虎、补天浴日、推山填海、指石成金、正立无影、胎化易形、大小如意、花开顷刻、游神御气、隔垣洞见、回风返火、掌握五雷、潜渊缩地、飞砂走石、挟山超海、撒豆成兵、钉头七箭。

"那不是三十六计吗？"
"是啊，差不多啦。"
"我会背，我会背——"

金蝉脱壳、抛砖引玉、借刀杀人、以逸待劳、指桑骂槐、趁火打劫、擒贼擒王、关门捉贼、打草惊蛇、浑水摸鱼、瞒天过海、反间计、笑里藏刀、调虎离山、顺手牵羊、李代桃僵、无中生有、声东击西、树上开花、暗度陈仓、假痴不癫、欲擒故纵、走为上、釜底抽薪、空城计、苦肉计、远交近攻、反客为主、上屋抽梯、偷梁换柱、连环计、美人计、借尸还魂、隔岸观火、围魏救赵、假道伐虢，还有三十六计走为上。

"厉害！那你知道三十六计怎么对三十六变吗？"

"知不道……"

"我教你吧！颠倒一下秩序就可以啦，哈哈……"

"啊？这么简单？"

"是的。你瞧，假道伐虢对斡旋造化，围魏救赵对颠倒阴阳，隔岸观火对移星换斗，借尸还魂对回天返日……"

"那美人计呢？"

"对唤雨呼风啊！"

"哎呀，太有才了！美人计就是呼风唤雨！"

"怎么呼风唤雨了？你倒是说来听听。"

五

我要的正是这个效果。小关说："无论你多么有头有脸，进了咱夜总会，就没有一个不被摆弄得服服帖帖、匍匐在大师脚下的。就说你朋友石总吧，那也是见过世面、阅人无数、财大气粗的主，结果还不是被燕子迷得神魂颠倒！还有那个双人将军，只要女孩够靓够酷，豪车游艇随便挑……"

"他们都是夜总会的常客？就不怕撞见人？"

"这你就不懂了，人有什么可怕的，再说贵宾哪里需要自己上门哦！咱有的是送人姑娘浑身留香的！"

"只听说过送人玫瑰，手有余香……"

"反正是香！"

"你就不怕姑娘们跟人跑了？"

"跑不了，顶多高价租给他们当二奶。"

"就没有报警告发你们的？"

"借她们几个胆都不敢！谁没领教过咱的手段？再说咱有的是有权有势的靠山。"

"这么多年，就没有一两个不怕死、不信邪的？"

"有倒是有……"

"三个丫头。"

"你怎么知道？"

"翠花，不，为尊者讳，如是大师告诉我的。"

小关诡秘地眨巴着眼睛。他若有所思，然后叹了口气，也许是酒精产生了作用，也许是我的话题勾起了他对陈年旧事的复杂记忆。

"提起那仨丫头我就来气！我手下的星探早注意到她

们了,可她们总是仨来仨往,光天化日、众目睽睽,下手不容易。因此,咱略施小计,借她们喜欢的歌星设了个局。"

"结果呢?"

"她们以为自己是黑客,想绑架那个歌星,被咱不费吹灰之力给逮个正着。"

"后来呢?"

"后来……她们就到夜总会了。不过她们是极少数软硬不吃的主。"

"再后来呢?"

他本能地拿起皮囊呷了一口:"穿越了。"

为了多套些话,我欲擒故纵:"那不是穿越小说吗?怎么坐实了?"

"你知不道……绝对知不道!就是那个穿越小说惹的祸!这世上除了那些舞文弄墨、敲键盘码字或者编游戏程序的幻想家为夺人眼球、牟取名利,哪有什么穿越?"

"那后来你们把仨丫头怎样了?"

"咱就让她们穿越了呗,哈哈,把她们送到了如是大师精心打造的世外桃源。那可是标准的南宋风格!没有汽车,没有网络……哎,我说得太多了,言多必失,言多必失……"

小关一连说了好几个"言多必失",也许他真的醉了,或者只是首鼠两端、欲言又止。我无法判断他的真实心理,尽管根据法医鉴定,他确实患了精神分裂症,所以才离开监狱被送到了这所精神病院。虽然经过治疗,他不再那么狂躁,但时有精神恍惚和幻觉。我想,关于仨丫头的情况也许他只知道这么多,但还是巴望着能从他嘴里多探些究竟。石头和木棒把一切都托付给我了,他们地下有知应该帮我一把才是啊。哎,可惜我不信鬼神,心里的一点希望和慰藉都快没有了,连孤舟独钓他小关的那点兴趣也渐渐磨蚀殆尽了。除非翠花她良心发现……否则我真要走投无路了。

六

倘若换了过去,我会专心致志地研究小关这个案例。他见证了这几十年最阴暗龌龊的一面。他和夜总会的各色人等就像阴沟里的一窝硕鼠,撕咬、吞噬了无数少女的肉体和灵魂,并将她们当作货物出售,从而瘟疫般地污染社会,与沼气样泛起的历史沉渣沉瀣一气。除了夜总会,他们还把训练有素的俊男靓女播撒到宾馆、会所和酒吧。开始顾客寥寥,但随着经济社会的快速发展,欲望像气球样膨胀、升腾。这还是石头临终的记忆,难免带着苦涩的滋味。他说起过燕子这个终极尤物,也说起过最初令他缴械投降的第一个女孩。他甚至已经记不得那个女孩的名字。随着时间推移就连她的容颜也逐渐远去了。职业使然,她和她的姐妹们也一定不会以真姓名示人。

就叫小鑫吧。有一次,我好端端住在酒店里,结束了饭局,打发了酒友,回到房间准备休息。是夜,忽然有人敲门。我本能地问了一声:"谁呀?"对方是位娇滴滴的姑娘,说:"送被子的。"我说:"我有被子啊!不需要了。"她又说:"加一床吧,后半夜会凉的。"我勉强起身,穿过套间,打开房门,顿时被她近乎裸露的胴体给惊着了。她低吟浅笑,作了个揖,然后二话没说就从我身旁闪进了房间。我迟疑了很长时间,还没缓过神来,她已经赤身裸体躺在我床上了。那晚我确实多喝了几杯,结果可想而知。

我说:"还是怪你自己意志薄弱!"他不承认。于是,我们又转到了柳下惠的车辂辘上。

"哎,你是out了,书呆子一个,啥都不明白。也是,书中自有黄金屋,书中自有颜如玉,可我是谁呀?大俗人一个!除了腰包鼓一点,别的全还给老师了。再说那天真是酒后乱性。"

"那你怎么到夜总会找燕子的?别说是人家用轿子抬着你进去的!"

"差不多啦!关键是她们套路太多,简直让人防不胜防。就说那个……"

"小鑫。"

"对,小鑫!她就像《聊斋》里的狐狸精,让你欲罢不能……"

"说来说去,还是归咎于你意志薄弱!"

"随你怎么说吧!反正一旦沾上黄赌毒之一,这辈子你就算玩完了!"

"可不!"

我心想,"既有今日,何必当初"。问题是石头不是"一失足成千古恨",他是一发而不可收。他历数了一箩筐其名不详的各色女子,一直从酒店、酒吧、发廊、公园、洗浴中心到夜总会,屈指算来,少说也有二三十个,绝对是自作孽不可活。

"你就是'有钱了变坏'的那种男人。"

"你懂个啥?我那是怜香惜玉。"

"都像你这样,唐僧永远到不了西天。"

"是啊,你不就是唐僧的徒子徒孙吗?到了西天又如何?"

"我至少活得堂堂正正,活得健健康康!"但这话不能对石头说,人得积口德,这也是善良者的基本操守和底线。

唉,总之一切都是徒劳,就像有一副对联说的:"天也空,地也空,人生渺茫在其中;金何重,银何重,死后何曾还能用?"问题是我喜欢热闹,这你知道,我可不想到了阴曹地府就忘了人间烟火。

在他人生最后的时光,石头越来越悲观,也越来越迷信。他求我最后一定要给他灌饱肥皂水，免得喝了孟婆汤都不知道往外吐。我一口答应了，但知道自己不会去完成他的遗愿，因为我实在不相信这些鬼把戏。他知道我的心思，就给我讲了一个"真实"的故事。

七

你知道我家里从来不装座机，因为我亲眼看见一个无头女尸边给我打电话，边在我眼前游荡。她穿着一件带帽的披风，但帽子里明显没有脑袋，而是一个黑黢黢的窟窿。我当时就吓得把话筒给甩了，还拔掉了电话线，摔碎了电话机。后来听说好些人遇到过她。潘总、王总……反正都说她专在午夜时分出没。奇怪的是她还会说外语。可惜你当时不在国内，远水救不了近火，不然就知道她说了些什么……过去我们有黑白无常，现在倒好，连洋鬼也跑来凑热闹。还真是全球化了！

潘总说她是被不法皮毛商砍了脑袋，然后剥下头皮制成假发套，就好像过去美国用十几、几十美金收买印第安人的头皮。他怀疑这个女鬼急了寻找她的头颅，所以只要你家里有假发套，她就会半夜打电话来询问，甚至直接飘过来晃一圈。我听不懂洋文，结果她就直接上门了。要说我买的那个假发套确实与众不同，那金发犹如清晨林间疏影横斜的阳光，丝丝缕缕，闪烁着耀眼的光芒。它曾经是我在伦敦精心挑选的一份特别礼物，我把它送给了燕子。她五官标致立体，戴上这个发套便是十足的洋娃娃，而且无比细腻。不像那些看上去洁白如大理石但汗毛扎人的西方美女，燕子细腻的质感是那种真正的包浆碧玉，特别柔软温润……

我说到哪儿了？对，发套，就是发套惹的祸！据说那个无头女鬼生前艳丽轻佻，害人无数。她以战无不胜的美貌与上流社会的男人挑逗调情，得手后就用治疗梅毒的氯化汞将他们毒死在温柔乡。据说她有过一次不幸的婚姻，新婚燕尔，蜜月未竟，丈夫就出轨有了外遇，而且对方是她的闺蜜、伴娘。她一气之下离家出走，开始疯狂地报复道貌岸然的男人。有一次，她在和一个男人做爱后，趁他睡着了浇上汽油，点燃床铺，将他活活烧死了。据说那男人的惨叫声至今还时不时地在伦敦某处回荡。

后来，她觉得火攻太张扬，而且屡有侥幸逃脱惩罚的猎物，因此就开始寻找别的方法。之一是佯装自己是迫害狂，譬如将男人的两只手和两只脚五花大绑在四个床角柱上，然后再用内裤蒙住他的眼睛、用胶带封住他的嘴巴，最后直接将他阉割并通过床下的活动板，将尸体藏进堆满生石灰的地下室。鉴于这样做太血腥，之二便是用氯化汞毒死猎物。但日子久了，地下室已经尸多为患，连她自己也开始感到害怕和恶心了。毕竟他们都与她有过肌肤之亲，而且无一例外地向她表白：只要她愿意委身，哪怕一次，他们死也情愿。

所谓善恶有报，据说她每次得逞，都会剪一小撮受害者的头发以作纪念，而这正是对她的诅咒。至于那个不法皮毛商，国际刑警组织至今没有抓到。有人说他就是其中的一个受害者，他侥幸逃脱后蓄意报复；也有人说追踪假发套只是她报复男人的最后一招，诈唬他们、吓死他们。

故事虽然瘆人，但石头知道我并不相信，就接着说："你说怪不怪，那女鬼不去找燕子，却来找我！"

"这有什么奇怪的，买发套的是你。"

"可杀人的又不是我，况且我与她无染。"

"有没有染咱不知道，但拈过多少花、惹过多少草你自己应该知道。"

说完我就后悔了。到了这个时候，我不该再激他。于是，作为弥补，我也给他讲了一个"鬼"故事，以便"以毒攻毒"，及时阻止他的幻觉。

第四章

"日也动,月也动,东升西降有何用。山也重,水也重,敲了多少催命钟。"我记得这是过去石头经常挂在嘴边的一句弯弯绕。翠花说他满嘴虚无、迷信,不可救药。可石头不服气,问她缘何对我另眼相看、网开一面。她会禁不住满脸绯红,无如之下哼一声扭头就走:"不一样,就是不一样!"石头得意地发出一阵哂笑:"哪里不一样啦?哈哈哈……"也是,我刚才讲了一个鬼故事,她似乎并不在意。但后来这个故事被她借去又转借给了小关。

"我的忠告是过了子夜千万别开窗张望。如若不信,你可以试试。"不过说这句话的人已经死了很多年了。故事说的是从前有一个狐仙,她容貌姣好,嗓音甜美,但须每天吸人精气方能长生不老。为了寻找倜傥男子,她总是深夜飘游于街头巷尾,一旦有男子春心荡漾、夜不能寐,她就会到他的窗前轻声歌唱。年轻男子好奇心重,尤其听到温婉女子的这等如诉如泣，难免开窗观望。于是，窈窕淑女的哭哭啼啼变成了吟吟笑貌。

狐仙直接飘窗而入，与男子一夜缠绵悱恻，然后消失得无影无踪。男子被戏弄得神魂颠倒，又丧失了许多精气神，不免浑浑噩噩，如醉如痴。

这时，经验丰富的老人一眼看出了个中因由，便嘱咐男子的家人四处纠集附近村民寻找调皮的猴子。据说这些猴子会趁狐仙脱去外衣，潜入温柔乡之际，悄悄捡了她扔出窗外的衣服。它们有的穿上外衣，有的把内裤套在头上，有的甚至直接将长袍裹在胸前，总之是无奇不有。因此，要找到这些猴子并非难事，难的是如何找到狐仙以绝后患。可狐仙早已成精，浑身上下都是各色青年男子的精气，天山童姥似的出落得越来越年轻靓丽。那些猴子之所以被她吸引，是因为她在潜入温柔乡时，会把纨绔子弟茶几或床头上的所有鸡鸭鱼肉、糕点糖果统统扔出窗外。她不能让这些凡人的食物妨碍她吸食男子精血的素心。当然，被抛弃的还有她猎物的衣衫。

为了寻找那些猴子，人们兵分数路，漫山遍野展开地毯式搜索。终于，那些满载而归的猴子被找到了，可狐仙又在哪里？于是，有人建议相貌英俊的年轻小伙子两三人一队，趁着夜色朦胧，到猴子栖息的山坳来回走动，还故意哼哼唧唧，做些淫荡的动作。但是，狐仙何等狡猾，她根本不把这些山野村夫放在眼里。待到子夜时分,她依然潇洒地寻找新的目标,风筝似的在人们头顶上轻盈地飞过,直吓得那些小伙子落荒而逃。有自诩眼力非凡的小伙子看清了她的脸庞,说她眉清目秀,顾盼神飞,完全不像鬼妖,若能与之缠绵一宿,死了也是值得。也有小伙子说他们根本看不清她的脸,只见一个影子似的东西穿着飘逸长衫在空中游移。

就这样,故事越传越邪乎,以至于再没人敢深夜开窗张望了……

小关自然听说过这个鬼故事,而且还活学活用,拿它蛊惑那些女孩,教她们学狐仙吸人精血,同时逼人就范。但是,当我有意问起他是否听说过这个故事时,他却拨浪鼓似的摇着脑袋。末了,他又若有所思地说:

"你这叫啥鬼故事?这种事情咱见多了!"

"你真见过?"

"是啊,咱夜总会就有……"

原来如此!

一

日也空,夜也空,转眼荒郊土一冢。虽然朝露说翠花升天了,但我始终心存犹疑。果不其然,小关坚信翠花长生不老,在夜总会吓唬、蛊惑小姑娘的这些招数笃定是从翠花那里听来的。由此可见，要接近和找到今日翠花，还得从昨日翠花入手。因即是果，果即是因，因因果果，轮回不绝。

我询问过小关："那个著名的小露是怎么回事？"

"关小露？我女儿啊！"

"不是你亲生的吧？"

"是我亲生的啊！只不过大师把她寄养在育婴堂，我又悄悄把她抱出来了……"

"这么说她是你和翠花，不，如是大师的女儿啦？"

"也许是，也许不是……"

"究竟是与不是？"

"我知不道……"

"怎么会知不道呢？"

小关无奈地摇摇头，叹一口气。他说当初太年轻，根本不懂得谈情说爱、生儿育女是怎么一回事。后来长大了，才明白如是大师的功法早就登峰造极、炉火纯青。她可以用眼神迷倒任何男人，然后在对方不知不觉的情况下为所欲为。

"难道她用曼陀罗花做了蒙汗药？那生孩子总得十月怀胎呀！"

"不，她不用。她像孙悟空，会变戏法，会吹毛变人，就像魔术师大变活人。"

"你亲眼所见？"

"没，没有，我听说的……"

"你就没发现她给你们下药，比如蒙汗药啥的？"

"你打住，千万别亵渎大师！"

"好吧，我打住！不过我实在想不明白，你又是怎么被她关进地牢，然后落到这步田地的呢？难道你做错什么事情开罪她了？"

"我知不道。"

"你好好想想，总有个原因。"

"没原因，一切都是大师的旨意。"

"没原因也是原因……是不是你在她身边太久了，知道的事情太多了？"

"知不道！"

我想小关可能真不知道何以落到这个地步。诚所谓伴君如伴虎，在翠花身边绝对没有好下场。如果我当初与她没有"纠葛"，如果石头当初不认识她，如果……可惜没有如果！

我不相信宿命，而这正是我的宿命。小关也一样，他曾经是一个意气风发的少年，满可以在少林寺偷学武艺，而后开始自己的正常人生，生儿育女，如今差不多可以含饴弄孙、颐养天年了……

问题是命运会开玩笑，有时候一失足成千古恨，有时候一步错步步错，反正没有后悔药。日子一久，我怜惜小关甚于自我怜惜。毕竟我是学心理学的，对这里的一切了如指掌；何况我的一切都是自找的，并没有谁来逼迫或者诱导。当然，说完全没有逼迫也是假的，如果不是因为石头、木棒和仨丫头的遭际，我也不会落到如此下场，也许可以对翠花敬而远之，彼此大路朝天，各走半边，过井水不犯河水的正常生活。

然而，什么是正常？什么是不正常？其实也难有定论。从古来帝王将相何知一时成王败寇、才子佳人谁无一朝人老珠黄，到如今各种一夜暴富岂知醒来一无所有、广厦锦衣也许沦为房奴，实在无所谓谁正常，谁不正常。至于那些看似早九晚五、衣冠楚楚、一本正经地过着正常生活的人，又有谁知道他们是否满心忧思地承受着内卷躺平的厄运。不过人总要向前看，否则就没法活着。万一"山重水复疑无路，柳暗花明又一村"也未可知呀！譬如我吧，眼看就要被翠花及其手下给整死了，可如今还不是活得好好的。我奈何不了她，她也奈何不了我呀！

这么一想，我也就释然了。而且只要小关慢慢恢复正常，咸鱼翻身也不是完全没有可能的，毕竟他是翠花为非作歹的不二证人。

二

色也空，财也空，人生起伏一阵风。这有点像佛家所说色即是空，空即是色，色色空空，空空色色。但我的唯物主义头脑不允许我消极逃避，我得努力帮助小关恢复记忆、增强理智。他是我目下唯一的救命稻草。

"你还记得令爱是 2001 年 9 月 11 日出生的吗？"

"我记得啊,'9·11'大爆炸……不过这时间可能是假的。"

"怎么会?"

"因为大师说生日只是一个符号,就像人的姓名。"

"性命可不是符号。"

"我是说人名。不过对大师来说,一般人的性命无足轻重,生生死死也只是个说法,不会留下什么……"

"但不留下什么并不表示他们不该存在,即使从物理学的角度看,至少物质不灭,而且人过会留名,雁过会留声的。"

"要那个名嘛用?"

"大师不也是个名吗?"

"大师不一样,她千秋万代……"

"还东西方不败呢!"

"啥意思?"

"没啥意思。"

"没啥意思是啥意思?"

"没啥意思就是没啥意思!"

"你这是亵渎大师,知不道?"

我见他怒了,眼圈都涨红了,就赶紧举起双手,表示投降。他见状也便消气了。这时护士进来叫他吃药,他乖乖地顺从了。待护士走后,他转过身去,悄悄地把藏在舌头下面的药片吐了出来,然后以迅雷不及掩耳的速度将它藏到了鞋子里。

"你这样可不行。不吃药你这病可好不了！"

"我没病。"

"没病你在这儿干啥？"

"知不道。"

实在是对牛弹琴。我得想个法子让他吃药，可药都被他藏进鞋子了。于是，我只能趁他晚上睡觉时下手。说干就干，那天夜里，我见他脱下鞋子倒头就睡，可一直不知道他是否已经睡着。我拿一根狗尾巴草在他脸上轻轻滑动，他本能地用手拍了拍腮帮子。我又将狗尾巴草轻轻地划过他的鼻子，他打了一个响亮的喷嚏，然后翻了个身。我见他依然闭着眼睛均匀地呼吸着，而且开始发出规律的鼾声，就知道他确实熟睡了。

我把一张报纸摊在地上，再把他的鞋子倒过来，果然窸窸窣窣地倒出了不少石灰似的白色粉末。我凭借夜灯将这些粉末分成百余等份，用预先裁好的一寸见方小纸片包将起来。我准备每天趁他不备给他牛奶里掺一份药。

计划确定后，我开始每天都得找各种借口、找各种机会往他牛奶里放药。这样日复一日，假以时日，小关或将恢复记忆和神智。可计划跟不上变化，先是小关觉得鞋子有问题。他重新脱下鞋子仔细看看了，然后看看我，又看看隔床的病友。我佯装毫无反应。

"谁动过我的鞋子？"

"除了你，没人动过啊！"

"那我做足疗的药粉哪儿去了？"

我说不知道。另一个病友也说不知道。正这么糊弄着，我见护士又拿着药物和温开水进来了。小关依然我行我素，把药片藏在舌头下面，然后喝一口水。等护士出去了，他照例吐出药片，攥在手里。我以为他依然会将药藏进鞋子，没想到他改变策略，把它塞进了口袋。

"你不是用药做足疗的吗？怎么塞口袋里了？"

"你管得着吗？我改做手疗了……你们还没告诉我呢，我攒的那些药哪儿去了？"

我和另一个病友面面相觑。随后，我灵机一动，对他说：

"可能是医院例行检查给搜走了吧！"

"检查了吗？"

"昨晚好像有医生来过，那会儿我正在做梦，梦见了黑白无常……"

"你不是不信鬼神吗？"

"信不信是一回事，梦不梦是另一回事。"

三

爱也空，恨也空，人生相逢不相同。就像赫拉克利特所说的那样，"人不能两次踏进同一条河流"，我再次看到小露或小朝或朝露便是在小关开始用药做手疗的第三天。

习惯使然，我姑且称她为朝露。她何许人也，无事不登三宝殿，今儿一定是来者不善。我佯装病得不轻，翻着白眼痴痴呆呆地望着天空。小关似乎也在装傻，但他的策略是用眼珠子跟踪地上的蚂蚁。这让我想起了过去的两个同事，他们一个喜欢拿手机拍天，另一个则专拍地上的小花小草。

朝露在代院长和护士长的陪同下视察了医院，我虽然眼力不济，却是天生的顺风耳。我听见她路过我们房间时对代院长说："这两个人请你们格外关心。"院长说："有数，有数。"

"他们的情况怎么样？"

"瞧，都在操场上呢。您放心吧！"

"不行就加大剂量！"

"有数，有数！"

我斜睨着用余光看到朝露匆匆离去。听代院长后来对我说，她以如是大师的名义给医院捐了一大笔钱，还猫哭耗子地对我的境况表示同情，所谓故交云云。代院长和我是同行，姓戴，对我的"病情"自然是了解的，也是同情的。而我投桃报李，也尽力支持他的工作，例证之一便是将狂躁的小关变成了如今的模样。以防万一，我甚至早早地把两份遗嘱交给了他。一份是：

> 如宇宙之微秒微粒，来何惧，去何惜；生不浑浑噩噩，死要轰轰烈烈；然愁苦多于惬意，隐忍多于率性，罢、罢、罢！

另一份是：

> 谓我忧心，心有不甘；甘心即患，患人不义；义者无幸，幸者惧死；死不足惜，惜不见亲；亲远则安，好、好、好！

遗嘱都很简单，去掉标点符号不足五十字。千古奇文《道德经》才五千来字，咱不能不惜字如金。代院长每每视之，皆有所思，他说我的遗嘱让他想起了李禺。可惜李禺的回文诗是有亲有爱的，而我却注定要孤独终老，甚至不得好死。

曾几何时，李禺的《两相思》我等也曾倒背如流。所憾这种情愫和意境或许正在离我们远去。夫妻、父子，渐行渐远，"儿忆父兮妻忆夫""子欲养而亲不待"越来越显得缥缈虚幻，新冠疫情又给了无数远游子孙一个六亲不顾的绝好借口。但我依然心有不甘，有事要做。当然，我也明白，我等虽高自标之，然力有不逮。

我决计从小关嘴里找到突破口，因此我不惜竭尽逢迎之能事；并替代院长捉刀，以便后者在《柳叶刀》或有关子刊上发表论文，从而去掉那个"代"字，可惜他姓戴，与"代"谐音。等他扶正后，恐怕人们得管他叫戴正院长了。"嘘"，这可千万不能声张！为此，我被获准悄悄查阅医院学术档案、使用计算机翻墙查阅境外网站。

我借此给一些亲友故交发了邮件，请求他们伸出援手。

结果当然不妙，一切如同美丽的肥皂泡在空气中破碎。

四

日也长，夜也长，人生何处不惆怅。邮件有去无回，"知音"、"好友"一概杳无音信。老话说得对，"人倒起霉来，喝水都噎着"，我的牛奶把戏也很快被小关识破了，他开始拒绝喝牛奶，后来干脆抢我的牛奶喝。

为了让他吃药，我又开始在自己的牛奶里放他的药粉。

"那是够恶心的！真是难为你了！"

这是戴院长正式升任院长后亲口对我说的。我苦笑着心想，"那是相当恶心啊！跟孙膑装傻差不多。"趁着院长高兴，我被获准每周用一次手机。这是个天大的恩惠，就像死刑犯突然获得了特赦。

有了手机，也就意味着可以联系到老白这样的同谋。果然，时隔半年我第一次打开手机，就看到了老白发来的密电码。他用"id"（本我）、"ego"（自我）、"impulse"（冲动）、"fantasy"（幻觉）、"judgment"（判断）、"catharsis"（宣泄）、"cleansing"（净化）、"hypnosis"（催眠）等一系列术语编织了一个又一个加密信息。譬如"idhypnotizher"，"judgmenotfantasy"，诸如此类。我对他的处境和计划心领神会,因此如法炮制,给他回了微信。我告诉他目前尚无谋面的可能性,遑论策划行动。这他自然明白,因为精神病院基本属于军事化管理,闲杂人等很难随意接近。可老白是谁呀?他也是老神经了,而且易容、更名,无所不能。是的,第二天他就来医院看我了。原来否极泰来、柳暗花明有时竟可以如此简单。

问题是房里还有两名室友,老白只能点到为止。他竭尽所能,用眼神、心理学词汇和一堆只可意会不可言传的哼哼唧唧让我密切关注即将发生的一些事。我答应了,同时规劝他千万不要鲁莽行动。然后,没过几个小时,医院的卫生库房着火了。医生、护士和安保人等带着我们离开房间,逃到操场中央。这时,小关拉着我朝澡堂跑去。我以为他这是一种自救方式,毕竟澡堂里水源充沛。

但是,我错了。小关把我带到澡堂冲洗间的一个下水道旁,示意我一起将井盖似的铁板撬开。我俩费了九牛二虎之力,好不容易挪开了井盖。那就是一个井盖,关键是它重得惊人。也许是我老了,也许那井盖确实格外沉重。总之,小关也累得上气不接下气。眼看着黑黢黢的下水道,小关二话没说,就坐到洞口出溜了下去。我照此行事,但见洞内漆黑一片,而且臭气熏天。

"肯定是那些王八羔子冲澡的时候撒尿来着……"

我跟着他在恶臭难耐的管道里连滚带爬,不知用了多长时间才终于见到了一丝光影。那是某大街的路灯通过一个井盖孔射来的。我们又用尽吃奶的力气将井盖推开。小关正要探出头去，一辆呼啸而过的救火车从他头顶飞驰而过，紧接着又是一辆。

"肯定是去精神病院救火的。"

"那还用说！"

"现在可以出去了。"

五

朝也惶，夕也惶，人在低处独彷徨。小关嘟囔着抢先爬出了井口。我也跟着爬出了井口。这条街并不热闹，应该离医院不远。的确如此，救火车的警灯在不远处闪烁，尽管我以为已经出城到了不知道什么遥远的地方。

"你猜是谁放的火？"

小关边走边问。我摇摇头，心想："反正不是你。"

"是今天来看你的那个朋友。"

"别瞎说！怎么可能？"

"别装了！你俩腻腻歪歪的那点事儿都被我看出来了。"

我既没承认，也不否定。这把火大概率是老白放的。他不仅是放火老手，而且确实示意我今晚会有行动。可逃出来了又该如何？我不知道哪里才是落脚之处。

"去你老朋友那里吧！"

"哪个老朋友？"

"放火的那个！"

"我根本不知道他住在哪里……"

"那就跟我走吧!"

"不行,两个人目标太大。不如我们先各奔东西,等以后安全了再联系。"

"怎么联系?"

"我有手机号码。你记一下……"

"你有手机?"

"是的……不是,我把SIM卡取出来了。"

"算了,还是一起走吧,我远远地跟着你,别担心。以后你就是我哥!"

我灵机一动,忽然想起了石头的房子。石头走后,那房子一直空着,遗憾的是我不敢回家取钥匙。小关见我犹豫不决,就知道我有难处。

"这样吧,我替你回家打个前站看看。"

"你去还不如我去呢。只不过咱也得化装一下……"

"这个好玩,我在行!"

于是,我俩找到一家尚未打烊的小理发店。店老板是个中年妇女,见我俩浑身污泥、臭气熏天,就捂住了鼻子。

"我这是理发店,不是洗澡堂!您二位走错地方了吧?"

"没错。姑娘,我们遭人抢劫了,丢了车子,还被扔进了烂泥坑……"

"原来是这样……店里倒是可以洗澡,但我没有你们换洗的衣服呀！”

“衣服没关系，我们洗个澡，再请您帮我们剪个头发。衣服洗一下就行，反正天热，穿身上一会儿就干了。”

“那你们有钱吗？我小本生意，可不能做赔本买卖。”

我身上确实没带钱，可小关有。这我知道，那天替他倒药时看见他鞋垫下面压了一沓钞票。我朝他鞋子看了一眼，他就乖乖地脱下一只鞋，从鞋垫下抽出张一百元来。他把钱递给老板娘，问她够不够。她拨弄着钞票，勉强地点了点头，随即把我们领到里屋，然后转身出去并带上了门。

六

情也重，义也重，遇到名利各西东。我和小关先后冲了澡，旋即草草地洗了洗衣服，穿上后湿漉漉地出来请老板娘剪头发。我理了个寸头，他却矫情地非要烫发。老板娘耐心地替他卷了满头的塑料圈，涂上定发液。我在等待时从裤兜角落里取出包着医用手套的 SIM 卡。它差点儿被我蹂躏了。真悬！为了追求乔装效果，我还看中了老板娘橱柜里的一个廉价发套，虽然是黑假发套，但足以让我想起石头的那个鬼故事。

待小关烫完他的“氢弹爆炸头”，我向他借钱，理由在于得赶紧买一台手机，哪怕是二手货。他急了：“又让我出血?"

"那怎么办？万一你我不小心走散了，往后怎么联系？"

"好吧！亲兄弟明算账，我再借你三百，加上刚才理发一百，买假发套一百，你一共欠我五百……"

"不对啊，理发你也有份的，没准这假发套你也能用！"

"还有利息呢！"

我见他这副斤斤计较的嘴脸，只能同意。我得设法尽快找到老白，可兴许他又换了手机和号码。幸好我的手机还在院长的柜子里，他们一时半会儿还定位不到我。而小关既无手机，也没有SIM卡，更是出笼的鸟儿没了方位。

我们决定去石头家落脚，但首先得到我家取钥匙和门锁密码。为了避免遭遇警察和医院安保，我们先到硕果仅存的网吧给老白发了个加密邮件。小关瞪大双眼看着那些莫名其妙的字母，感慨说："你这不是密电码吗？"

"是又如何？这年头不骗别人，骗骗自己总可以吧？"

"你这明明是在骗我！"

"我骗你干吗？万一被医院安保发现，我们岂不是玩完了？"

"倒也是！关键是他们会怀疑我们纵火逃逸……"

"那不会，我们有证人，同屋那位大概率是医院派来监视我们的。"

"干吗监视我们？难不成他们知道我们会逃跑？"

"此事说来话长。你小关不是什么好东西,我也不是省油的灯。换了我是朝露,也会多提防两手,更不用说如是大师了。"

小关点头称是。我俩在网吧玩了会儿游戏,以此等待老白的回音。小关又为这花了一百元,于是我的欠债变成了六百整。

想想小时候好天真,总是梦想天上掉馅饼,捡个金元宝或者哪位江洋大盗不小心遗失的钱麻袋。心还不贪,只要一万多一点就行:一万存到银行拿利息,多出来的零头买好吃的。所谓好吃,也无非是肉包子、牛轧花生糖之类。当然,我也没忘了请石头和木棒好好下一次菜馆,譬如每人来一屉大肉包;同时送翠花一件红毛衣或一条红围巾。红色很贴合她,我当时真这么想,谁知转眼成了势不两立的冤家对头。

第五章

穷也罢,富也罢,世事变幻命为大。老白惜命,他的座右铭是"好死不如赖活着"。但他也会冒险,有时甚至不择手段。人就是这么矛盾。

老白如约到本城最热闹的集市等我们前去碰面。其实我们比他早到了足足两个小时。反正没地方去,天一亮我们就离开网吧,到了约定地点。没想到集市那么大,人声喧嚷,人头攒动,而且我们还化了装,老白根本找不到我们,我们也一个劲儿地怪他选错了地方。老白没辙,情急之中计上心来。他临时买了两个假发套,一手一个,在集市里扯着嗓门到处兜售。这很快引起了我们的注意,但也招来了管理人员的抗议和制止。

我们走近一看,发现原来老白也戴着假发套。他这才急中生智,想到了叫卖假发套的鬼点子。

"不卖了,不卖了,我到别处去卖!"

老白嬉皮笑脸地打发了市场管理员,带着我们离开了集市。三人当中,老白鬼点子最多。这是他多年作奸犯科积累的经验。我这么想,也这么对小关说。

"谁作奸犯科了?咱那叫斗智斗勇!"

"对,对,对,斗智斗勇!"

"她如是大师想一手遮天,咱非得用金箍棒捅她个窟窿洞……"

听了这句带色的双关语,小关转过头去。我从他的神色中看到了他的矛盾心理。正所谓堡垒最容易从内部突破,他是我和老白取胜的关键。谈何取胜?能同归于尽就不错了,我转而又想。

一

老白去过我家,按照我的提示他可以轻而易举地找到石头留下的那串钥匙和旁边的开锁密码。而我只用密码锁,为这石头嘲讽我赶时髦:"万一健忘或老年痴呆就歇菜了。"但密码门锁也是有钥匙的,倒是他那扇银行保险柜似的大铁门,需要同时用两把钥匙才能开启。电梯也是如此。因此我也曾回敬他:"万一你不小心摔一跤,无论哪只手受伤都没法开门喽。"

如今老白得替我们仨去冒险,我心里挺不是滋味。叫他毫不畏惧。

"咱贱命一条,苟活至今,早就净赚不赔无所谓了!"

"这倒像是我说的。不过既然为了共同的目标走到一起来了,我们得互相关心、互相爱护,尤其是对小关,毕竟年轻些，未来的路还长……"

"我从来都是踩不烂、踏不死的小草，你们放心吧！"

我们说话间，老白挥挥手出发了。"654321"，我叮嘱他别忘了门锁密码。

"你这个密码数字很不好，从大到小，越活越糟！"

我笑了笑，心想小关居然也这么迷信，"难道888真就发发发了？"哪有那回事？多少贪官口袋里装着用高香和巨款请来的桃符，不也照样进去，落个牢底坐穿，甚至死无葬身之地。我于是顺口问他：

"你家如是大师是不是特迷信？"

"她那不叫迷信，叫信迷，哈哈哈！"

"怎么个说法？"

"信她就迷，迷得倾家荡产，就像你那哥们。"

"那你还助纣为虐，为虎作伥！"

"我没办法……"

"没办法是你的借口！"

"没办法是因为她信徒太多……"

小关不吭声了。他虽然嘴硬，但良知未泯。单凭他能带我从精神病院逃出来，就说明他心有不甘。但不甘心又能如何？

根据老白的情报，翠花早已改变策略，把主要资本和业务转移到了国外，尽管还有一批死心塌地的心腹爪牙留在国内替她打扫战场，刺探消息，以防不测。最近十来年，国内反腐反贪取得压倒性胜利，那些曾经与她眉来眼去、相互利用的非富即贵或锒铛入狱，或泥菩萨过河自身难保，有些侥幸躲过一劫的也成了见不得阳光的鼠辈。大师自然也渐渐失去了昔日辉煌，开始谨言慎行、抱残守缺。

但小关不这么认为，他说诚所谓"瘦死骆驼比马大"，如是大师像一座高矗的大山。

"你我都是愚公。"

"那怎么办？"

"要从她的左膀右臂入手。只有他们是冲垮大山的洪水猛兽。"

"策反？你的意思是'末大必折，尾大不掉'？"

"差不多，就是这个意思。"

"那谁算是她的左膀右臂呢？"

"过去是我，现在就知不道了，得容我好好打听一下。"

由此可见，小关已经被我策反。其实他精神正常得很，而且无须策反。他如今之所以甘愿和我等一起冒与虎谋皮之险，那是因为翠花害他匪浅。你想想，曾几何时他一人之下万人之上，呼风唤雨、叱咤风云，结果一朝失宠，被翠花关进地牢，直到他吃屎喝尿为止。

但是，我后知后觉，这些都是才明白的。

二

　　老白应该很快就会拿着石头的钥匙和密码回到我们所在的小花园。这儿离我家不远,花园里尽是广场舞大妈的乐章与身姿。我和小关怔怔地看着她们,大概并不是一样的滋味。至少我羡慕她们的生活,也许较之于男性,我们的女性始终是强者。例证之一便是那个球,有人极而言之,认为不如直接派女足上场迎战外国男足算了。此外,她们更懂得寻找生活的乐趣,也更有生活的韧性,而且仿佛生来就多了一份艺术细胞。小关说他在她们身上看到了往日夜总会姑娘们的影子。如果后者安好,早期的也快到这个年龄了。

　　"你还能找到她们吗?"
　　"知不道啊!再说我哪有那个脸见她们呢?!"
　　"你那是听命于人,而且知错能改,善莫大焉。"
　　"有些错误是不可饶恕的。改了管个屁用!"
　　我当然明白他的意思,毕竟我眼睁睁地看着夏琴是如何消失的,也从石头和老白那里听说过燕子的悲惨结局。鉴于话题过于沉重,我问小关想不想听故事。他点了点头。于是,我给他讲了一个由元宇宙引申的鬼故事,算是给他补课,毕竟他从地牢到精神病院已经有些年头了。其实这故事我也是拾人牙慧,刚从戴正院长那儿听来的。

话说老张带着孙子到一家元宇宙馆体验高科技带来的神奇世界。他们付了钱,买了票,领了两副眼镜,被一位司仪小姐带进了一个空荡荡的大圆厅。小姐让他们坐在大厅中间的靠椅上,然后帮助他们戴上眼镜。没等她调试完毕,那孩子就大声嚷嚷起来:"哇,这么多人啊!"老张说:"哪里有人啊?我们来早了,节目还没有开始呢。"小姐说:"是啊,小朋友,节目尚未开始,请耐心等待。"可小朋友说得有板有眼的:"开始了,很多人从地下钻出来了!爷爷,我们怎么办?""什么怎么办?你乖乖待着,这是虚拟空间,跟你们玩网游差不多……""不一样,他们是僵尸,像 Walking Dead!""那你就慢慢看吧,我这儿还没开始。"这时,司仪小姐忽然一阵手忙脚乱,并慌张地叫喊起来:"快来人啊!这儿需要电子虚拟武器!"

就在小姐跑出大厅的当儿,老张的孙子从座位上跳将起来,他东闪西躲,仿佛身边充满了危险。这让老张感到十分诧异。他一边放下眼镜去拉孙子,一边想起了前不久发生在住宅大楼电梯里的那个恐怖故事。后者说的是一家人住在一栋十八层的高层住宅楼里,有四部电梯供住户上下。一天夜里,一名住在十八层的姑娘当晚加班回家,由于已近寅时,周遭万籁俱寂。她像往常那样按了电梯按钮,几部电梯同时快速下到了底层。她意兴阑珊地上了其中一部,然后关上电梯门。电梯缓缓上升，停在了三层。电梯门自动打开，门口站着一位英俊的男士。姑娘正欲后退半步，以便对方上来。结果那人无奈地叹了口气说："今天真是邪门，这么晚了还有那么多人？"这时，电梯门又自动关上了，但姑娘听到了那位男士的下一句话："怎么四部电梯都这么拥挤？我已经等了好一会儿了！"

姑娘顿时浑身起了鸡皮疙瘩。她用余光审视着电梯空间，心想："明明只有我一个人啊！"

小关打断我说："这故事我听过，那姑娘到十八层后发现电梯外面是一片沼泽，因为当时刚发生过地震，死了很多人……"

你那个版本不对。十八层还是十八层，只不过电梯在十七层又停住了。这时，刚刚还在三层电梯口的那位男士终于也上了电梯。他对姑娘说："这电梯你不该乘。"姑娘觉得更加莫名其妙了，"我天天乘啊……"他说："但这会儿不能乘，它正在运僵尸。"这时，电梯关上了门，并瞬间到了十八层。电梯口和楼道里到处是人。他们大多彼此认识，纷纷围过来问她是怎么上来的："电梯里都是人影，你怎么敢坐？我们已经报警了……大楼一直在摇晃，好像有地震……"

"有地震你们还敢坐电梯?"她这么想着,回头看了看空荡荡的电梯,结果连那个一起上来的男人也不见了,当然不知如何作答,只觉得鸡皮疙瘩掉了一地,发出细雨般淅淅沥沥的声音……

故事又被小关打断了,他说那是夜总会用来唬人的,不然哪有这么多人相信鬼神,动辄阴阳八卦、星象运势哩。说罢,他随即问道:"那对爷孙后来怎么样?"

"爷爷紧赶慢赶追上孙子,并摘掉了他的眼镜。结果那孩子依然四处乱窜!"

"难道被吓傻了?"

"谁知道呢?当然,元宇宙上天入地、古往今来,无所不能……就跟我们昨晚在网吧玩游戏一样,无非这个是四维空间,你甚至可以置地买房子,或者集结一支军队,甚至再开一家夜总会……"

"那不是以前的虚拟共和国吗?"

"是啊,还有你不知道的比特币……人们的欲望在虚拟空间中无限膨胀。"

"真能买到房子挣到钱?"

"这就要看运气了,庄家说行就行,说不行就灰飞烟灭、血本无归喽。当然还有各国政府、实体经济和常规市场的干预。总之,情况很复杂,玩票须谨慎。"

"这不是赌博吗?不过你说得像股票广告。不,是空手套白狼。"

"差不多啦!"

我们正这么说着,老白到了。他满头大汗,那汗珠让我想起了电梯姑娘的鸡皮疙瘩,只不过一个是湿热的,一个是干冷的。老白把石头家的钥匙和密码条塞到我手里,问道:"接下来怎么办?"我说:"当然是去石头家!"于是,老白拦了一辆出租车。

三

我们在距离石头家五六百米的一个街角下了车。为保险起见,我让老白先去探探路。他化装得很低调,像个进城务工的油漆匠,穿着一身半新不旧的迷彩服,背着一个迷彩包,头发乱蓬蓬的,像是好些天没洗澡了。

老白走后,我和小关在附近溜达,想看看有没有可疑人等。

没过多久,老白就折回来了。他说门已打开,而且没发现什么异常,因为电梯门上贴满了水电催款单,门把手上落了一层灰:"可见有时间没人光顾了。"

这回我让老白先别急着跟进。我要带着小关先去石头家。同时,我还托老白到附近帮我买一台手机,便宜一点,能用即可。

石头走后,我替他料理完后事,同时简单查看了一下各个房间和床铺,之后就再也没有来过。一切都保持了原样,真个物是人非。现在我们不得不借他的豪宅好好躲避和筹划一下。房子占了整整一层。虽然处在三楼,但依然安装了独立电梯,而且石头去世后物业擅自封住了三层的楼梯。这样一来,一旦掐断电源,就很难有人上得来。不过我习惯爬楼梯,对这种加锁电梯没啥好感。

老白很快买了一台新版华为手机和我们会合了。我问他多少钱,他回说:"送你了,就算见面礼。"我本能地朝小关斜睨了一眼,但事后觉得有失厚道。人家小关也不容易,他的那些百元大钞还是十几年前发行的四伟人头像版,理发店老板娘就曾诧异地端详了好一会儿。我当时半开玩笑地对她说:"是文物,比新钞票值钱。"

我把 SIM 卡装进新手机,卡里有不少故交的联系方式,其中就包括才女和朝露。老白让我加了他的微信和号码,我看了一眼小关。忽然想起了石头生前的那台手机。我开始在后者的房间里寻找那台手机,至少小关用得着。可三个人找了半天也没找到那台手机。这令我很沮丧,同时也很恐惧。石头走后,我明明记得把他的手机带回来放在这里的。难不成有人来过?

老白很笃定地说:"才女和朝露她们什么事做不出来?"

"还有你的那位双面间谍……"

我的话使老白很气恼:"你又哪壶不开提哪壶。"

"我不是故意的……"

小关不明白我们在说什么,但他知道才女和朝露:"那个才女很重要,她算得上是大师的左膀右臂。你们知道她在哪里吗?"

老白指指天上。我闷声不响。

"她是怎么死的?被大师除掉了?不会啊,她应该是大师的亲生女儿……"

老白又说了:"亲生女儿又如何?武媚娘还不是亲手掐死了襁褓中的亲生女儿?!"

"提到才女和朝露,"我接着说,"有一件事我始终不确定,那天究竟是朝露杀人灭口,还是另有其人?"

"那还用怀疑,肯定是朝露嘛!"老白斩钉截铁得不留余地。

"朝露杀才女?这更不可能了,她们是亲姐妹呀!"小关成了丈二和尚。

"朝露对才女有意见,这我知道。"我回想起那天夜里和朝露厮混的一些细节,犹如在元宇宙中穿越时空。

老白对才女和朝露的了解仅限于陆富贵提供的情报。那并不可信。而小关的记忆还停留在十来年前,更不可能不失真。老白大概是受到了一点刺激,说他早知道陆富贵不是个东西,但只能将计就计,否则更摸不着边了。也是,如是帝国的那群爪牙就像明朝嘉靖年间的锦衣卫,只听命于一个主子。但他们也是人,是人就会有弱点,而陆富贵恰好利用了才女的弱点,结果被朝露来了个干净利落的一窝端。

"当时的情景仍历历在目……"老白不禁感慨一番。

"这么说当时你在场?"

"没有，没有，电视上看的。"

老白的话让我平添了疑窦。

四

"你们都把我弄糊涂了。谁是陆富贵啊？才女是怎么死的？"

用老白的话说，"小关确实 out 了"。世界发展太快，科技日新月异，一眨眼的工夫中国都可以与美国分庭抗礼了。至于我们这些被翠花玩弄于股掌之间的普通人等，也许有朝一日可以让她的帝国土崩瓦解。

"你老想得太简单了。我听说朝露把才女的茶吧变成了'剧本杀体验馆'。"

"啥'剧本杀'？"

"瞧，你也 out 了！"

老白卖起了关子。小关就更加不知所以了。我请老白好好说道说道，于是他给我们上了一课：

"剧本杀"是个新玩意儿。简单说来就是庄家给你一个剧本，让你选择其中的一个角色，你可以是侦探、侠客，也可以是逃犯、罪人、鬼怪，或者任何一个庄家想象的虚构人物。剧本可能是根据侦探小说改编的，也可能是面壁虚构的怪诞故事，甚至灵异事件。年轻人进入游戏前得购买入场券，它可能价格不菲，数百元至上千元不等，其他消费还不算。这要看角色的戏份和刺激程度。一旦投入其中，你就必须按照剧本和既定规则进行表演，但与一般电影、戏剧演出不同的是，警察抓到小偷或罪犯时可以拳打脚踢，反之亦然。这听起来像传说，但细思极恐。因为它不仅激发了年轻人的好奇心，也同时刺激了他们潜在的邪恶心理。从心理学的角度看，它是促使力比多爆发的一种半真半假、半虚半实的大秀场。

我虽然听说过"剧本杀"这个词儿，但并不知道它的实际含义，更想不到朝露会染指这个行业。小关感慨万千，说："'士别三日当刮目相看'这话还真有道理。"

"她是个狠角色。我领教过她的狠。"

老白叫我们赶紧打住。他说他看见年轻人通宵达旦地在里面玩"剧本杀"，他们人五人六地进去，灰头土脸地出来，有的还挂了彩。我说："警察不管吗？"

他说："怎么管？人家花钱玩游戏，难免磕磕碰碰，个死人不报警的，叫警察怎么管？"

"那还有没有王法了？"我实在气不过，觉得这不明摆着误人子弟、把青少年引入歧途吗？

这时，小关摇摇头："游戏就是游戏，譬如球赛，踢伤撞伤在所难免，除非有人告你故意伤害。问题是告你的人早被摆平了……"

这倒像是小关的现身说法。

老白接着说:"我还发现朝露养了很多打手,说好听一点是保安。他们整日里戴着口罩和鸭舌帽,白天还要各加一副墨镜……"

"典型的黑社会!"我大声嚷嚷着。可小关不这么看,他说这是虚张声势,"想当初我身边也跟着一群这样的崽子……唬人罢了。"我问他:"就没有发生过斗殴或巷战之类?""你以为是香港武打片啊?警察不是吃素的,除非发生大规模骚乱……骚乱也不怕!我在医院那儿年香港就发生过骚乱,结果还不是被平息了。""是啊,人心思安,这是千古不变的真理。除非有人欺人太甚,比方你家大师。""她早就不是我家大师了。在医院里我那是装的,因为隔墙有耳。"

五

小关果然不简单。有了他,我和老白如虎添翼。但是,要对付一个财力雄厚、合法纳税的新兴企业,我们似乎又有点老虎吃天无从下口。先是小关自告奋勇,说要到朝露所在的"体验馆"去体验一把。

老白觉得可行。但我怕朝露认出小关来,反而弄巧成拙。

小关信誓旦旦,他不相信朝露还记得他的模样。也许吧!毕竟他们接触不多,何况朝露和她背后的大师可能不再对他有什么忌惮。

"倒是你,要千万小心!你可是她们的主要目标。"

"你这家伙不简单啊!瞒了我这么久,其实脑子清楚得很!难怪在医院里不肯吃药,原来早知道我和翠花的恩怨情仇了。"

"我早就听说过你的大名,只是当初不知道那仨丫头是你和你哥们的亲闺女。自从你到了医院,又迫不及待地向我打听仨丫头的下落,我就知道你就是她时常惦念的那个人。"

这回轮到老白不明就里了,他急吼吼地打断我们:"你们说啥呢?还不赶紧出出主意,得尽快想法子接近朝露才是。"这是必须的,但正所谓"欲速则不达",凡事得谋定而后行。经过反复商议,我决定亲自出马。个中缘由说来并不复杂:一是三人之中我最了解朝露;二是老白有纵火嫌疑,而小关带着重病号和狂躁症的身份标记;三是我年龄最大,一个七十多岁的老头儿不易引起安保注意。

然而,万事开头难。我心里还没有半点思路。我在脑海里翻检着许多名字,从穿开档裤撒尿和泥玩过家家时的发小,到小学、中学、大学同学,以及一切有过来往的亲友、同事和学生,竟然想不起一个可以依傍的人来了。不知道这是我的失败,还是人心如此。

小时候听鲁迅说"人心很古",我还颇不以为然。那时候日子很长,生活像仲夏夜的湖水一样平静。多希望来一阵风雨雷电,多盼着有一点家长里短和小道消息。因此，哪个小朋友因为偷吃家里的白糖挨打了，哪家的婆媳因为女工针脚吵嘴了，哪棵树上的鸟窝里有蟒蛇吞噬鸟蛋了……一切风吹草动都是新闻。即或旧闻，那也是打发时间的好玩意儿，因为不同的人有不同的传讲方式。有人说梁山伯其实早知道祝英台是个女孩子家家，因为马文瑞的那个马家庄就在祝家庄旁边，只不过一开始祝英台还是个黄毛丫头，尚未出落成人见人爱的小九妹。马文瑞家里随便哪个婢女都比她好看，自然也没把她放在眼里。叵梁山伯就不一样了，他出身贫寒，来自穷乡僻壤，没见过大户人家的小姐，不免稀罕。加之祝英台本性良善，毫不嫌贫爱富，梁山伯便有意亲近她。他们就像《木兰谣》中的木兰和王子，一起度过了迷藏般的美好时光，直到有一天马文瑞爱上了祝英台，才迫使她不得不放弃学业，提前回到祝家庄。至于"十八里相送"和后面的悲剧则基本没有变化。但化蝶是最富有幻想色彩的一点，没有小朋友怀疑它的可能性和真实性，尽管对于祝英台的女扮男装我们多少有些难以相信。原因也很简单：我们的女同学无论演戏还是运动，怎么女扮男装，都一目了然。

那么如果男扮女装呢？

终于，我请老白买来了一些广场舞老人们平常穿戴的衣裳和服饰。同时用镊子拔掉了所有胡须，再涂上化妆品、戴上假发套，这样活脱脱一个古稀老妪。只是身高有点麻烦。虽然我已经抽抽了不少，但扮成老太太后依然显得有些过高。唯一的办法就是装驼背，缩脖子，这样既可解决身高问题，还能遮住突出的喉结。至于嗓音，但凡有点嗜好的老太太也都带着烟酒腔，孰男孰女通常很难区分，就好比尚未变声的童年时期。

老白和小关看到我这副模样，捂着肚子，笑得前仰后合。看来到了一定年龄，男扮女装似乎更加容易。

六

一切安排停当，我择机出发，先到超市晃了一圈，发现没人不把我当老太太。装不小心跟小朋友碰撞一下，他们都会毫不犹豫地说："奶奶，对不起！"

我心里有底了。但如何接近朝露仍是个悬而未决的大问题。直接闯过去找她得有令人信服的理由，但若不去找她就无法尽快走进她的世界。正在踌躇当中，小关出了个好主意："你何不带上一队广场舞大妈去玩什么杀呢？"对呀，于是我立即回到我家附近的小花园，跟在一群大妈身后跳广场舞。看着她们熟练的动作，我顿时傻眼了。小关和老白远远地在花园一隅边抽烟，边窃笑。

我豁出去了，使出浑身解数，立誓要让自己这把老骨头重新焕发青春。大妈们倒是很热情，在两曲的间隙，就有好几个围住我，问我之前是不是没跳过广场舞。我说："是啊，刚退休，得从头学起。"她们安慰我，叫我慢慢来，有两周时间就能跟上节奏了。

两周，这是一个漫长的时间。我可没有那个耐心，因此得设法尽快取得她们的信任、跟上她们的节奏。于是，我用上了老本行。"对，攻心术！"小关对此不以为然。他建议我还是耐心跳舞，争取融入集体。他和老白经过仔细分析，认为那个姓龚的大妈是群主或核心。"得在她身上下功夫！"小关笃定地说。不过老白认为龚大妈只是领舞，好像不如另一位姓穆的大妈更有号召力。

无论是龚是穆，我都得设法接近。这是我的任务。于是，我一有机会就找龚大妈或穆大妈聊天，向她们请教舞步，同时诱导她们说些家长里短。很快，我得知龚大妈已经独居多年，是个标准的空宅大妈。穆大妈虽然有老伴，但夫妻关系很糟糕，几乎处在同屋分居状态，就差丢掉一纸婚约了。她们的共同爱好除了跳广场舞，就是打麻将。两者都有游戏成分，是诱导她们玩"剧本杀"的好基础。

我硬着头皮学广场舞，结果很不错。没几天便基本上跟上了节奏，动作也越来越协调，尽管有些"僵硬"。这也是龚穆二位的基本评价。见我这边进展顺利，老白和小关就兵分两路，一个在"体验馆"附近察看地形和馆内外动静，另一个负责刺探朝露行踪。

回说我在接受才女案审理过程中并未被提起公诉，一是因为证据不足，二是由于朝露提供了我不在场的证明。问题是既然我当时就在爆炸现场，而且一度昏迷不醒，又怎么脱得了干系？于是，检方根据朝露提供的线索，查到了我有精神病史。这么一来，单位不仅没有停止给我发退休金，而且还追加了一笔补助。谢天谢地，太人道了！我得好好报答政府，报答社会！

我到自动取款机查验了一下，发现工资卡里竟有五万多元。这下发财了！我按规定分三天把钱取了出来，然后进行了公社式平均分配。三人各一万五，余下一万做储备金。老白推说不要，但我还是硬把钱塞进了他的口袋。第二天，老白回来途中买了三台廉价望远镜，说这玩意儿管用，可以远距离观察和跟踪目标。我随手将它放在了茶几上。

根据约定，我开始组织大妈们成立"剧本杀实验队"，剧本是我根据《东方快车谋杀案》改编的，需要十二个人扮演不同的角色。我自己担任导演和侦探，因此必要时我会"女扮男装"。除我之外的十一角色，皆由大妈们自由选择。可是她们谁也不愿意演杀人犯，于是我反复推敲，几经修改，最后的剧本又加了一个灵异人物，视剧情发展情况确定戏份。大妈们的好奇心被激发出来了，她们怀揣着不同的心境，大抵准备在这个半虚拟时空中演绎一个不同的人生。只有极少数因为区区八百元出场费而津津乐道。龚大妈、穆大妈和另外五六位大妈谢绝了出场费，表示愿意友情出演。

龚大妈人高马大，二话没说选择了被害者。她说："谁想谋杀我尽管放马过来，我倒要看看谁吃了熊心豹子胆！"我告诉她，剧本是开放式的，也许会有很多反转，其中的悬念既可能很玄幻，也可能很现实。

第六章

为了顺利进入朝露的"体验馆",我反复用激将法鼓动龚大妈出面接洽。终于,她当仁不让,自驾豪车闯进了朝露的世界。开始,"体验馆"的执行经理不接受我们的剧本,理由是他们有许多现成的剧本供我们挑选。龚大妈何许人也,她可是不达目的誓不罢休的主:"我们已经操演了好几回,换剧本不合适。再说我们只不过借宝地一用,还能替你们做广告不是?现在进进出出的都是无知少年,这不成啊!我们一旦参与进来,那可是一个庞大的消费群体,既不缺钱,也不缺时间,你们何乐而不为呢?"

对方强调:"公司有公司的规则,何况"体验馆"是真人秀,万一出了人命或其他不可预见的麻烦,谁负责?"

龚大妈言之凿凿,说:"既然是生意,没有人会轻易放弃唾手可得的市场和利润。至于方式,那也是供给侧首先得放下身段。再说顾客是上帝,你们有什么为难的?不就是挣钱吗?老娘有的是钱!"

对方又说:"法治社会,口说无凭。"

龚大妈说:"大不了我们签生死状,一旦出事,公司概不负责。"

对方最后表示一切可以商量,唯一的遗憾是公司没有车厢,只有迷宫,但他们必须请示老总。

首轮谈判就这么戛然而止。我说迷宫也可以,不一定非得要车厢。

一

龚大妈原来还是个富婆。后来我听说她丈夫是个地产商,为了规避风险,早就跟龚大妈办了假离婚,并将大把资产转到了她的名下。两年前地产公司资不抵债破产了,她就假戏真做,把一穷二白的丈夫一脚踢开了。

"是个狠角色!"小关听说后不禁啧啧赞叹。可老白却说:"这样的人靠不住,最好别带她玩。"

"我觉得她很适合演凶手的目标,因为她不仅真的有钱,而且会使剧情出现意想不到的反转。"

"她有这个能耐吗?"

"那也得冒险啊!值得!"

老白是一朝被蛇咬,十年怕井绳。他心有余悸;而小关似乎报仇心切,较我更甚。且说那天龚大妈带着穆大妈一干人分乘四辆落差巨大的轿车抵达朝露的"体验馆",我就坐在龚大妈的副驾驶座上。我们下了车,"体验馆"

四位戴墨镜的保安把车开进了内部停车场。我故意制造乱象，撺掇一队人直接往"体验馆"闯。这时，几个全副武装的彪形大汉拦住了我们的去路："一个一个地往里走，先扫健康码，再安检！"

幸好我那天借了刘大妈的副号手机，就坦然地扫码进去了。曾经的茶馆已经面目全非，唯独才女的经理室还是原来的模样。根据老白的情报，我知道这会儿朝露就在里面。所谓"仇人相见，分外眼红"，我佯装好奇，正要去推朝露的门，一个保安老鹰抓小鸡似的将我拽到了一旁。我披着嗓门嚷嚷起来：

"你干啥？你干啥？"

朝露听见了，她笑吟吟地开门朝大伙儿招招手。我这才发现原来龚大妈穆大妈她们一直跟在身后。朝露一点都没有变，表面上还是那么光彩照人，但我知道她心有多黑。大妈们被她的美貌镇住了。

"哇，这是哪位仙女呀？"

"您也太漂亮了吧？像哪位明星……"

"哪位明星有这么俊啊？"

"不是人造娃娃吧？"

……

她们七嘴八舌，嚷嚷开了。朝露依然笑吟吟的："您几位是来体验的吧？我早听说了，迷宫谋杀案！我们早就布置好了。"她说罢转身对身后的一名保安说，"带她们去看看现场。"我眼睁睁地看着她一个华丽转身进了办公室，关门前还回眸瞟了我一眼。

这一眼让我有些发怵，心想可千万别让她认出来。

现场很不错，《东方快车谋杀案》变成了《东方迷宫谋杀案》。迷宫就设在原先的茶馆二楼，但是大面积的玻璃天窗不见了，各种名贵的宠物猫也没了踪影。各色包房被改造成了可怕的迷宫。它分上中下三层，层层联通，重重叠叠，而且布满了璇玑诗般的密道。每个密道只有半米到一米来宽，高度也不断变化，多数情况下演员必须猫着腰行走，而且里面灯光幽暗。密道有岔口，不同密道之间还有交接口、逃逸舱和特别通道，但打开特别通道的口诀往往是一个谜语。如果猜不出谜底，那么演员只能后退并另辟蹊径，直到被凶手"杀死"，或者被灵异角色"吃掉"。这样一来，受害者就不仅仅是龚大妈一个角色了。而且，为了活命并顺利逃脱，谁都可能成为凶手。为了找到凶手，我需要迷宫图纸并适当观看视频。公司提供了图纸，但不允许我接近监控室观看视频。

二

我没想到，龚大妈这么豪爽，游戏价格不菲。小关以他的习惯思维揣测龚大妈对我另有企图。我说以我目前如此成功的男扮女装，还有什么可以被觊觎的。他不这么认为："也许她是个女同志呢？"

"瞎说，她有丈夫，只不过离婚了。"

"为什么离婚呢？"

"还不是因为经济利益！"

"可她不像是那种爱财如命、一毛不拔的人哪。虽然你给她写了借条，但那只是个君子协定，一般二般人怎么舍得在一个游戏上豪掷几大万呢？"

"她想玩个够，甚至借此入股'体验馆'也未可知啊……"

老白听不下去了："你们打住吧，也不想想下一步怎么走。"我说万事开头难，既然我们有了接近朝露的方法，下一步就可以随机应变了。

"你准备绑架呢，还是暗杀？"

老白突然来了这么一句。我下意识地被激灵了一下："还没想好。无论绑架还是暗杀都不容易，你没看见那些乌泱泱的保安吗？何况公司的每个角落都安装了摄像头，我们进进出出就像接受裸检一样。"

"我当然看见了，所以才问你！"

这回轮到小关着急了："你二老就别嚷嚷了，这不有我吗？"也是，我和老白二介书生，总是应了"秀才造反，三年不成"的箴言。何况她翠花现在摇身一变，成了富可敌国的"正经"生意人。事实早已证明，光靠我俩是鸡蛋碰石头、豆腐砸铅球。

"你们得听我的，她那个大师也不是白当的。经年累月，她不知道做了多少伤天害理的事情。要想扳倒她，得一步步来。你们不是让我看《琅琊榜》吗？我花了一天一

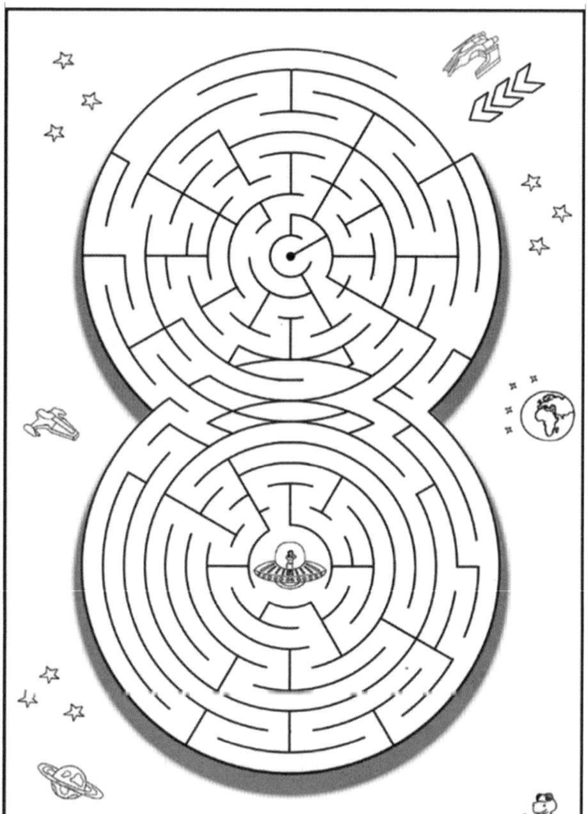

三层叠联，四个入口，一个出口
设有特殊通道、禁门、逃逸舱等

夜看完了,人家那是绸缪了十来年……"

"我们没那么多时间,再说她翠花也不是梁王。"

"小关、老白,你们都别急!听我说,咱们三个里应外合,总有办法的。想当初你老白不也成功绑架了才女吗?难就难在翠花,她神龙见首不见尾、像个幽灵似的鬼鬼祟祟了很多年!"

小关接过话茬说:"只要剪掉她的羽翼,那大师也就变成了巾。"他这话虽不无道理,却让我想起了翠花当初的"青青方巾"。我忍不住哂笑了一下。小关没啥反应,倒是老白觉得蹊跷:"你笑啥?"我说想起了过去。

"你还有心思想过去?真是岂有此理!"

"想过去咋了?我就经常想过去……"

我赶忙示意小关,叫他别跟老白抬杠。在小关看来,剪除朝露并不难,难的是如何对付大师本尊,而对付大师本尊的最好办法就是剪除羽翼。

思路很辩证,也有可行性,就像我们曾经设计的各种课题标书:有内容,有方法,有资金,有团队,但最后的成果却是另一回事,能有个韭菜炒小葱,一加一等于一就不错了。

三

我和十一个大妈在化装间用各自随身携带的衣帽忙碌着,彼此逗乐、打趣、推搡、调笑,恰似童年的嬉闹。我的任务是在逃离迷宫的人当中找到凶手，同时为灵异现象兼做道具。龚大妈最麻利，她三下五除二，迅速将自己变成了壮硕的硬汉。穆大妈玩性最大，她不仅把老伴的衣服都搬来了，而且违禁带来了孙子的仿真手枪。那家伙是管控器具，近距离射击可致人重伤，因此我佯装把玩，乘其不备早就悄悄卸掉了塑料子弹，否则"体验馆"的安监系统也不会同意她携带这玩意儿的。吴大妈年龄最大，早过了一个甲子，但腿脚很灵敏。都说她年轻时在文化宫教武术，但除了拿老伴练手，一辈子没跟谁动过真，这会儿自然充满了冒险精神。翟大妈最胆小，但经不住龚穆两位的执拗，也架不住公安老伴的支持，勉强答应做吴大妈的夫人。就为这，她从网站上下载了不少奇装异服，打扮起来还真像个阿拉伯熟女，这就使得游戏平添了异国情调。虽说我不喜欢什么异国情调，但大妈们喜欢就好。这几个角色是我最看重的，其他人物即使戏份不少，但在我心目中基本属于跑龙套的，尽管她们也各怀心思，有夹带私货如饮料和点心的，也有将方便袋别在裤腰上准备随时方便的，甚至还有把比特币藏在鞋垫里的，总之是无奇不有。问题在于带饮料和点心的忘了带方便袋，带方便袋的又没带饮料和点心，而比特币可能就是一个被吹成了香饽饽的屁（这话最好出自哪个著名经济学家之口）。

为了渲染气氛，引导她们进入状态，我给她们讲了一个心理学故事：

话说有一个叫甄小妮的女子四十多岁了都没有谈过恋爱，当然更谈不上结婚。她的问题是从小很自卑，尽管表面上又很好强。这是一种典型的矛盾性格。然而，她和大多数城市女孩一样顺利地接受了高等教育，而后找到了一份不错的工作：在一家冷链公司当技术员。自卑心理作祟，她没有真正的知心朋友，唯一美好的记忆是中学毕业典礼上校长夸她既好学又漂亮。那次她迟到了，原因是想让自己打扮得漂亮一点儿。她穿上了新裙子，而且别上了蝴蝶结。但遗憾的是那天忽然下起了雷阵雨，她骑着自行车拼命赶时间，结果还是迟到了。蝴蝶结早就不翼而飞，她低垂着头，像只落汤鸡。她想象着同学嘲笑的样子，这时校长却热情地夸奖了她。这让她终生难忘，因为她始终不知道校长的夸奖是否带着讥嘲。久而久之，她觉得自己已经习惯了被人嘲笑和冷落，因此独自默默地学习、静静地工作。

一天，新厂长上任，大家要去广场迎接他，然后到礼堂聆听他的就职演说。小妮晚了一拍，被同事们无意间关在了冷库里。她害怕极了。由于手机失去了信号，她一个劲儿地大声叫喊却无济于事，即使用铝合金折叠梯撞击铁门也毫无结果。她开始冷得发抖，感觉到了末日来临，因为她以为自己很快就要被冻死了。于是，她从挎包里取出纸笔，用瑟瑟发抖的手写了一份遗书，表示自己这辈子确实长得困难了一点，对不起大家，争取下辈子努力改正，以便让大家看得舒服一点。如此云云，然后她就昏睡了过去。

所幸新厂长三言两语就结束了就职演讲，表示他是来和大家同甘共苦的。散会后，同事们回到了冷库，发现小妮昏倒在地。他们立即向尚在礼堂门口同工人们拉家常的新厂长做了汇报，厂长二话没说就赶到了冷库。他询问了情况，知道冷库正在维修，并没有正常运行，因此不至于冻死人。与此同时，厂医务室的大夫也跑来了，一番忙活后给小妮打了一针，然后悄声对厂长说："她只是惊慌过度，晕厥了过去，一会儿就好了。"果然，小妮慢慢睁开了眼睛，见这么多人围在她身边，一时不知道发生了什么。这时，新厂长给她讲了个故事："从前有个寓言，可能是天方夜谭，说的是一个被困于陷阱的老汉，他拼尽全力都没能爬上地面。他的儿子有点智障，觉得帮不了父亲就自个儿跑回家了。老汉自知来时无多，就请路过的人们行行好把他给埋了，可心里又放不下家里的娃。他啼哭起来，人们看到他如此可怜，就想帮他了却心愿。于是，有人往陷阱里扔了把土。路人越来越多，扔下去的土自然也越来越多。老汉出于本能，摇晃着脑袋和身子。这样，陷阱里的土越来越多，慢慢地他已经可以攀到地面了。老汉向大家鞠躬表示感谢，'现在可以了。你们救了我。我终于可以爬上来，然后回家去照顾儿子了。'

"另一个版本是骑手和老马不慎掉入了陷阱，骑手侥幸站马背上爬到了地面，可老马怎么也上不来了。它在井下嘶鸣，可骑手却爱莫能助。眼看日近黄昏，星月初现，骑手急得手足无措。他一方面心疼老马，另一方面又急于赶往前面的城市报信。当时天寒地冻，而且很快还有风暴降临，骑士实在无可奈何，心想长痛不如短痛，咬咬牙拔出利剑，决定砍些附近的灌木树枝、铲些泥土碎石埋了老伙计。老马本能地甩掉枝叶和泥土，将它们踩在脚下，这样很快它就慢慢地可以探头望见地面了，最后一跃跳出了陷阱。"

我对她们说，这些经典故事都说明身处险境时自救和淡定的重要性，但淡定是关键。我们去"体验馆"同样如此，遇事不要惊慌，实际情况与游戏脚本不可能完全吻合，这就是"剧本杀"的精华所在、精彩所在。人生也不是完全按照个人意志演绎的，一生会有许多意想不到的偶然性和或然性，需要我们随机应变。强者应变得好，生活继续精彩，甚至更加精彩；弱者处置得不好，人生出现危机，甚至遭遇难以弥补的灾变。总之，一是坚持，二是机智，其中都很考验智商、情商和逆商，耐心、本心和童心。"但归根结底，游戏就是游戏，不会真正伤及性命。"

四

　　龚大妈自信满满，她的样子比男人还男人。吴大妈悄声对我说："怪不得她丈夫 hold 不住她。"我赶紧"嘘"了她。世上没一个人不是多面的，除了白痴。"也是。"吴大妈说话间穿上了翟大妈从丈夫衣柜里顺来的警服，戴上了警帽，站到镜子前端详着自己的飒爽英姿。

　　游戏在一片嘻嘻哈哈中开场了。十二个角色从四个甬道钻进迷宫，发出窸窸窣窣的爬行声。甬道是用预制板和塑料钢带管制成的，添加了不规则地面和各种阶梯，不少地方人必须猫着腰前行，有时还得匍匐前进，并随时可能遇到岔口、禁门、逃逸舱和需要解谜之后方可通过的特别通道。四个小队中起初只有吴大妈、翟大妈和另一个扮演打更人的王大妈没有分开。她们抱团取暖，效果不错，至少没那么紧张和害怕；三个臭皮匠能顶一个诸葛亮，她们不仅顺利地闯过了多重难关，而且眼看就要到第三层了。忽然，迷宫中一片漆黑。可能是停电了，也可能是有人故意使诈，以阻止别人率先离开甬道。

　　黑暗本就是制造恐惧和悬念的最佳道具。吴大妈三人摸来摸去，在一扇禁门处遭遇了刚要回头的穆大妈。后者这会儿应该是紧握着仿真手枪，命令她们举起手来、立即蹲下。她还故意用双脚拍打出无数脚步声替自己壮胆。吴大妈三人不知对方兵力情况，只好举起双手乖乖蹲下了。

但黑暗像一团浓墨，使彼此都看不见对方。于是，走在最后的王大妈趁机掉头悄悄溜走了。这一溜不要紧，却完全迷失了方向。她发现回路上都是岔口和特别通道。岔口还好办，凭记忆走便是，但遇到特别通道就麻烦了。她从小到大最怕猜谜，一看谜面就脑袋发涨。眼前这个闪着荧光的谜语是："一百差一步；九九猜一字。"王大妈绞尽脑汁不知道谜底是啥，于是拼命打更壮胆："天干物燥，小心火烛！天干物燥，小心火烛！"同样撤退逃跑的翟大妈听到甬道前方的打更声，知道是王大妈被困在特别通道的另一端了，遂问道："王大妈，是啥谜面？我帮你猜。"王大妈听见是翟大妈，就高声将谜面念了一遍。

"那不是'白'字吗？"

"啥白字？"

"我叫你对着谜面说白这个字！"

王大妈说了个"白"字，特别通道果然打开了。但问题又来了，面对岔口，她们究竟该朝哪个方向走呢？王大妈说："还是朝你来的方向走吧！"这回轮到翟大妈不明就里了："为啥？""因为我刚刚打开了特别通道……"翟大妈心想有道理："那就跟我往回走吧。"

她俩一边走，一边惦记着吴大妈。王大妈说："穆大妈会把吴大妈怎么样？"翟大妈来了句："你问我，我问谁？"

"也对，反正是游戏，穆大妈不会把她怎么样……"

"谁知道呢！这黑灯瞎火的，万一有个三长两短就麻烦了。"

"我说嘛,好端端的广场舞不跳,花钱遭这罪!"

"刺激,知道不?这就叫吃饱撑的!"

她们这么议论着,龚大妈与之撞个正着。王大妈心想:"这下有救了。"龚大妈故作镇静,叫她们既勿紧张,也别出声。

"我刚才碰到穆大妈了,她躺在那里睡着了。我觉得蹊跷,就想叫醒她,结果发现她不是在睡觉,而是被什么蒙汗药迷倒了。"

"我们刚刚还碰到她呢,被她吓个半死。"

"是吗?"

"是啊!她命令我们举起手来,缴枪不杀……"

"那就怪了。你们那个吴大妈呢?"

"她应该跟穆大妈在一起。"

"我在这儿呢!"原来吴大妈悄悄跟在龚大妈身后。一位大妈问起穆大妈,吴大妈说:"我举起双手蹲在那儿,可穆大妈她们很快往回走了……"王大妈耳朵灵,她说:"她明明是一个人,那些脚步声是用脚掌拍出来的。"

五

在我国,无论是西药巴比妥还是中药曼陀罗花都是违禁药品,政府管控得很严,迷宫里怎么会有这些东西呢?

何况"体验馆"与她们有约在先：不许有人身伤害，不许夹带管控器具，不许使用违禁药品，如此等等，一堆的不许。据她们所知，只有穆大妈违反了其中的"一不许"：夹带了仿真枪，故而有可能造成人身伤害，但是大家并没有听见枪声。

王大妈说："会不会吓晕过去了？"龚大妈说："不至于！她虽然胆小，但终究带着防身的家伙。也正因为她胆小，我才没有阻止她夹带私货。"吴大妈有点疑惑不解："你碰到的肯定是穆大妈吗？我可是刚刚跟她分开的，她往回走了，我也赶紧往回走，结果发现自己早被她俩抛弃了。幸好遇到了你龚大妈……"

"你怎么知道是我？"

"凭感觉啊！你知道我第六感很灵的。"

"万一不是我，而是凶手呢，你怎么办？"

"凉拌！我是谁呀？！"

龚大妈和吴大妈正这么言语着，翟大妈突然"嘘"了一声。这时，大家屏住呼吸，听到附近甬道上有人在用力踹禁门，或者发生了肢体冲突也未可知。龚大妈像被打了鸡血，立刻亢奋起来："我们兵分两路，从两个方向包抄过去。暗号是'消灭法西斯'，回答是……"吴大妈立刻抢着说："'胜利属于人民！'这太简单了，跟'天王盖地虎''宝塔镇河妖'差不多，谁不知道啊？！"龚大妈想了想说："那就用'内卷'和……"吴大妈又抢着说："'躺平！'这还是太简单了。"龚大妈有点气不过了："这也不行,那也不行,你说怎么办?"吴大妈不吭声了。翟大妈接过话茬说:"要不用'日月水火'、'山石田土'吧?"龚大妈说这个不错,"幼儿园的课文。"吴大妈就故意挑刺儿:"是小学一年级语文第一课!"翟大妈赶紧和稀泥:"管他幼儿园还是小学一年级,就这么定了吧,一般人想不起来的。"

于是,龚大妈选了王大妈,吴大妈跟了翟大妈。她们兵分两路,从不同方向包抄过去。但是,两队人刚出发不久,旁边甬道的砰嘭声就平息了。

原先,龚大妈身后还有穆大妈和李大妈,可这会儿一个躺平,另一个不知去向了。她本以为自己那队人一定能率先走出迷宫,没想到现在被莫名其妙地重新组合改编了。不过话说回来,她一直不太喜欢吴大妈。"爱显摆,还臭美。年轻时有几分姿色是不错,但到了这个年龄大家半斤八两早没啥区别了。"龚大妈这么一想,心里舒坦多了。

再说那边吴大妈也不太喜欢龚大妈:"有几个臭钱又怎么样?还不是离婚守活寡了!"翟大妈心地善良,跟谁都合得来,只是胆子比较小。她之所以对吴大妈更亲近,主要是因为她们是发小加闺蜜。自从开始一起跳广场舞,就更是形影不离。龚大妈曾在背后说她们是一对女同志,结果玩笑变成了流言。吴大妈听了很生气,但翟大妈觉得无所谓:"真的假不了,假的真不了,她们也就是嚼嚼舌头寻开心罢了,咱何必计较!"话虽这么说,但吴大妈始终对此耿耿于怀，以至于花了不少时间追根溯源，所幸圈子不大，最终锁定了龚大妈这个源头。

龚大妈假托有人闲聊说笑，但时间一久记不得是何人何时了。

从此以后，吴大妈和龚大妈之间就生嫌隙了，有了芥蒂，尽管这并未影响跳广场舞。这里，翟大妈的劝诱起到了一些弥合作用："所谓人情大抵不相远，凡事不过尔尔。"吴大妈想想也是这个道理："君子坦荡荡，小人长戚戚，凡事想开了，也就太平了。"

话虽这么说，其实芥蒂一旦产生，要完全消除是千难万难的。玩伴毕竟不是夫妻，难有床头吵架床尾和的机会。

照理游戏是个好契机，它跟跳广场舞不一样，需要更好的合作。但结果似乎恰好相反。

六

两个小时后，第一个逃出迷宫的居然是名不见经传的李大妈。她刚进迷宫就掉队了，原因是龚大妈嫌她动作太慢。她一赌气就成了散兵游勇，后来又遇到了齐大妈和余大妈组成的"别动队"。她们仨利用齐大妈从古希腊米诺陶洛斯神话学来的线团，成功地串在一起，无论摸黑，还是走岔口，都没能让她们分开。至于最初跟齐大妈在一组的方大妈，却因难以启齿的失禁之疾，自动落队单飞了。

而第四组的三位大妈苏、钟和刘居然不曾与任何其他各组成员有过交集，她们耐心地且行且停，边走边吃，夜游般逍遥自在，甚至异想天开，像《十日谈》中的青年男女那样在逃逸舱小憩休整，吃吃喝喝，还讲了一个故事。用刘大妈后来的话说："反正到处是摄像头，怕个啥？！"

第一个居然是鬼故事，是刘大妈几年前从某位大仙嘴里听说的，此刻无疑是受了逃逸舱顶部那幅吸血鬼画像的诱导。

据说有个未成年男孩天天晚上熬夜看手机，结果惹上了麻烦。这麻烦自然不是视力下降、上课打瞌睡、学习成绩下滑之类的庸常后果，而是让他出现了幻觉。第一个幻觉是每天晚上十二点他都会收到一个诡异的信息："嗨，我看着你呢！"男孩会本能地抬头四下里张望，可房间里根本没有别人啊，连个人影都没有。过去家长悄悄安置的隐形摄像头也早被他拆除了。究竟是谁在跟他隔空搭讪呢？他想到了一些灵异故事，但它们的忠告大同小异："不要理睬！""赶紧关机！"然而，鬼使神差也好，好奇心作祟也罢，他总会给这个莫名其妙的短信或微信回一句："你是谁？"这时，手机会发出一阵嘟嘟声，屏幕上会即刻出现奇怪的画面。他从来没有在现实生活中看见过这些画面，譬如一个大辫子小姑娘慢慢转过身来，但她的脸却空空如也，犹如一张白纸；又譬如天上飘着雪花,但落到地上恰似一个个炸雷,大地上顿时血流成河……总之一切都很可怕,摄人心魄,令人战栗。

第二个幻觉是每天晚上十二点,如果他没有收到陌生人的信息,那么房间的镜子就会突然变形。这一变不要紧,整个世界都会随之幻化。他会看到自己变成了另一个人,一个从来没有见过的陌生人。他可以是一个山顶洞人般的猿人,也可以是一名楚楚动人的巴比伦舞女,或者任何无法预见的怪诞形象,而且这些形象会发生类似于窑变的幻化。于是,猿人变成了巫婆,舞女变成了蛇妖,诸如此类,不一而足。

第三个幻觉更加可怕,每晚十二点,手机即使处在关闭状态也会自动开机,仿佛习惯使然。紧接着是电脑或电视机也会自动打开,《午夜凶铃》《蔷花红莲》等日韩恐怖电影中的怪诞形象和惊悚场面就会出现,而且越来越具有无镜3D的效果。

第四个幻觉是穿越,当他不得不将手机、电脑、电视都清除出房间后,午夜时分,他就会神秘地穿越时空。可怕的是他不能像穿越小说那样回到古代或者走进未来,而是通过光速或者黑洞抵达一个荒凉寂寞的去处,那里既不像外太空,也不像海市蜃楼,似乎只为让他产生难以忍受的失重感。

第五个幻觉是……

苏大妈请刘大妈别再说了:"太可怕了,我们赶紧走吧!"钟大妈觉得头顶上的吸血鬼随时都可能俯冲下来,把她们给收拾了。就这样,三个大妈打着哆嗦,匆匆逃离了逃逸舱,嘴里不停地嘟囔着:"好可怕!""怪不得叫逃逸舱!"

心理学界管这种手机瘾叫"吸血鬼"现象。孩子一旦染上,就会像"吸血鬼"那样昼伏夜行,黑白颠倒。轻者学习困顿无力,不能正常上课;重则产生幻觉,甚至精神分裂。

第七章

朝露已经不是第一次看老年人玩剧本杀了,但没见过这么多人一起且兴致如此之高的。她专程到监控室观战,觉得这些老人很有意思,免不了取笑一番。尤其是看到穆大妈举着被卸了塑料弹的仿真手枪有模有样地演绎着地道战,朝露差点儿在下属面前笑出声来。临走,她挥挥手说:"让她歇会儿吧!"这是后来监控室保安无意中透露的,我听了也觉得好笑。

李大妈带着齐大妈和余大妈率先闯关成功;不一会儿,苏大妈带着钟大妈和刘大妈也顺利走出了迷宫,这使我大为惊讶。除了穆大妈晕乎乎地被保安直接打开机关退回了入口处,其他几位大妈都陆续过关,并且毫发无损。"太刺激了,比跳十天广场舞都消耗卡路里,得好好庆祝一下!"大汗淋漓的龚大妈显得很激动。

"好啊!你请客!"李大妈搭腔说。

"没问题,西餐、中餐随你们挑!"

我对这个结果很失望,但又不能扫她们的兴。她们叽叽喳喳，像极了一群刚刚下完蛋的老母鸡。

"先别急着喝庆功酒，你们还没听我分析案情呢！"

"啥案情？"

"对呀，啥案情？"

"啥案情？"

"穆大妈是谁害的？凶手是谁？"

"谁？"

"谁是凶手？"

一

这么一次冒险游戏，居然使方大妈不再失禁了。

"这又如何？对我们的计划值毛钱？"老白就是这么心急，其实我也很沮丧，但毕竟是第一步。小关信心十足，"你们都是学富五车、才高八斗的大学者，少安毋躁吧！下次得设法搞点动静出来……""我也是这么想的。"我赞同小关的意见，就是希望游戏过程中闹出点大动静来，打乱"体验馆"的正常秩序。

后来我才知道，自从火烧才女和陆富贵之后，朝露深居简出，变得十分小心。当初，才女掌控着翠花的半壁江山。换句话说，除了后者在国外的地盘，国内的生意皆由才女打理。这些生意包括股票、债券和房地产。它们由一批死心塌地的分舵主经营。在诸多分舵主当中，余崇德和余崇礼那对孪生兄弟是其中之一。其所以称之为之一，是因为我怀疑他们是同一个人。这得到了小关的默认。而朝露之所以要铲除姐姐和姐夫，也许是出于妒忌或者翠花的授意。前两天小关说过，翠花最憎恨同室操戈，尽管她自己可以为所欲为。他还对我说："你放心吧，你和两位哥们的孩子可保性命无忧。"

"何以见得？"

"大师从一开始就立下了规矩，不许我们伤害仨丫头。"

这让我有些无语。我想既如此，也许只有找到翠花，她们才可能得救呢。问题是时过境迁，如今小关对翠花的行踪一无所知。他早已经是翠花的一粒弃子，尽管他始终不明白自己缘何落到这步田地。大概是忌惮他尾大不掉吧。

的确，小关知道得太多，二三十年下来身边也培植了一批堪称心腹的"自己人"。但他栽就栽在这些"自己人"手上，因为他们大多是翠花安插在他身边的亲信。用小关的话说，他就像一棵松树，必须砍掉树冠才能枝叶繁茂。或者，为了撇清她与夜总会的一切瓜葛，翠花舍弃了小关，并将资金投向了其他领域。因此，当警方捣毁夜总会时，小关被关在夜总会地下室多时矣。而他只得装疯卖傻才逃过一死。

才女的问题在于她太肆无忌惮，除了跟老白躲猫猫后自作主张，还藏污纳垢、豢养陆富贵这等贪财好色之徒。朝露一定会在翠花面前揭发她。何况姐妹中朝露最懂得韬光养晦、深藏不露，而且关键时刻其六亲不认的秉性作风都更像翠花，因此深得后者信任。虽然对才女动手犯了手足相残的大忌，但较之不忠不孝，又何足挂齿？这大概就是翠花的政治。

无论如何，朝露是强者，熬到了一人之下，万人之上，本可有恃无恐，却依然低调谨慎。这正是她最难对付的原因所在。在准备第二次到"体验馆"玩剧本杀之前，我同老白、小关进行了长时间的商议和筹划，并在道具中增加了一双内增高皮鞋、一批医用口罩和便携式消毒酒精，以备不时之需。毕竟是疫情期间，抗疫压倒一切。老白中等身材，有穿内增高皮鞋的习惯，可我的尺码比他大，故而只能新买一双。我将内增高部分切割镂空，以便夹带私货。

经过这段时间的观察、跟踪，老白和小关已经大体掌握了朝露的起居规律。她既不需要前呼后拥，也无所谓狡兔三窟，生活十分简单。除了贴身的两个保镖，她几乎就是一个奉行极简主义的邻家女孩。每天还会做饭，并且早睡早起。她甚至没有起码的社交，一切工作往来皆通过加密邮件或微信处理。

二

第二次游戏前，我对团队进行了辅导，并提出三个要求：一是在戴上眼镜、增加难度的前提下，大家必须精诚团结；二是万一遇到意想不到的突发情况，千万不要慌张，迷宫中有无数探头，一切皆在掌控之中；三是最后一位走出迷宫的需要缴纳一千元作为对第一个走出迷宫者的奖励，当然奖金还会视时间等其他因素适当增加，而上一次作为演练，胜负姑且不算。

作为裁判和必要时客串的灵异人物，我告诫大家千万要摒弃妒忌。我说在《丑陋的中国人》中，最令人发指和警醒的就数妒忌。有个故事是这样讲述妒忌的：

话说有一头驴子没日没夜地拉磨，而一匹老马却在旁边吃草打盹。一天，主人急于驮一批货物去城里，就把老马牵到门口。可货物太重，老马想请驴子帮个忙，一起送这趟货。驴子说，俺好不容易歇下来，你就眼红了，还想让俺帮你驮货，想得美！于是，老马只好独自驮货上路。没走多远，它就一命呜呼了。主人赶紧跑回家来牵驴子顶替。这时，驴子叫苦不迭、悔不当初，心想要是一开始就帮老马分担一下，自己不至于这么累，老马也不至于死翘翘。

另一个故事恰好相反，说的是好心有好报：

唐玄宗时期，有一位进京赶考的书生。他一时糊涂，进了花街柳巷，被一个称作李娃的名妓给迷住了。从此，他学业荒废，一门心思拴在李娃身上。不多时，书生千金散尽，科举也名落孙山。落第书生，又一文不名，妓院是断乎不会给他好脸色看的。李娃虽然牵挂着他，但毕竟自救不暇，爱莫能助。书生走投无路，不得不靠替人写挽歌，并且以唱挽歌为生。

这虽曾是一个营生，然非正人君子所为。要说落魄书生毕竟寒窗十余载，挽歌写得是又快又好，倏忽间便在这行中有了名声。但是，他没想到这么一来无意中抢了别人的饭碗。有人便设局陷害他。他被人算计，还被暴打一顿，受了重伤。而打他的人恰恰是乃父。后者被指为官不尊、为老不尊，教出这等没有出息的儿子。他实在觉得无地自容，决定舍弃父子关系。从此，书生只得沿街乞讨，勉强苟活。

这事传到了妓院，李娃听说了，顿时心急如焚。她东拼西凑为自己赎身，终于成功地脱离了苦海。她找到书生，将他接到自己刚刚租下的家里。在李娃的精心照拂下，书生身心康复，又开始潜心备考。两年后，他科举告中，金榜题名。

这时，李娃毅然决然地离开了状元郎，因为她毕竟当过在册妓女，出身卑贱，不想因一己之私毁了新科状元的前程。话说盛唐妓院甚多，从宫妓到官妓再到私妓，可谓名目繁多。但李娃与新科状元的故事很快传遍了大街小巷，一时成为佳话。状元的父亲听说了，非但没有嫌弃李娃，而且颇受感动，不禁老泪横流。他主动接受了这门亲事,还为他们操办婚礼。据说李娃与状元郎明媒正娶,拜堂成婚,不久还生下了一对儿女。李娃从此相夫教子,侍候公婆,睦邻积德,成了千古留名的大善人。

当然,世上还有比妓院更可怕的火坑,它们犹如人间地狱,那便是技术恐怖主义。它们在人们的不知不觉和一惊一乍中利用基因工程和人工智能逐渐泛滥弥漫,致使人造太太、人造老公招摇过市。这还是我们肉眼看得见的,也知道背后都有强大的推手,那便是资本。但更多的、百分之九十以上的看不见的存在呢,我们该如何面对?于是,就有了这样一个故事:

某个女孩一觉醒来发现她看到了虫洞,并且听见有个声音在问她:"过去还是未来?"她不假思索地回答说:"过去。"于是,转瞬之间她回到了侏罗纪。她看见到处都是恐龙,就像生物课和电影里看到的景象一样,只不过它们并不可怕。它们好奇地看着她,问她是谁、从哪里来、到哪里去。她如实回答了。一只看上去很有权威的老恐龙问道:"怎么证明你是你,隔了两亿年来的?""瞧,我有手机,这就是证明。""哎,这算什么?我们早就玩过了。""玩过了?不可能!对了,我让你们看看《侏罗纪公园》吧,是电影。知道吗,电影!""别显摆了,不就是梦工厂吗？没啥稀奇的，我让你看看这个。"老恐龙说话间摇了摇头，前面出现了一个无边无际的大屏幕，上面有人类在生活：从车水马龙，到广场舞，还有成千上万的人在一个露天剧场看《侏罗纪公园》，但它明显不是斯皮尔伯格的版本。这个《侏罗纪公园》中的恐龙纷纷走出屏幕，人们纡尊降贵，双膝跪地，让出道来，请恐龙大军浩荡走过。

女孩顿时不知所措。她看看屏幕，又看看身边的恐龙；一边是侏罗纪，一边是元宇宙。对，元宇宙！她想，只有元宇宙才能解释眼前的一切。于是，女孩灵机一动，心想只要她再次入睡，便能安然回到现实世界，但奇怪的是她怎么也睡不着了。她请教老恐龙，问它如何才能在恐龙世界快速入睡。老恐龙回答说："睡即是醒，醒即是睡，你没见过真恐龙，难道没见过马吗？""可是我们人类必须躺着才能入睡，而且还得闭上眼睛。"老恐龙和小恐龙们都笑了，"人类不愧是自诩高级的低等动物！"

三

"这叫啥故事啊？不好玩！"龚大妈嘟囔着。

"听不懂！"这是穆大妈在说话。

"还是前面两个寓言故事好，善有善报，恶有恶报……"我对大妈们说："无论你们扮演什么角色，都是在元宇宙中重新体验人生。刚才苏大妈说得对,善有善报,恶有恶报,屡试不爽。因此,遇到任何情况都不要放弃善念,更不必惊慌失措,该进则进,该退则退,反正性命无忧。"

"不是剧本杀吗,怎么变成元宇宙了?"

"是啊,那女孩后来怎么样了?她还能回来吗?"

我对她们说:"无论剧本杀还是元宇宙,都是游戏,没太大区别。无非一个是普通游戏,另一个是戴着魔幻眼镜的高级游戏。虽然科技含量有所不同,剧本杀你们已经玩过了,但元宇宙却增加了高科技营造的四维虚拟时空,如此而已。"

"还而已,万一回不来了怎么办?"

"是啊,万一真的穿越了可咋办呢?"

"怎么从妒忌跳到了元宇宙呢?我的脑髓快成糨糊了!"

我有点哭笑不得,心想确实够跳跃的。"妒忌也罢,元宇宙也好,大家只要精诚团结、不怕艰难,这游戏就一定精彩。"

"万一出了问题咋办?"

"放心吧,没有万一!"我笃定地说。

"哎呀,只要是游戏就都会有意外,怕个甚?"龚大妈最心大,也最有男子气。

大妈们就这么咋咋呼呼,没完没了。为了打消她们的顾虑,我随机替第三个故事狗尾续貂:"那女孩是因为迷上了元宇宙，结果穿越了，后来在老恐龙的引导下睡了个回笼觉，做了个春秋大梦又回到了人世间。"

"原来是个梦……"这回轮到穆大妈嘟哝了。

"不是梦难道真有虫洞不成？科学想象而已，什么暗物质、反物质，什么虫洞、黑洞，都还是科学假想，尚需时日才能验证。"吴大妈毕竟是文化宫出来的，果然见多识广。她还不忘趁机卖弄一番，给我们讲了个故事：

俺不懂IT和AI，但对生物学比较感兴趣，这几天一直在旁听和自学。你们知道吗，生物学分得可细了，有生物化学、生物物理学、分子生物学、结构生物学、反向生物学、基因学、转基因学……实在太多了。有一哥们研究分子生物学，主要方向是蛋白质合成。分子生物学是生物学的前沿与生长点，其主要研究领域包括蛋白质体系、蛋白质-核酸体系和蛋白质-脂质体系，说白了是研究蛋白质、生物膜合成和分子遗传的。他悄悄地做了很多实验，最后替自己做了一个有血有肉的人造太太。她的五脏六腑都是3D打印的，相貌取了褒曼和费雯丽的优点。

见他这么一位声名卓著、身心健康、毫无怪癖的教授怎么既没谈恋爱，也没结婚，大家已经觉得很奇怪了；看到他每天下班回家还要驱车百余公里到一个偏远的乡下去居住，就更加觉得不可思议了。有一次，几个好奇的年轻人决定悄悄尾随教授，以便对他的秘密一探究竟。

他们一路跟随,途中还有意换了两辆车。

到达教授寓所附近,他们下车尾随至一栋半新不旧的农家院,发现院子里养了不少家畜和烈犬。四周草木葱茏,绿树成荫。教授刚进门,有两只犬就吠个不停。教授回头望了一眼,然后安然地关上门。家里一片漆黑,仿佛一栋废弃的凶宅,尽管屋顶上竖着家用基站和卫星信号接收天线。

一名细心的年轻人听说教授养狗,就特地带了几块新鲜的羊肉,以便贿赂它们。果然,狗们吃了羊肉就不再乱叫了。

"你这一会儿犬,一会儿狗;一会儿吠,一会儿叫,能不能说点人话?"龚大妈显然是不怀好意,来者不善。

好在吴大妈只是睥睨了她一眼,并没有太在意。

"接着说呀,别卖关子了!"穆大妈难掩好奇心,想听听故事的结局。

犬不吠了,但屋子里依然漆黑一片。外面的年轻人待了半天,结果什么也没看到。原来,教授有个庞大的地下室,那才是他的天堂:有实验室,有人造太太,还有一桌丰盛的晚餐。

"是人造太太给他做的?"

"我怎么听说蛋白质合成是刚刚才有的科研成果,属于世界顶尖科技成果呢?"

"这便是我们古人所说的强中自有强中手,一山更比一山高。人家发明了蛋白质合成技术,我们就不能吗?"

"那个人造太太又是怎么被发现的呢?"

"这就说来话长了,我们以后找机会再说。先言归正传,听导演给我们讲游戏吧!"

四

这些大妈中人才不少啊!我迟疑良久,脑筋发生了短路。我忘记了游戏前必须提醒的其他注意事项。也许是老年痴呆症,也即阿尔茨海默病的征兆或先兆。看来留给我的时间确实不多了。

曾几何时,翠花用吹气渡法、隔墙灭灯或者徒手变蛇、空杯来酒等小把戏欺世盗名,骗过了许多人的眼睛,从而将迷信植入人们的脑海,使之一辈子担心提着猪头找不到庙门。迷信就是这么厉害。当然凡事都有两面性,甚至多面性。迷信也是如此。譬如源远流长的鬼故事,你若信了,就会害怕,甚至被吓个半死;你若不信,它们奈你何?而今,又有一些神人借科技神话迷惑人们,让人相信科技无所不能。而我自己何尝不是他们的受害者?譬如我居然一度认为才女、朝露是人造人,有不死的肉身和超凡的心智。结果又如何?除了自己被朝露用蒙汗药之类的玩意儿迷倒并陷害之外，没有任何事实证明她们有什么超人类的特异功能。连克隆羊、克隆猴都还是新鲜玩意儿，而且大都短命，何况凭空造人？但我转而又想，这世界确实在加速度狂奔，谁知道明天何如？

"导演，接下来我们该做些什么呀？"龚大妈不耐烦了。

"急什么啊！"不知吴大妈是为了替我解围，还是故意跟她抬杠。

我定了定神，心想当务之急是做好这场游戏。"这样吧，大家稍事休息，我们就可以开始了。"

说话间，十一位大妈已经准备就绪，还是原先的四队组合。她们使我想起了"既见君子，云胡不喜"之说，这不禁让我窃喜。虽然第一次游戏过程中有过这样那样的龃龉和摩擦，但游戏毕竟是游戏，并未影响她们的基本情愫和远近关系。除了出汗、惊悚和穆大妈遭遇的小小意外，一切尽在她们的掌控之中。而穆大妈的晕厥被认为是低血糖所致。为了准备游戏角色所需的道具，她那天确实没有好好吃早餐，而且退休前也确曾有过低血糖症状。

她们迫不及待地戴上眼镜，准备进入甬道。我也就将顺其美，发出了"开始"的指令。

四扇门同时开启。眼看着她们利索地钻了进去，安保人员随即关闭了入口，并领着我不紧不慢地绕到了出口休息室。出口只有一个，会在游戏开始一小时后打开。我闲来无事，边喝茶，边与身边的两个保安套近乎。然而，他们训练有素，木讷得像机器人。也许这正是朝露需要的：机器人！

我趁着上洗手间的机会，躲开了安保人员。我想去朝露办公室看看。那是我熟悉的地方，曾经属于才女和她心爱的猫。可是，我刚到大厅，就被尾随而来的一个保安给拦下了。我说有事请教总经理。他说不行。干脆得不留余地。我又说：

"我是消费者，有权了解一些情况……"

"不行！"

"合同里没有禁止见你们公司老板这一条！"

"不行！"

"好吧，回头请你转告她，我有一些新的想法，沟通一下有利于贵公司的发展。"

"不行就是不行！您听不明白吗？"

"你这是什么态度嘛，有这样对待顾客的吗？顾客是上帝，懂不懂？"

"我们已经很客气了，否则你们得全部换上公司的服装，还要经过裸体检查。知足吧！"

"听说还有带色带赌的……"

"无可奉告！"

我从保安的眼神中看到了"对牛弹琴"的最佳注解。我只好悻悻地回到出口休息室。

五

人说巧舌如簧可抵千军万马。想当年蔺相如就用三寸不烂之舌从秦王手里夺回了和氏璧。难道我就不能对这些安保人员产生一点影响吗？曾几何时，我可是用语言催眠过半教室男生、吓跑过另外半教室女生的。不过情景使然，面对这些木讷得毫无表情的机器人，催眠术恐怕是起不到作用了。于是，我给他们讲起了鬼故事。

据说不少父母为避免孩子受骗上当，经常告诫他们不要跟陌生人搭讪。有关故事多多，譬如这世上有诱拐儿童的恶人、买卖妇女的蛇头，等等。其中还有更极端的，比如一不小心遇到鬼怪之类。

话说有个小伙子叫小明，他就是听着鬼故事长大的。这几天，他作为新员工刻意早点到公司上班。就在他准备上电梯时，看见有个白皙靓丽的女孩匆匆跑来，似乎也要急着上楼去。他主动按住电梯，并向她示好，热情地问她要去几层。她说十八层。小明欣然对她说："我正好也要去十八层。"这时，那个女孩对他说："对不起，我把雨伞忘在门口了，得回去取一下，你先请上吧！"说罢，她就反身离开了。小明有些沮丧，不过心想她马上就会回来的，便准备在电梯口等她。时间分分秒秒地过去，五分钟，十分钟，一刻钟,女孩一直没有回来。小明很后悔,他觉得自己应该更主动点,譬如陪她一起去取伞。他正在懊恼,还萌生了跑去找她的冲动,好在她回来了。小明见她果然倒捏着一把滴水的黑色油布伞,脸色似乎有些惨白,身上湿漉漉的,像是淋了雨。可小明刚来时天色固然阴沉,却并未下雨,看着这情景心里不免惊奇,但重逢的喜悦迅速占了上风:"去了这么久……没事儿吧?下雨了吗?"女孩点点头:"门口很远的,还下着雨。"小明立即从挎包里取出一块毛巾来递给她:"你擦擦吧,干净的……"女孩摇摇头说:"谢谢!不用了。"

这时,电梯下来了。小明请女孩先上,可又被她谢绝了:"你上吧!"小明一再礼让,于是结果来了,女孩对他说:"我跟你去的不是一个方向……"小明蒙了:"你不是也去十八层吗?"女孩惨然地说:"我去地下……还有,你最好不要你呀你呀的,要称您!"小明就像小时候被老师批评了似的,来不及反应就悻悻地独自上了电梯。然而,在电梯关门后开始上升的一刹那,他毛骨悚然地顿悟了:"莫非女孩来自过往世界?"

小明害怕极了,所幸到了五层电梯停了,有个书生模样的男人上了电梯。他见电梯显示要去十八层,就没吭声。小明像是抓到了救命稻草,忍不住与他攀谈起来,问他是否也到十八层。他点点头,然后又摇

155

摇头:"到十八层再说吧,我看错了,以为是下去的。没关系,等你到了再说。"到了十八层,小明好心提醒他:"楼下有个……东西,你小心一点!"对方问他:"啥东西?"小明低声对他说:"是那个,你懂的……"就在小明下电梯的瞬间,那人说:"噢,是我娘子……她是来找我的。今天不是清明节吗?"

我稍事停顿,朝两个保安瞥了一眼,然后接着说:

小明惊慌失措地进了办公室。办公室空空荡荡,他一边关门、一边开灯,并本能地将耳朵贴在门上,眼睛朝窗户望去。他发现窗外有两个人影。他浑身战栗了一下,揉了揉眼睛,做个深呼吸定了定神,但见两个人影依然在窗外飘忽,而且像极了刚才遇到的一男一女,只不过他们的眼神散发着极其幽怨和恐怖的光芒。小明正准备逃离办公室,恰好来了两位同事……

起初两位保安对我充耳不闻,我讲故事也有点强摁牛头饮水的味道。但不久就有了反应,因为我看到他们有了正常人的神色:惊惶与好奇。我话音刚落,但见他们正朝窗户瞄去……

其实这个故事只不过是对坊间传说的演绎,增加了些许元宇宙、剧本杀和玄幻小说的元素。所谓"信则有,不信则无"只是表面语意，深层次心理反应却是另一回事。比方说我不信鬼，但对于阴森也会有天然的畏惧。独自在荒郊野岭走夜路时带根棍子、吹个口哨，那是驱除恐惧的人之常情和自然法则。实验证明，连狗看恐怖片都会产生惊恐反应。我想到这里，脑海里难免泛起了许多与动物有关的哲学、心理学和生物学理念，譬如庄周之蝶、布里当之驴、斯金纳之鸽，等等。它们指向虚无、迷信和恐惧。庄之蝶不必说，妇孺皆知。但是，布里当之驴就未必尽人皆知了。它说的是一头又饥又渴的驴面对等距离的干草和清水，不知如何选择，最终饥渴而死。这是典型的选择恐惧症，大至国际政治，小到个人生活，机会稍纵即逝，命悬一念之间。很可以理解吧？而斯金纳之鸽就不那么好理解了，它是关于迷信形成机制的一种心理实验，类似于戈培尔效应："谎言百传便成真"。鸽子由于条件反射形成行为与食物之间的因果关系，就好比有人因迷信而产生恐惧并"宁可信其有，不可信其无"。

六

故事尚未结束，两位保安已经有点坐立不安了。我继续说：

小明把两位同事当成了救星。他把方才遭遇的灵异事件简要叙说了一遍。两位同事似乎也被激灵了，他们说:"窗外没人,我们进门时倒看见你身后站着两个。情况诡异,我们赶紧跑吧!"

说到这里,两位保安几乎异口同声地打开了话匣:"那两个同事是男是女?"我说:"一男一女。""他们会不会就是小明遇见的鬼魂啊?"我说:"也许是,也许不是。谁知道呢?"

我们正这么说着,监控室传来消息,说大妈们游戏过半,大多数已经进入二层,有一队还提前进驻三层了,问要不要加大难度。我说:"按计划加大难度吧!"

这时,其中一位保安意犹未尽,他临时关闭了休息室的监控探头,开始讲述他前不久刚听说的一个灵异故事:

事情发生在去年元旦。你们还记得那天晚上星明月亮。某警局照例轮班执勤,被排在午夜的两名警察全副武装外出巡逻,直到凌晨才返回警局。他们神色慌张,语无伦次,而且穿着单薄,引起了其他警员的好奇和怀疑。当被问到有没有遇到什么异常情况时,他们更加前言不搭后语。最后,其中一名警察只能从实招来,说两小时前遇到了连环车祸,一名身穿黑色礼服的女士驾车与他俩的警车迎面相撞,紧接着又有一辆十吨卡车追尾。女士当场死亡,他俩虽然逃过一劫,却忙了整整两个小时。先是叫救护车护送女士去了急救医院,可惜那女士被卡车碾轧得早就没了生命体征，而后他俩就草草洗把脸赶了回来。

待他俩去了休息室，其他警员连忙调出电视录像，仔细辨认后发现车祸现场除了一名女士，还有两名警察，而且三人被同时送上了救护车。

其他警员正在交头接耳，出门买早点的新手慌里慌张地跑了回来。他举着一张晨报，大声嚷嚷道："我们两个值勤的同事两小时前殉职了……"其他人急忙拿食指嘘他，并指指休息室，叫他别嚷嚷。看到晨报上的巨幅照片，大家顿时惊出了一身冷汗。

"我咋没听说过这事儿呢？"另一个保安嘟哝说。

"因为你胆小怕鬼，咱没敢跟你说……"

这正是我所需要的，总算让两个机器人似的保安有了点人味儿。趁他们你一句我一言议论着"鬼"故事，我悄悄地将几小瓶酒精洒进了迷宫出口，还佯装对故事颇有兴趣："难道他们身上没有血迹吗？"

"当然有啊，只不过他们把外套留在了真身上。"

第八章

"生当作人杰，死亦为鬼雄。"这是婉约派女诗人李清照最豪迈最雄健的诗句。我和石头、木棒年轻时以快背诗词、多看小说为傲，不承想一切来得比文学还要豪迈与雄健、突兀和蹊跷。

几乎就在我准备抠出藏在鞋后跟的火柴时，"体验馆"的警报声响成了一片。两个保安冲出休息室，径直朝楼下奔去，弄得我不知如何是好。这时，广播发出了呼救声："请立即打通所有甬道，有人受伤了，需要立即抢救。"这是监控中心发出的警报，一定是哪位大妈出了状况。"体验馆"顿时乱作一团。我也用不着放火添乱了，立即起身朝楼下跑去。待我到达大厅，扮相各异的大妈们早已惊恐万状地退出了游戏。"体验馆"的两位救生员正在替吴大妈做人工呼吸。我走近一看，她口吐白沫，而且四周散发着敌敌畏的气味，分明是服了农药。我赶紧让大妈们到洗手间端来一盆肥皂水，直接扒开吴大妈的嘴给灌了几碗。很快，她开始狂吐如泻，并渐渐恢复了神智。一阵手忙脚乱后,吴大妈脱离了危险。大家松了一口气。想当初我等上山下乡那会儿,远近生产队经常有社员因家庭纠纷或者其他莫名其妙的原因喝敌敌畏自杀,大家就是用这种方法洗胃救人的。大妈们不知道我原来还有这一手,在那里问个没完。而我却另有心事:为了救人,我居然忘记了"正事"。

所幸老白和小关听到警报声就跟着门口的保安混进了"体验馆",而且佯装便衣警察将朝露骗到了大门外,并把她拽上了一辆预先安排好的北京吉普。

按下他们不表,我回到"体验馆",叫龚大妈打急救电话。我们一边等救护车,一边七嘴八舌地询问吴大妈:

"你怎么就想不开寻短见呢?"

"这敌敌畏是怎么带进来的呢?"

"那还用说,肯定是装在酒精瓶里带进来的!"

"酒精瓶不是都交给导演了吗?"

"是啊……"

我慌忙跑回迷宫出口,把扔在出口的酒精瓶拾了回来。酒精都洒掉了,剩下的空瓶必须销赃。我将那些空瓶装进挎包,然后从容地回到大妈们身边。我让她们少安毋躁。为了让吴大妈稍事休息,我对大家说:"从心理学的角度看,自杀往往是出于某种难以释怀的执念。这种执念可能起自某种现实打击,也可能由于某种虚妄的臆想。我不知道吴大妈是出于什么原因,但任何人一旦被执念控制,就会丧失理智。"

"她这段时间确实比较消沉。"

"是啊,还经常说起唐山地震时救援队伍看到浩浩荡荡的骑兵队伍,仿佛古罗马军团……"

我说那是类似于海市蜃楼的自然镜像。大地震会产生巨大的气浪,呼啸着向四方荡开,故而出现海市蜃楼般的奇观不足为怪。

一

"雄发指危冠,猛气冲长缨。"说话间救护车到了"体验馆"门口,可吴大妈哭开了。她不想去医院,死活都不想去医院。然而,她哪里拗得过一群大妈和一众安保人员的矢量和?被送上救护车后,吴大妈终于爆发了。她拳打脚踢,俨然成了女版鲁提辖。结果,救护车不得不中途停下,由她跳车逃遁。

后来,据龚、穆等一干大妈调查刺探,发现吴大妈早就去意已决。原因有些复杂,一是夫妻长期不和,彼此心怀猜忌;二是婆媳关系紧张,各自心存芥蒂;三是孙儿性情孤僻,导致严重抑郁。总之,吴大妈一生好强争胜,到了了事事不顺,本指望基因工程可以修改孙子图谱密码,却奈何世人有意作对,这个不许、那个不能,使得她最终对生活恋无可恋。据说她最后决绝地选择了将自己装进冰柜。当然,穆大妈何等细心,她在帮助吴大妈料理后事的过程中,觉察到后者事先服下了一瓶安眠药和一大杯中等智利侯爵红，然后再拉上睡袋钻进冰柜。待家人发现时，吴大妈已经冷冻了足足一周有余。除了她，家里没人动过这冰柜，里面常年都是吴大妈出于备战备荒储存的鸡鸭鱼肉和各色速冻食品。

我听说这些是在很久以后，有一份晚报把这事当奇闻写了出来，众人阅后不免唏嘘慨叹。

所幸我们选择周一玩剧本杀，"体验馆"除了安保人员和十几位大妈，基本没有闲杂人等，否则非出现踩踏事故不可。再说老白和小关径直将朝露掳到了石头家。所谓大隐隐于朝，中隐隐于市，石头的豪宅坐落在喧闹市区的一个看上去并不起眼，却十分奢华的去处。只要对着摄像头报石头手机的后四位数8889，吉普便可驶入车库，并随即通过直达电梯抵达门口，再输入123456进入室内。由于家家户户隔音得如同绝缘体一般，没有人知道这家有没有人、有几个人。

朝露稀里糊涂地被劫持到了石头家。她满不在乎地说自己早有预感，知道最近会有事情发生。老白和小关一直戴着口罩和发套，活像两个北京798艺术家，对"得来全不费工夫"的战果自然是喜不自胜。

但是，我并未因为朝露的"落网"而感到欣喜，因为我和她交过手，结果是铩羽而归。如果把朝露喻作一只雀儿，那也是一只金丝雀。我渴望了解她，但始终没有找到贴切的方法。尤其是在弄巧成拙被她陷害并"仁慈"地关进精神病院后，她就像一团云烟，令我捉摸不透。

为了商议如何"处置"朝露，我们立刻出现了分歧。小关把她当成了翠花的羽翼或影子，恨不得除之而后快。老白的心理比较复杂。他自第一眼看到朝露和才女，就情不自禁地想起了燕子；然而，她们又明明不是燕子。因此，无论是绑架才女还是劫持朝露，他都像是在完成人生的一个活计。这个活计已经融入生命，成为注入生命之河的一股潜流。没有它，生命就不完整，甚至将失去意义。我时常想，人真的是奇怪的动物，思想赋予他超越的可能，但他偏偏要自讨苦吃。无论是基于衣食住行的卑微梦想，还是关于喜怒哀乐的崇高理念，一旦扎进内心，就可能让原本简单的生活变得复杂。比如我和老白，本可以拿着退休金安享晚年，却生生地陷入了一场毫无胜算的战争。如果说我的初衷是解救被"穿越"的三个已经不是孩子的孩子，那么老白又是为了什么？为了燕子这个冰清玉洁的梦中女孩？

二

"缨佩不为美，人群宁免辞。"其实燕子和朝露长得一模一样。这正是我怀疑她们，还有才女是孪生姐妹的主要原因。当然，随着克隆技术和基因工程的突飞猛进，我也曾揣测她们极有可能是翠花的造物。至于是克隆还是别的什么技术结晶，我不得而知。但是，我领教过才女和朝露的手段。尤其是朝露，居然神不知鬼不觉地连锅端了才女和陆富贵。

然而，随着朝露的"落网"，剧情开始翻转。老白居然信誓旦旦地说他才是炸死才女和陆富贵的凶手。

"与其说凶手，毋宁说是为民除害的当代英雄。"他开始自吹自擂。但我和小关很难信以为真，心想是莱蒙托夫笔下的"当代英雄"吧。多亏有朝露的不在场证明，我才侥幸摆脱了牢狱之灾。

"问题我是怎么会在现场呢？"

"你问我，我问谁去啊？也许是你懵懵懂懂闯进了我的埋伏，也许是……"

"哪有那么多也许，你以为我那是在梦游呢？"

"这可不好说！也许是朝露把你的魂给勾走了，哈哈哈……"

令我百思不得其解的是朝露居然成了我不在场的证人，可我当时又明明在场。要说朝露是凶手，动机和时机都没有问题。若说老白是凶手，即使他有那个动机，也没有那个时机啊！小区戒备森严，一般人等很难进入，何况一辆满载汽油的皮卡！根据警方的排查，那辆皮卡的确是在爆炸前一小时从城外驶入目的地的。而这期间我又的确在和朝露厮混。我总觉得老白没那个条件，因此那起卡车杀人案大概率是朝露的手笔。毕竟她手下爪牙众多，目下乌泱泱的安保队伍就是明证。

问题是老白也不像是在吹牛。他说得有鼻子有眼的，比如怎样买通门卫，怎样点燃导火线，怎样撤离现场……

爆炸发生后，确有一个门卫不知去向了。据称他拿了老白的一笔钱隐姓埋名逃之夭夭了。警方追查了许久，发现那个门卫根本不存在，因为他身份证造假。

虽然老白的话不足为凭，我却找不到反证加以否定。况且朝露始终置身事外，将自己择得干干净净。而翠花即或有所怀疑，但终究缺乏真凭实据，也怪才女犯规在先。再说她如是大师横竖坑害了不少人。保不齐有人幡然悔悟，对她怀恨在心，拿才女报仇也未可知。至于她的那些法术归根结底是骗人的把戏，某些啥功啥法、李四王五的先后崩塌多少警醒了一些曾经的信徒。

三

"辞君向天姥，拂石卧秋霜。"被我们掳来后，朝露毫无惧色。她就像当初的才女，即使被老白绑架也依然不卑不亢，落落大方，仿佛道姑云游，换换地方图个新鲜。

鉴于老白和小关一直半蒙着脸乔装得可以，我也不想第一时间以真面目示人。可是我没能瞒过朝露的眼睛，更没能瞒过她的耳朵。她嘻嘻地和我捉迷藏，一会儿说"白雪公主遇到小矮人了"，一会儿说"船长不认识美人鱼了"。我被她逗得忍俊不禁，只好恢复了本来面目。朝露也咯咯地笑个不停，可老白和小关不高兴了。老白将我一把拽出朝露的房间，气哼哼地说："你干吗？想出卖我们？"小关更是大发雷霆，他一个劲儿地拍桌子，仿佛只有这样才能表达愤懑。

我耐心地开导他们,但故意压低了嗓门:"没听见她一直在说白雪公主吗?也许她也是受害者呢?我们得怀柔,不能强取……"

"得了吧!你不了解她们。这些人诡计多端,怀柔管个屁用!"

小关完全不以为然。倒是老白有些心动。他见识过才女,知道她们不是等闲之辈,于是用手势压住了小关,叫他少安毋躁。

朝露哼着小曲关上房门。不一会儿,她又开门对我们说:"晚上吃啥来?要不要本姑娘下厨犒劳一下几位大叔?"

"免了,免了!你老老实实待房间里,否则别怪俺不客气!"

小关话音未落,朝露就笑了。"啊呀,关大侠言重了!小女子乖得不得了,咯咯咯……"这下轮到小关尴尬了。他满以为自己不会被朝露识破,没料想这么快就露了馅儿。

"既已被你识破,那就别怪俺不客气了!"

小关气势汹汹地蹿到厨房,掌起菜刀直奔朝露。我和老白忙不迭将他拦住。朝露依然咯咯地笑着,这更加惹恼了小关。我和老白两个老头好不容易把他按在沙发上,好说歹说,总算让他消了气。我说:"朝露是朝露,翠花是翠花,不能同日而语。当务之急是策反朝露,结成广泛的

167

统一战线……"小关听了气不打一处出:"你白日做梦!她会跟你合作去对付她妈?"

"这可不好说……"

老白轻声嘟哝了一声。他心慈手软,且怜香惜玉,不到万不得已是不会伤害朝露的。我顺势叫朝露到房间好好待着,心想得尽快把小关的刺儿头捋一捋,以防不测。倘使朝露真有个三长两短,那可糟了。不仅翠花的堡垒无法攻破,而且恢恢法网正等着我们呢。

我说是该准备晚饭了。我叫老白去附近菜市场买些蔬菜和牛肉回来,如果有老鸭也顺便弄一只。老白出门后,我把小关请到他的卧室,那原是石头的众多客房之一,里面除了有独立洗手间,还摆放着两个书架和一张写字台。书架里的书多半是我回国后送给石头的,它们大概率只无谓地散发过一点书香罢了。

我刚陪小关在写字台旁边坐下,他忽然冲了出去,吓得我惊出一身冷汗。原来他是去锁朝露的房门了。朝露故意推开门缝冲他嬉笑。小关没好气地撞上门,拿钥匙将她反锁在房间里。我再次把小关拉回他房间,给他倒了杯开水,然后平心静气地对他说:"心急吃不了热豆腐,我们得好好谋划一下。既然朝露在我们手里,我们以静制动,看看翠花下一步怎么走。"

"你想多了,她才不会惦记别人死活呢!"

"朝露总归是她的女儿呀!"

"她是个六亲不认的大魔头!"

我知道一时半会儿无法改变小关意气用事的毛病,就退而求其次:"那我们也得好好想想怎么处置朝露吧!等吃完晚饭,我们三个好好合计一下,最后民主集中制,少数服从多数……"

"拉倒吧,还请客吃饭、绘画绣花呢!"

"不错嘛,读过《毛主席语录》。"

"那当然,你以为只有你们书生才知道读书呢?俺也不是胸无点墨的大老粗。"

"对呀,你若是大老粗,这世上就没有几个书生了……"

"别恭维我了,你们准备怎么办吧?"

我沉默片刻,对他说:"其实我也没有想好。当初一门心思只盼着怎么逮到她。可真得手了,反而两眼一抹黑,不知道下一步该往哪里迈了。"

"我何尝不是如此。"

四

"霜净乾坤阔,登高极古台。"凡事皆有利弊,如何趋利祛弊是我们当下必须面对的首要问题。小关也没了主意。我和老白总算可以从长计议了。朝露显得惬意满满。她吃完晚饭一会儿唱歌,一会儿跳舞,自娱自乐,没事人一样。

"大叔们,我来弹一曲给你们解解闷吧!"

"一边待着去！谁稀罕?!"

我和老白倒觉得应该让朝露尽量过得开心一点。当然，必要的防范也是需要的。是故，我把所有利器藏进了保险柜。好在石头的保险柜够大，大得能钻进一个人去。小关又说了："她要是想寻死，谁拦得住？"老白觉得朝露绝对不会自寻短见："她根本没把我们几个放在眼里。"我取法折中，认为朝露一时新鲜，但过不了几天就会想出什么鬼点子、弄出什么幺蛾子来。"走一步看一步吧！总能想出办法来。"我这么想去，忽然觉得朝露的性格还真像翠花。不想不要紧，这一想看她哪儿哪儿都像翠花。模样、嗓音，连举手投足都酷似四五十年前的翠花。

当初翠花也是这个性情，天不怕地不怕，好像自己就是生活的主宰，一切尽在掌握之中。如今朝露无忧无虑、安之若素的样子，倒让我对她多了几分怜惜和钦佩。无论做过什么，无论处境何如，人能活到这种境界，委实罕见，也很难得。

那天晚上，我们正准备将她锁进房间，她却心血来潮，要讲个故事。我和老白好奇心重，属于坊间所谓的返老还童，叫她不妨说来听听。可小关不吃她那一套，自个儿拿着钥匙在朝露眼前晃荡着："别啰嗦，回房去！"决绝得不留余地。

我和老白赶紧上前劝说。小关翻着白眼说："咋啦？这就统一战线了？"老白也翻个白眼说："少数服从多数！"我赶紧打圆场，叫他们别这么针尖儿对麦芒，有事好商量。

"有啥好商量的?这刚来就打成一片了?你瞧她旁若无人、满不在乎的样子,我可没那么好糊弄!"

"啊哟,关大侠,我都落你们手里了,还不是笼中小鸟一只。几位想怎么摆布就怎么摆布,小女子只不过是想讲个故事逗大家开心而已。"

"谁知道你葫芦里卖的什么药!"

"我葫芦里啥药都没有,即使有也无济于事。"

他俩你来我往互怼了两句。朝露一直笑嘻嘻的,而小关却气愤难平。终于,我们还是依了他,把朝露送进了她的房间。房门上锁后,我把老白和小关叫到我的房间。这是石头家最大的房间,过去是石头的第二卧室兼茶室,因此既有床,也有榻,还有原木茶几和若干椅子。我想跟他俩好好合计一下,但话没出口,小关就嚷嚷起来了:"这叫什么嘛,你们是不是真把她当自己人了?"

小关这么一说,我不禁想起了宋人强至的那首唤作《九日》的诗来。其中一句"篱边空意绪,难得白衣来"不是正好暗合朝露吗?她如今一身白衣,而且虽是仲秋,但天气渐冷,当初老白绑架才女的山上应该挂霜了。

五

"台上冰华澈,窗中月影临。"这一天下来,我们都累了,加之大家话不投机,就暂且搁下话题,等歇息一夜再议。

当夜无话,我看了会儿电视。本以为晚间新闻会有点动静,岂知这厢风平浪静,好像什么都不曾发生。倒是网络上出现了不少有关"体验馆"的消息,有说"体验馆"发生意外出了人命的,也有说老板因故失踪不知去向的,更有说"体验馆"剧本杀、元宇宙乃骗人把戏的。真个儿不亦乐乎。

约莫十点多钟,朝露打断了我一波波悠远的思绪,它们恰似长绶带,留意感人深。

朝露在房间里活蹦乱跳。我知道她这是故意捣蛋。房间里有吃有喝的,还有独立洗手间,她完全是为了弄出点声响来引人注意。我睡眠不好,自然听得真切。老白和小关大功告成,睡得跟死猪似的。

没奈何,我只能起身去她房间门口看看究竟。她说换床睡不着,所以起来做运动。我说做运动自然可以,但别妨碍别人睡觉。她咯咯地笑了起来:"这么说您也有睡眠障碍喽。"我说向来睡眠不好。

"原来如此。要不我俩聊会儿?"

"算了吧,太晚了。你做做瑜伽吧,听说做瑜伽有助于睡眠。"

"我不想做瑜伽。"

我见她明明是在没事找事,想让我开锁放她出来。我可不敢!她何许人也,弄得不好再把我给撂倒了。兹事体大,我还是小心为妙。

朝露似乎猜到了我的顾虑:"那我们各退半步吧,您搬把椅子到门口来,我俩说说话。"我说:"明天吧,有的是说话的时间。"她带着一丝娇嗔对我说:"啊呀,人家小女子人生地不熟的睡不着嘛,您行行好陪我说会儿话嘛。"

"好吧,你说吧!"

"您拖一把椅子过来我再说。"

于是,我搬了把椅子到她门口。刚坐下,老白就过来了。我心想:"你凑什么热闹?"他也搬过一把椅子来,在我旁边坐下了。"这样好,这下热闹了!"朝露显得很开心,"这样吧,作为回报,我给你们讲个故事。"

话说我小时候住在一栋不大不小的别墅里,别墅有三层。隔壁也有大大小小的别墅围绕着。有一天晚上,隔壁搬来了一家新住户。通常,新住户都会主动到邻家套近乎,送包糖果啥的。老住户也会热情地投桃报李,给新邻居回赠一束鲜花或其他物品,以致乔迁之喜。可是,新来的这家住户与我们老死不相往来。日子一久,各种流言不胫而走。有人说这户人家有问题,他们不是逃犯,就是小偷,因为他们昼伏夜出的习惯实在令人费解。因此,好奇心作祟,我决定一探究竟。

一天晚上,我穿着夜行服,悄悄翻越邻家护墙,穿过花园时被玫瑰之类的植物扎了一下。我本能地舔了舔伤口，知道手上被扎出了血。这是不祥之兆，我本应该急流勇退，却反而一不做二不休，顺着外置的下水管爬了上去。下水管挨着窗户，我从一层爬到二层，再从二层爬到三层，因为一层和二层什么都没有。等我好不容易爬到三层，张三家的狗狗突然狂吠不止。我想这又是不祥之兆。可事已至此，我即使逃跑也来不及了呀。于是乎我硬着头皮朝室内张望。这一望不要紧，却差点惹来杀身之祸。原来这是一家吸血鬼，他们正在兴高采烈地分享一条流浪狗。也许正因为如此，隔壁的狗们才叫得如此凄厉。我一不小心弄出了声响，室内有人觉察到异样，就朝窗户走来。那是一位身形伟岸的中年男人。他死死地盯着我看。我被吓个半死，就吧唧一声摔了下来。不知过了多少时间，我懵懂地睁开眼睛，第一眼看到的正是那个男人。他浑身煞白，就像那些不幸患了白化病的畏光人。

"后来呢？"见朝露戛然而止，老白急切地问道。"没有后来了，我再次昏死过去啦。等第二次醒来，他们已经把我送回家门口了。"

"那后来呢？"老白继续追问着。

"后来听说他们搬走了。"

"就这么简单？"

"是啊，就这么简单。"

"好吧！我给你提个意见。"老白说，"首先是你拿白化病人做比喻不厚道，其次是你找错了听众。"

"那我拿西洋人做比喻吧！算了，还是换个故事吧……"

"打住，种族歧视同样不对！省省心吧，我们不怕鬼，也不信鬼。别吓着你自己！"老白说罢，站起身来，扬长而去。

六

"临泛从公日，仙舟翠幕张。"朝露的故事流露了她天真烂漫的一面。虽然她的移花接木术没有成功，但有一句话她倒是说得在理："如果我们不见天日地生活下去，就早晚变成畏光人。"

我不住地打哈哈，没忍心驳她的面子。即或她是我们的俘虏，甚至敌人，也不必剑拔弩张、夯追猛打。我知道老白也是这个理儿，只不过嘴上凶悍一点。比起才女来，朝露更值得同情，至少她没有一个把老白骗得团团转的陆富贵。

联想到眼下众多选择独身或者丁克生活的年轻人，我内心一直有许多疑问：难道他们没有欲望吗？为什么没有欲望？是因为早就纵欲过度，还是压根儿不屑于兹？

趁这机会，我何不好好问问朝露？她这么年轻、靓丽、飘飘若仙，即便真的思无邪，也难免遭遇异性的觊觎不是？怎就特立独行、守身如玉，还对才女的正当生活横挑鼻子竖挑眼,甚至暗下杀手?就算老白杀人之言不虚,她朝露对男女之事的讥嘲却是我亲耳所闻。那晚我俩曾嬉闹苟且,尽管朝露明显被动,但她"来而不往非礼也"并使我迷醉的热吻却真真切切。也许是我out了,也许让我迷醉的只是她喂给我的酒精或迷魂药,也许没有也许。

"你想啥呢?怎么不说话了?"

"我想起了那天晚上……事到如今,你能不能告诉我究竟发生了什么?"

"除了那事儿,啥也没有发生啊!哦,还有陪宴……"

"没那事儿啊!"

"没那事儿吗?"

"没!"

"有!"

"没!"

"有……"她故意把语音拉长,然后补充道,"我既没生娃,又没赖着您,怕什么嘛。"

朝露咯咯地笑,我满腹狐疑。这件事情天知地知,反正我不知。至于她心里是否如其所言,我也十分怀疑。怪只怪我不胜酒力,几口即醉,而她或许……

不堪回首!目前能做的也越来越虚无缥缈。我和老白一样,是笃定不会伤害她的。但这样下去也不是个事儿,我们总不能养着她,当她是俏皮的宠物。再说了,即便我和老白愿意,他小关也不会同意。

"你要是真睡不着,我给你来杯干红吧!"

"好啊,好啊!"朝露欣喜若狂。

当下,我到酒柜开了一瓶上等法国勃艮第,给她斟了半杯,没想到刚到朝露门口就被小关给拦截了。他气哼哼地夺过酒杯一饮而尽,末了还讥讽地说声谢谢,然后就势坐到门口,摆出准备站岗放哨的样子。

我无奈地摇摇头,心想,"就交给你来对付吧,反正我知道朝露同样可以反锁房门保护自己。"可是,我刚要离开,朝露就狗喘着嚷嚷起来了:"救命啊!他想杀了我……"

"别嚷嚷了,姑奶奶!"我实在觉得无语了,只好管她叫姑奶奶。

"我升格了,哈哈……"

"升个屁格!你知道什么叫阶下囚吗?就你这样的!准备待上一辈子吧!"小关没好气地吼了起来。

老白不知道发生了什么事,又睡眼惺忪地跑了出来:"干吗呀?还让不让人睡觉啦?"

我说:"索性熬夜开会,重新商量一下。"

小关远没解气,这会儿喝了一杯勃艮第,意兴正浓:"好啊,既然她找死,俺就成全她!能不能再来一杯啊?"

我苦笑着说:"你想借酒壮胆还是借酒浇愁啊?"

"好了,大家接着睡吧,有事儿明天再说。"老白瞌睡得直打哈欠,不耐烦地甩了一句后转身回房去了。

我赶紧叫朝露插上房门好好睡觉,一把拽上小关离开了。

第九章

朝露请老白外出买菜时替她捎带几个盆栽花卉,她好摆在客厅和她窗外的不锈钢栅栏上作点缀。同时,她似乎过得既惬意又规律,每天早晨会吊嗓子跳舞,晌午会弹钢琴。女孩的生活气息和秀外慧中的本性就这么慢慢地春蚕筑茧般吐露出来。

奇怪的是翠花始终没有动静。据老白悄悄探测,"体验馆"依然门庭若市,除了乐此不疲的年轻人,那一干大妈也还会时不时地去光顾呢。主要是龚大妈玩出瘾来了,她带着穆大妈等把"体验馆"变成了另一个大秀场,各种剧本任由她们挑拣。除了迷宫,"体验馆"里还有其他玩意儿,够她们疯狂一阵子的。

朝露成了我的心病。所谓"请神容易送神难",如今真不知道该怎么处置她了。放吧,怕她倒打一耙。一旦绑架坐实,我们岂不玩完了?!不放吧,这么待着也不是事儿,而且三个男人,尽管是老男人,跟一个姑娘不明不白不清不楚地住在一起,也确实有点尴尬。关键是日久生情，保不齐哪天闹出点什么状况来，谁都不好交代。

俗话说，三女一男是三娘教子；三男一女是逢赌必输。当然，输的总是男人。

一

刚过去没几天，小关就发生了变化。变化固然微妙，但没有逃过我和老白的眼睛。首先是他开始形影不离地黏着朝露，借口是她太狡猾，必须多加防范。其次是他越来越关心朝露的饮食，托词是怕她在食物里捣鬼，祸害大家。问题是一日三餐都出自我和老白之手，她有那个机会下手吗？再说她身上什么都没有，连换洗的衣服还是老白厚着脸皮到妇女用品商店耷拉着脑袋采购来的。好在老白和我一样，都是过来人，知道女孩子家家的日常所用，也多少懂得一点她们难以启齿的不时之需。

照夫子的说法："老有所终，壮有所用，幼有所长，鳏寡孤独废疾者皆有所养……是为大同。"老白说："还有男有分，女有归。货恶其弃于地也，不必藏于己；力恶其不出于身也，不必为己。是故谋闭而不兴，盗窃乱贼而不作，故外户而不闭也。"是啊，夫子的理想主义够完美的，"礼崩乐坏"了还有此等憧憬，真有他的！

"小关有麻烦了。"我想提醒老白。结果他来了句："才知道啊？你也人后知后觉了吧！"

"不好说啦！这种事情只有他自己知道。"

"我看连他自己都知不道。"老白说得斩钉截铁,毋庸置疑。

"得想个法子。"

"有啥法子好想的?顺其自然吧!"

我还是心有余悸。以朝露的智商,小关绝非对手。虽说他小我十岁,但终究也是早过了甲子的人。万一动了感情,那可是决堤的洪水,毕竟他没有经历过真正的婚恋。可老白不那么看,他觉得小关是个情场老手,跟古典小说里的采花大盗没什么区别。"他哪里会有什么真情哦,玩玩罢了!"

"但愿如此!"我嘴里这么说,心里却不胜忐忑。这使我想起了一个流传很广的"鬼故事",老白说这个故事他也有耳闻,但版本不同。"不如你讲给他俩听听。"他这么说。

于是就有了以下这番围桌夜话。

说故事的人爱夸大事实,但这是一件真事。主人公叫然而,看上去五六十岁。有一天,他开车途经一条盘山小道,快到山顶时发现路边停着一辆豪华敞篷轿车。车身倾斜,明显发生过车祸。然而一脚急刹车,差点儿没撞着人。原来敞篷轿车边躺着一位受伤的女士,她看上去三十多岁,可能实际年龄更大些。她神志不清,额头还在流血。然而赶忙将她唤醒,同时打了110和120。女士苏醒了,她迷迷糊糊,问自己这是怎么了。然而说您撞上滚石了，从车上摔下来受了伤，不过幸好没滚下山坡去。女士动弹不得，然而叫她好好躺着，并说救护车一会儿就到。果然，救护车很快呼啸着上山了，前面还有警车开道。

很快，女士被抬上了救护车。她请然而好人做到底，帮她照看一下自己的车辆。然而答应了。警察拍了照片，向然而提了几个问题。然而如实报告了情况。警察了解情况后问他还有没有什么需要帮忙的。他摆摆手说不需要了。可是警车一走，他就后悔了。既已答应那位女士照看她的香车，如今自己可就进退两难了。于是，他赶紧给朋友打电话，请他们设法营救。眼看天色越来越暗，弯弯的月牙儿升上了天空。是上弦月，上弦月是农历月初，现在的年轻人大抵不关心这个了。他正这么想着，周遭已然暮色朦胧。他打开车灯，觉得应该仔细看看女士的车辆，万一有什么吃的。他确实有些饿了，心想女士出门一般都会带点吃的。果不其然，敞篷车上有一个大坤包。他犹豫了一下，最后还是打开了坤包，发现里面是一只死猫，顿时起了一身鸡皮疙瘩。倒不是因为死猫有多么可怕，而是关于死猫的一个故事。讲故事的是然而的母亲，她年轻时爱开快车，还不小心轧死过一只猫。猫的主人是位名媛，她虽然没有索赔之类的要求，却甚是伤心。然而的母亲为了安慰她，特地给她买了一只波斯猫。那波斯猫很贵，名媛决意不收，最后虽然收下了，却非要与然而的母亲结为姐妹。然而的母亲当时正怀着然而，就答应了，说肚子里的孩子正好缺个干妈。之后，她们一来二往，就成了莫逆之交。不幸的是天不假年，那位女士英年早逝。听说她走的那天打扮得光彩照人，然后开着豪车、带着波斯猫上了城郊的山路。当时然而还小，只知道干妈出了车祸，人和猫都殒命了。

就在愣怔之际，然而接到了急救医院的电话，说那位女士伤重不治，已经撒手人寰了。这时，那只原本已经僵硬的波斯猫突然从坤包里蹿出来消失得无影无踪，仿佛空气被吸进了肺部。而那辆敞篷车也魔术般地变形并自动滚下了山坡。

二

朝露觉得故事挺好玩的，可小关不以为意："这有啥好玩的？胡编乱造嘛！"

"可不能那么说，凡事皆有因果。"老白及时抢过话头，"你们知道后来怎么着？"

"后来怎么着？"小关不屑地问道。

"是啊，后来怎么着？"朝露倒像是真的好奇。

"后来然而就给他母亲打电话，讲述了这个诡异的经历。他母亲听后立即大声恸哭，并命令他赶紧离开那里，因为她刚从梦中惊醒。她梦见孤单的姐妹变成了孤魂野鬼，正在满世界寻找伴侣。"这是我胡诌的。老白悄悄地朝我竖了个大拇指。

"瞎扯！他不是那个女人的干儿子吗？"小关的莫名其妙多少隐含着无意识的对号入座。

我们要的就是他能对号入座。因为朝露是翠花的女儿，倘若他小关觊觎朝露，那就乱了辈分，说严重一点是有失人伦。

"那后来呢？"朝露还在刨根问底。

"后来还用说吗？"老白有意先声夺人，"然而被他干妈拉下水了呗。"

"他也滚下山崖了？"朝露继续询问道。

"哎呀，他们胡编的。所有鬼故事都是胡说八道！"小关实在听不下去了，"难道你不知道那是古人无知造成的吗？"

"他们可不是古人！"朝露还在替我们辩护。

"可他们是心理学家，而且是专门蛊惑人心的那种！"

"你这就错了，我们是心理学家不错，但主要任务在于治病救人。"老白先说为快。

我自知目的已经达到，就宣布夜话结束，让大家尽早安歇。可是朝露意犹未尽，她提议从今以后大家轮流坐庄，每晚讲个故事。

"我才没那么无聊呢！"小关不同意。

"他不同意拉倒，我们三个轮流来。"朝露固执己见。

"咱们走着看吧，如果你配合，故事有的是。"我顺水推舟，老白也点了点头。

"那好，那好！我一定全力配合，你们让干啥就干啥。"朝露答应得很痛快。

三

从"体验馆"运营的情况看，老白认为公司似乎有没有朝露这个总经理都无足轻重。经过商议，我认为有必要告诉朝露，她的公司及其所属的母公司完全没有因为她的阙如而感到时不我与。这固有挑拨离间之嫌，然不失为一种有效的试探。

但是，我们小瞧了朝露，她听说后并未表现出沮丧或颓唐，而是满不在意地耸了耸肩。"本来嘛，公司有我无我照样经营。员工们得吃饭呀！"倒也是，她只是实话实说而已。也许是代沟，也许是真的落伍了，我已经很难理解年轻一代的生活理念。老白宽慰我，说朝露是例外，并非所有年轻人都像她这么洒脱和淡定。如今生活节奏之快，内卷之烈，足以令许多年轻人感到困顿，甚至选择躺平。这在结婚率和生育率的持续下降中可见一斑。而过去结婚生娃是不容犹豫的自然现象，唯一的前提是男欢女爱、彼此般配。

"别说朝露了，就连小关都隔阂得紧哪。跟他相处有一种井蛙不可语海，夏虫不可语冰的感觉。"老白此话虽不无夸张，但情况大抵正朝着这方向发展。我愈来愈担心小关会放弃初衷，甚至爱上朝露。这没什么奇怪的。首先是朝露靓丽得像一粒小太阳，风华正茂，魅力四射。其次是小关多少对翠花有过特殊的感情，而眼前又活生生地来了一个小翠花。碰出点星星火火是自然而然的，否则才是咄咄怪事。老白推心置腹地聊过，换了他倒退十岁，也许同样会横生枝节。"不好说啦！"老白对燕子的那份情意我感同身受，只不过翠花害我太甚，我实在无法再对有关人等产生类似的情愫。

没想到如今我们两个年近耄耋的老头要同时对付俩年轻人，这是一场必输无疑的战斗。如何斗智斗勇取决于朝露和小关的离合程度。他们就像车辆的离合器，正左右着我和老白的命运。搭上老命事小，不能有所作为事大。我等从小看着《北宋杨家将》《说岳全传》之类长大，何况还背负着沉重的个人恩怨情仇，决然不能轻言放弃。

一天夜里，晚餐已毕，我们四个人坐在餐桌旁，边喝茶，边没话找话。朝露话多，说要讲故事，被小关制止了。我说我们姑且称为一家四口，无论逆缘善缘，走到一起也算有缘。"朝露是孩子，小关是叔叔，我和老白可以是大伯大爷或爷爷姥爷……"我随口这么一说，可小关听了却很不高兴。这一不高兴让我想起了贾平凹的《高兴》，而我和老白现在的所作所为难道不很像高兴哥儿俩吗？自救不暇，还要弄个朝露和小关来添乱。

有一天，见老白和小关午觉正酣，我悄悄问朝露："你妈究竟在哪里？"

"在天堂啊!"她居然这么回答。

"别逗了!她在天堂,那我就在地狱。"

朝露咯咯地笑个不停。"我给您吃个小灶,讲个故事吧!"

从前有个鬼怪,它住在一座巍峨阴森的城堡里。这座城堡的历史难以查考,据传至少是五百年前建造的。它坐落在深山老林,但是随着经济社会的发展,周围的森林被一寸寸蚕食,一步步开发,最后人们发现了这座古堡。于是问题来了,人们发现古堡没有出口和入口,像是一座封闭的团城,里面还不时传来鬼哭狼嚎的怪叫声。为了勘测古堡的年轮和内部情况,很多探险者进去了,却再也没有出来。而鬼哭狼嚎之声却越发凄厉和瘆人。

有一天,两个孩子出于好奇,偷偷摸进了古堡。他们原本是想着里面有天方夜谭式的宝藏。只要叫声"芝麻开门",宝藏就会自动开启。因此,他们一边往里爬,一边不停地叫喊着"芝麻开门"。结果,他们发现古堡内部确实有很多大门洞开了。他们暗自庆幸,觉得马上就可以找到宝藏了,没想到宝藏像迷宫。他们越陷越深,直至天昏地暗、星月无光。然而,有个声音突然响起:"哎咳哟,哎咳哟……"

"那不是劳动号子吗?"其中一个小孩喃喃地说。

"是啊,怎么会有劳动号子呢?"另一个也正在纳闷。

这时,他们看到一个巨人模样的鬼怪跳了出来。它笑眯眯的眼睛冒着火焰,但声音却像个孩子:"啊呀,你们怎么才来呢?我已经等了很久啦!"

两个孩子被吓得半死。他们嗫嚅着,不知如何是好。

"别怕,千万别怕!害怕的是我。我在这暗无天日的城堡里待了不知多久了,天天啼哭,却没有人搭理我。前些日子好容易等来了一些人,可他们刚和我见面就把我吓死了。等我好不容易苏醒过来才知道原来他们也死了,而且是真死了。我只好把他们埋进了地窖里。现在好了,你们没死,我也没吓昏过去。我们总算可以捉迷藏过家家了……"

两个孩子的心都在脑门上瑟瑟颤抖,但他们强打精神,被迫和鬼怪玩起了过家家。鬼怪的玩法很幼稚,不是陀螺,就是空竹,一点都不好玩。关键是两个孩子都没玩过这些东东,他们看着硕大无比的鬼怪自个儿玩得开心,还念念有词,喋喋不休地数着数。等它数到一百,两个孩子就得抱它。可他们哪敢抱它这山似的巨人哟,实在拗不过,其中一个就急中生智,掏出口袋里的手机给它看。鬼怪看得津津有味,连说"这个玩具好"。

眼看鬼怪迷上了手机,两个孩子彼此使了个眼色,准备立即开溜。

四

朝露忽然关上了话匣子。我这才发现自己身后站着老白和小关。

"后来呢?"小关问道。

"故事结束了,没有后来了。"朝露欲擒故纵。

"那两个孩子呢?"

"谁知道呀?可能逃出来了吧!也可能留在古堡里了……"

"瞎扯!"小关轻声哼哼说。

"本来嘛,鬼故事就是瞎扯!"老白帮腔说。

"怎么是瞎扯呢?这些都是真实发生的!"朝露言之凿凿。

结果自然是不欢而散。我想朝露大概率是受了翠花的影响,满脑子神魔鬼道,对她的故事当然只能姑妄听之,譬如街谈巷议。可小关太较真,他对这些鬼故事深恶痛绝。说到底,它们曾经是夜总会用来卟唬少女的把戏。

"所有鬼故事都是瞎扯!"他斩钉截铁地补充了一句,同时瞟了一眼朝露,大概是在关注她的反应。

朝露摇摇头,她知道小关的一些过去,尽管并不十分了然。为了缓和气氛,我和老白提议大家喝一杯下午茶。我忙不迭请他们进了我的卧室,拉上隔离床铺的屏风,开始煮水洗杯。朝露这时又开心地哼起了昆曲:"南朝看足古江山，翻阅风流旧案，花楼雨榭灯窗晚，呕吐了心血无限。每日价琴对墙弹，知音赏，这一番。"这本来是一曲愁肠百结的哀歌，却被她笑逐颜开地化作了毫无哀伤的靡靡之音。小关听了不知作何感想，因为这曲儿仿佛就是为他量身定制的，只可惜知音安在？

以我和老白的观察，朝露对小关毫无感觉。他们就像是两股道上跑的车，根本沾不上边。且不说年龄差距，就连起码的对位都谈不上。小关大抵是剃头挑子一头热。我试探过他，可他死活不承认："你想哪儿去了？不是听你们的吗？要怀柔，要怀柔！我真不知道该怎么办了！"

"是啊，这朝露也确实不好对付。"我说。

"是你们太没手段。"他说。

"好吧，确实如你所言。不过只要你有合适的办法，我们乐见其成。"我说。

"理儿都被你们占了，我还能有什么好办法？"他佯装气馁。

"总有办法的，我们一起努力！"我又说。

"努啥力？我看早晚被她收拾了……"他把自己扮成了泄气的皮球。

我朝他嘘了一下："士气可鼓不可泄！"

五

其实我心里早没底了，还是老白比较沉着。他认为应该重新潜入"体验馆"探探底细,"也许我们逮错了人呢。"这不可能啊,除非朝露会分身术。不过老白的提醒也不是完全没有道理,想当初小朝和小露不也是孪生姐妹吗,就像才女和朝露?

为了尽快澄清事实,我决定再扮一次大妈。为了不让朝露知道,我趁她晚上睡觉被锁上房门后,悄悄乔装改扮,天不亮溜出门去找龚大妈和穆大妈。我跑到她们跳广场舞的地方左等右等都没等到她们。好在我有她们的联系方式,就试着先给穆大妈拨了电话。她倒是接听了,但显然对我的不辞而别心存芥蒂。我拼命解释,说是家里出了麻烦。

"有啥了不起的麻烦?着火了还是死人了?"她接着稍稍缓和一下口气,"我倒没什么,就是龚大妈有点生气。"

"都是我不好。家里确实出了点急事,我老父亲过世了……"

"您老父亲?那还不得是百岁老人啊?高寿了,喜丧,喜丧!"

"话是这么说,但毕竟是考妣之痛……"

"好了,我原谅你了。回头我帮你做做龚大妈的工作。她是个直肠子,一碰就着,一点就通。"

"那就多谢你了。回头请你们吃饭!"

穆大妈拾个台阶就下坡,说她们都不跳广场舞了。"这剧本杀上瘾,我们已经玩了好几场了。"

"都顺利吧?"

她以为我心有余悸,就安慰说:"顺利着呢,我们都玩密室和紫屋子了。"

"什么是紫屋子啊?"我好奇地问道。

"哎,不就是那个吗?"

"哪个呀?"

"怎么跟你说呢?去玩一玩不就明白了?!"

"我这人胆小。"

"又死不了人!可好玩了。"她说罢窃窃地笑着。

"这么说很有故事。得去玩玩?"

"必须的!"

"你在公园等我一小会儿;我马上过去,正好捎上你!"

"嗯啊!"

总算又搭上了。不一会儿,穆大妈来了,还情不自禁地在我肩膀上拍了一下。

"我已经跟龚大妈说好了,她不生气了,不过得罚你请客。"

我说没问题。

六

就这样,我们很快顺利地到达体验馆。一开始,我们说体验馆或剧本杀时,腹稿里都是加着引号的,如今化名成俗，一切变得顺理成章了。

体验馆一仍其旧，连安保人员都还是原班人马。唯一不同的是多了不少女安保。我问穆大妈："这是咋回事？"

她说："你不知道吧？过去是因为我们大妈们包场，才清退了女保安。现在所有场馆都营业，自然需要一些女保安啦。等会你就明白了，嘻嘻。"

我看她神秘兮兮的样子，觉得很是好笑。但很快我就笑不出来了，因为刚进大厅，就被要求裸体检查。我顿时傻了眼，悄悄地问一边的女保安："能不能不脱衣服啊？我怕难为情。"

"有啥难为情的？验明正身是规定程序！"

"上次怎么不用裸检啊？"

"上次是你们包场，所以有安检和健康宝就可以了。"

我进退两难，那个尴尬无以言表。我看着龚大妈、穆大妈她们都进了体检室，真不知如何是好。在这紧要关头，我只好硬着头皮悄声对一位女安保说：

"我是同性恋，也就是 gay……"

"那怎么办？去男室检查吧！"

"不行啊，我不喜欢男人！不然我干吗男扮女装？"

"那怎么办？"

"破个例，就别裸查了！"

"那不行，公司有规定！"

"那怎么办？我去找你们老总说说？"

"不行！我们老总不是谁想见就可以见的。"

"要不等大妈们检查完了,让我去女室接受检查?"

"那也不行,您终究是个男人!"

"我不是男人!我讨厌男人!"

就这么僵持着。那个女保安被我纠缠得实在没法子了,终于叫我待在原地,自己转身进了大厅。我想趁机溜进去,结果还是被一名男保安给拦住了。

第十章

据传汉明帝永平五年，有刘晨、阮肇到今浙江天台山迷了路。盘桓十余天没找到归途，结果干粮吃光，饥馑难耐，忽见山上有一棵桃树，上面结了不少果实，可惜它长在绝岩邃涧，不能轻易采撷。于是，他们找来藤葛，好不容易攀至桃树，总算美美地吃了个够。而后，他们准备找溪水盥漱，这时，发现有泉水顺芜菁叶流出，很是新鲜。但那水里又明显有胡麻糁味。他们相向而言："不远处定有人家。"果然，他们很快看到了人烟，并见二女子曼妙婀娜，笑着对他们说："那不是刘阮二郎吗？"刘阮二人并不识得二女，不知她们缘何直呼其姓，似与有旧，而且相见甚欢，毫无陌生感。后面的故事可想而知，她们不仅款待了两个"不速之客"，还把他们引到了一个世外桃源，并招呼十数女子陪伴侍候，使得他们"乐不思蜀"。一晃多半年已过，天气渐暖，如二三月。刘阮求归不已。仙主唤来三十女子一同奏乐，送他们上了回家正途。问题是，当他们欢天喜地回到故里，却发现亲旧零落，邑屋全异，无复相识，唯有一群不谙世事的孩子，告知有祖先上世入山，至今已过七代仍不得归。

这样的故事在魏晋南北朝多之又多。

我当时之所以想起旧闻，乃因自己的处境恍若隔世。怎么就要裸检了呢？这可如何是好？正这么纠结着，朝露出来了。不过此朝露断非彼朝露。她极有可能是传说中的小朝或小露。她们本是一对孪生姐妹，而我曾经见到过的究竟是小朝还是小露却不得而知。由此推断，我们绑架的朝露究竟是小朝还是小露也不得而知。姑且称之为乙朝露吧！

"您好！"乙朝露笑吟吟地打着招呼。

"您好！"我强迫自己缓过神来，却不知该如何应对。

"听说你拒绝检查……"她说。

"不是我拒绝检查，只是不习惯这种方式……"我说。

"国有国法，家有家规，我们这也是依法依规行事，请您老配合一下。"她接着说。

"您老"，这个称谓让我顿觉自己露了馅儿，我本能地嗫嚅着，实在有些不知所措。

"要不这样吧，我亲自给您检查？"她这话又使我感到十二分地出乎意料。

"我不是这个意思……"刚刚平复的心又跳到了嗓子眼。我一边窃喜她并未识破我的真面目，一边又陷入了新的窘迫。

"咯咯咯……"她忍俊不禁，害得旁边的安保人员莫名其妙。"来吧，到我办公室来！"她说罢转身朝办公室走去。那是我熟识的地方，曾几何时，才女就在这里工作，经营她的猫吧。

一

"我知道您是谁，我们见过。"就在示意我坐下的同时，她冷不丁来了这么一句，我顿时吓出了一身冷汗。

"此话怎讲？"我故作镇定。

"您别装了，我们是老熟人了。还记得您和石总的那次宴请吧？"

"啊？什么宴请？"我假装浑然不知。

"喝茅台那次！"

这就说来话长了。那还是我和石头为了接近小朝或者小露的一次聚会，当时的情景虽历历在目，但毕竟时过境迁，很多过往量子纠缠般聚合在一起，绝对恍若隔世。

"我知道这两年发生了很多事情。您好友石先生离世，我姐才女出事，夏琴姐蒸发，现在连小朝都不知所终，但日子总得继续吧……"

我顿时语塞，看来她真是小露。难道我们绑架了小朝只不过是为小露扫清障碍吗，就像当初才女罹难？不管才女是死在"朝露"还是老白之手，结果都像是金蝉脱壳。

所谓冤家路窄，我的心像被巨大的卵石滚过，发出隆隆的声响。小露不慌不忙，还举起条台上的咖啡壶替我倒了杯咖啡。那条台高高地依墙立着，显然是上等的红木坯子。我恭敬地接过咖啡，心里七上八下。

"别担心，我知道是您帮了我一个大忙……"

"啊？"我在心里打了个偌大的问号，心想莫非真的重演了朝露除才女的老戏。

"我早就看我姐不顺眼了，非除之而后快，没想到最终是您几位帮了忙。您说我能不心怀感激吗？"

"您到底想说什么呀？"我只能装蒜装到底。

"啊呀，大叔，我们明人不说暗话，您就别装了。"

我知道自己不仅露了馅，而且连累了老白和小关。我们花费了天大的劲儿，结果却是竹篮打水一场空，还顺便替别人做了嫁衣裳。

"您别担心，我是由衷的。"她变得格外温柔。

我诺诺地应了一声。

"这样吧，我该如何报答您？您开个价吧！"她接着说。

我摇摇头，然后以攻为守："我不需要任何报答，只想您如实告诉我，传说中的如是大师到底在哪里？"

她指指天花板说："远在天边，近在眼前！"

"难道她过世了？"

"怎么能说过世呢？大师千秋万代！"

二

我彻底崩溃了,瘫坐在沙发上不能动弹。小露按动键盘,叫来了体验馆的医护人员。她们让我平躺在沙发上,随即翻了翻我的眼帘,又听了听我的心肺。

"没事儿,董事长!紧张过度,歇会儿就好了。"说罢,她们就后退着离开了小露的办公室。

我的心跟明镜似的。之所以装眩晕,也是因为想争取时间,让自己安静一下。"定定神,一切都会过去的……"我对自己说。

"您去玩吧!不过检查是必须的,这是规定,咯咯咯……"

"不玩了!我不玩了还不行吗?"我气呼呼地说。

"那多可惜啊?我这里的女安保个个秀色可餐哦,咯咯咯……"

"我要走了!"我颤颤巍巍地站起身来,准备立刻离开,一分钟也不想多待。

"喝了咖啡再走吧,着什么急嘛。"

"不喝了!"我心乱如麻,满脸羞赧,恨不得钻进地里去。

"啊呀,咖啡里没有毒,怕什么嘛。"

"我不喜欢喝咖啡!"我嚷嚷着直奔门口。

"我派人送送您,大妈……"小露哂笑着把我送出办公室，然后招呼一名女安保带我出了门。我被小露或者小朝羞辱了一番，心中愤懑，真想一把火烧了这个体验馆。恨只恨当初没点着酒精。也许酒精一着，可以引发一场大火；也许火焰触发电流短路，可以焚毁一切……可是这也许已经没有也许。我像一只斗败的公鸡，耷拉着脑袋走向马路。女安保开始还搀着我，但见我爱搭不理，也就放手了。

"您走好啊！下次再来！"

我懒得理她，头也不回地朝前走去，毫无目标，也不知道龚大妈、穆大妈们玩得如何。拔光胡子的下巴又痛又痒。而那些无关痛痒的心事不断从记忆中泛起。其中之一便是小朝和小露如何瞒天过海，把我等骗得团团转，怪不得被我们劫持的朝露如此淡定，甚至喜形于色；也难怪体验馆可以照常营业，而且小朝小露的障眼法骗过了所有人。

我自诩阅人无数，而且洞悉人心，到头来竟栽在了几个丫头片子手里。她们用极其相似的外貌和令人目眩的美颜偷天换日、掩人耳目，达到了为所欲为的境界。这不是现代版孙大圣吗？只不过是为非作歹的女版孙大圣。想她莘花用几个卵子或者细胞就炮制了燕子、才女、小朝、小露等一众美女，那么她还有什么事情做不到的？何况燕子她们四个说不定只是冰山一角。细思极恐！

我漫无目标地在街上走着，直到龚大妈载着穆大妈的豪车在我身边吱呀一声紧急刹住。

"你去哪儿了？怎么在街上闲逛呢？我们等了你老半天，真是的，干吗这把年纪还害羞呢？不就是裸检吗，有啥了不起？你不知道有多好玩！"龚大妈和穆大妈连珠炮似的向我袭来。

我木讷地杵在街边。

"快上来啊！"龚大妈用几近命令的口吻说。

我意兴阑珊地上了她们的车。"去哪儿啊？"我本能地问了一句。

"吃饭啊，你不饿吗？"穆大妈见我失魂落魄的样子，隐约产生了一丝同情。

三

龚大妈一踩油门，汽车轰的一声蹿了出去。我顿时感到了一阵眩晕。没多久，汽车在一家餐馆门口停了下来。一路上我推说身体不太舒服，因此一直没有吭声。

"到了，下车吧！"龚大妈说。

我下得车来，但见眼前是一家富丽堂皇的高端餐馆，里面的菜肴一定价格不菲。由于囊中羞涩，我不知道该不该进去。万一 AA 制呢？我身上可没带几个钱。

"走啊！"又是龚大妈的催促，"我请客，玩开心了得犒劳一下！"

我心想："不就是剧本杀吗，至于那么开心吗？"

穆大妈像是看出了我的狐疑，悄声对我说："可好玩了，你是不知道啊！真的假的，应有尽有，咯咯……"

"啥真的假的？"我并未出声，但穆大妈从我的眼神里读出了问题。

"有真小伙子，也有人造小伙子，还有三维的，随你挑……"她乐得捂着嘴巴，以免贪婪的垂涎溢出嘴巴。

这下我总算明白了，原来小朝小露继承了翠花的衣钵，大撒把，借着剧本杀和元宇宙玩起了令人不齿的下流勾当。"那不是妓院吗？"我嘟哝了一声。

"谁说的？"龚大妈火了，"那是虚拟空间！你什么也不懂，out了！"

"这么跟你说吧，体验馆就是让你体验生活中没有的快乐。"穆大妈抿着嘴不住地笑。

"好吧，算我没有艳福！"我无奈地说。

"什么眼福啊？是可以实战的！"龚大妈把我说的"艳福"听成了"眼福"，很不以为然地纠正了我。

我心想，果然早过了偷看毛片的时代，也早过了夜总会的时代，而今终于到了2D加3D加4D再加真人秀的混合时代，而且正在资本和技术的联袂推动下合法化、合理化、合情化。

"你想啥呢？"穆大妈打断了我的思绪。

"没想啥。我在想带没带够钱……"我说。

"没关系，龚大妈请客！"穆大妈欣喜地安慰并自我安慰说，"这几天玩得开心，把一辈子没享受的都补回来了！"

"是吗?"我依然莫名其妙,却不知是自己莫名其妙,还是别人或者这个世界莫名其妙。

在餐桌边坐下后,龚大妈撸起袖子,开始点菜。

趁着等菜的机会,我没话找话,给她们讲了一个故事,想故意卖弄一下。

古人多不幸,战乱疾患太多,"白骨露于野,千里无鸡鸣","柴门何萧条,狐兔翔我宇"这样的情景不胜枚举。所以连曹操那样的枭雄都感慨:"对酒当歌,人生几何,譬如朝露,去日苦多。"不过凡事皆有例外,譬如有人过得很惬意,不说醉生梦死,至少也是歌舞升平。

且说有一位员外,不小心娶了一个表面温婉、内心强悍的女子,同时将她从娘家带来的两名少女一并纳为小妾。谁知新婚燕尔,正房就开始发飙了,她不仅禁止员外接近小妾,还强行将他关在房间里面壁思过。员外从小熟读诗书,却是个五谷不分、四肢不勤的百无一用。这厢受到此般遭际,也是无力反抗。

不久,正房难产离世,员外非特不悲,反而窃喜,殊不知她带来的两个丫鬟同样厉害,那悍劲儿不是一般二般。于是,员外整日里郁郁寡欢,成了两个小妾的玩物。他终于忍无可忍。有一天,他对刚刚将他压在身下行过房事的小妾甲亲昵地说:"亲爱的,我也不是手无缚鸡之力,你若不信,我就带你去井边亲自打一桶水给你看看。"小妾甲哪里会信,她不屑地哼了一声:"连床上这点事都做不好!"

在员外的再三再四央求下,小妾甲总算硬着头皮随了员外。他们来到后院井边,员外打开井盖,小妾甲正在井口张望,员外二话没说,就将她推到了井里,只听得扑通一声,就再也没有第二声了。员外立即盖上井盖,旋即扬长而去。

不想这事被小妾乙看得真切。她一边喜不自胜,一边暗自庆幸,心想多亏自己平素对相公不错,否则必遭杀身之祸。她从此对员外关爱有加,像是换了个人。但员外心有余悸,对她的善意体贴和人生憧憬不置可否。结果当然悲催,因为员外杀人杀出瘾来了,而小妾乙自然成了下一个目标。然而,小妾甲在老井里,他岂敢再朝那个方向想。于是,他绞尽脑汁,终于有了法子。但问题是没等他付诸实施,井下的小妾已经变成了鬼,三番五次出现在他的梦境和风高月黑的夜晚。为了驱邪,他从方士处求来秘籍,说是童子尿可辟鬼怪。他因此每天喝童子尿,还在老井旁边和房前屋后撒童子尿,弄得到处臭气熏天。小妾乙终于受不了了,在一个星月晦暗的夜晚逃之夭夭了。从此以后,员外好不快活,整天价往花街柳巷里钻,导致家业衰败,成了丧家之犬,并不得不流落街头,成为风餐露宿、饥肠辘辘的乞丐。

四

龚大妈不爱听,"啥故事啊?都什么年代了,还神神鬼鬼的?!"

可是,穆大妈觉得故事好像在哪里听说过,"蛮有道理的,要不咱以后也别再去体验馆了……"

"什么乱七八糟?不是对酒当歌,人生几何吗?……"

我知道扫了龚大妈的兴,决定自罚一杯。

"哪里是扫兴?你分明是在扫性!"龚大妈当真生气了,"咱活到这把年纪才好不容易知道这东西那么招享……"

"是啊,赶上好世界了!"穆大妈赶紧应和。

龚大妈自恃有钱,自然财大气粗。她朝服务员打了个响指,"来一瓶茅台,咱今儿个一醉方休!"

我急忙示弱:"龚大妈高抬贵手,你知道我不胜酒力……"

龚大妈不依不饶:"今儿个不胜也得胜,咱高兴!咱们老百姓啊,今儿个要高兴……"她边说边唱,看来我是自作自受,好心被当成了驴肝肺,今天跑不掉了。

眼看着龚大妈给三只杯子斟满了酒,我也只好硬着头皮强充能。

"感情深,一口闷,来,咱们先干了这一杯!"龚大妈发话了。

穆大妈看看她再瞧瞧我，也颤巍巍地举起了酒杯。

一杯下肚，我自知情况不妙，就找个机会去了趟洗手间，然后一抠喉咙直接把酒和早餐吐了出来。待我从洗手间出来，龚大妈已经语无伦次，穆大妈则索性认输趴在桌上了。

"嗨，太没本事！来，我俩继续喝！"龚大妈又给我斟了一杯。我急忙说自己没吃早饭，得先垫巴垫巴。

眼看着龚大妈一口一口地抿着酒，我心里只盼着她赶快倒下。穆大妈已经发出了鼾声，而龚大妈依然兴致正浓。我佯装醉了，一会儿掉了筷子，一会儿洒了杯中酒。龚大妈眯缝着双眼对我说："告诉你吧，其实我挺喜欢你的，不过你不地道……"我一听差点儿没吓晕过去，所幸她掉转了话头，"来，杯中酒，干了！"

我说："好，干了！"

龚大妈使劲儿碰了我的杯子，然后一饮而尽。我忙不迭地夸她海量真豪杰。龚大妈顺势站起来，拉着我的手说："其实我挺喜欢你的，尽管你他妈不地道……知道为什么吗？因为你身上有股子男子气，我俩要是配成一对，那绝对是大卜无故……哈哈……"

"你不是跟穆大妈是一对吗？"我将计就计。

"你错了，我喜欢有男子气的女人，比如你！"

"那穆大妈怎么办？"我欲擒故纵。

"她没事儿，不谙风月！要不是我带着，她早就玩完了……"

"我觉得你挺有男子气的……"没等我说完,她就抢过了话题。

"错!其实我很女人,只不过手头有钱,不装腔作势遭人欺负……嘘……一般人我不告诉他!"

"原来如此!"这太出人意料了,够我喝一壶的,尽管我不胜酒力。

五

龚大妈说着说着就把满是酒气的嘴凑了过来,吓得我急忙侧身后退。结果当然不妙,她哐当一下摔地上了。要不是我用脚垫了一把,她一准磕个鼻青脸肿。我本以为这一摔她该摔醒了,没料想她就势躺地上呼呼睡着了。我摇醒穆大妈,叫她赶紧帮忙把龚大妈扶上车去。可餐费没付呢,而我又囊中羞涩。穆大妈宽慰说:"没问题,我知道龚大妈带了信用卡。"穆大妈在龚大妈身上一通乱摸,果真摸到了一张信用卡。她把卡交给服务员,但不知道密码。

"123456。"龚大妈大声嚷嚷说。

阿弥陀佛!庆幸龚大妈还有神志,但把她搀到车上时,她那番酒后真言复令我一阵毛骨悚然。穆大妈见我有心事,就悄声对我说:"别担心,龚大妈喜欢男人。"

"你都听到了?"我追问道。

"是啊,想不听到都难呢。她那嗓门……哈哈!"

我实在无语了。沉默一会儿后，我对穆大妈说："我去餐厅叫个代驾吧，也好让你们早点回家休息。"

"我会开车，放心吧！"

"你没喝酒吗？"我不解地问。

"我都喝到脖子里去了，瞧，内衣都湿透了……"

"好吧……"看来都有高招，我这种土办法确实out了。

心里正这么嘀咕呢，老白来电话了。他担心我被困在体验馆，已经迫不及待地要施以援手了。小关劝他别冒险，"等等再说。"朝露听说后，同样轻描淡写地叫他少安毋躁。

是故，电话来了。这原是破例之举，坏了"地下工作"的规矩。不过，姑念老白忧心似焚，我和小关都原谅他了。这些自然是我离开龚大妈和穆大妈之后的事了。

老白和小关听说体验馆还有一个朝露，顿时大惊失色。我故意卖了个关子，这回轮到我叫他们少安毋躁了。

"这么说她们真有分身术？"老白大眼瞪小眼，完全不知所以了。我苦笑着对他说："她们原是一对孪生姐妹，或者可以说是三胞胎，甚至四胞胎……究竟几胞胎？用小关的话说是不知道。你想想，过去有燕子，后来有才女，再后来有小朝和小露……"

"明白了，"老白如梦方醒，"克隆人！"

"啥克隆人啊？她们原本就是姐妹！"小关打断说。

"小关说得对，也许她们只是相貌如出一辙的同胞姐妹。"我补充说。

六

老白不信邪。他只听说过双胞胎、三胞胎,却从没听说过四胞胎的。"你们别扯了,哪有那么多孪生姐妹?除非我们遇到鬼了!但是鬼并不可怕,可怕的是人。再说这世上本没有鬼,唯有人心鬼祟。"他更像是在自言自语。

"谁说没有四胞胎?现实中还有五胞胎、六胞胎、七胞胎的呢,1997年美国艾奥瓦州就有过一例七胞胎!"小关闷声闷气地说。

"不管她们是几胞胎,活生生的人摆在那儿,我们怎么办吧?"我要的是办法。

"凉拌!"朝露在房间里大声说。

"她倒是耳朵灵!"老白翻着白眼哭笑不得。

"把她放出来吧!也许她有办法呢?"我突发奇想。

"算了吧!"老白和小关异口同声。

"你们真是放着柴火烧石头,浪费了本姑娘的聪明才智。"朝露说罢咯咯咯笑个不停。

我们六目相对,不知如何是好。这时,朝露又嚷嚷道:"小女子不才,但自问可以帮上几位大叔。"

我和老白交换了眼色,又朝小关点了点头。小关打开了朝露房门上的大铜锁,然后闪身让她泥鳅似的滑出门来。

"其实这事很简单:把我放了,看我怎么收拾那小妮子!"朝露说。

"你倒是说来听听。"我和老白几乎异口同声。

"简单!只要你们放我出去,月底就让她歇菜。"

"愿闻其详。"我刨根问底的目的是逼她说出方法。

"首先,我有公司密钥,而她没有;其次,她是个冒牌货,替身而已,本尊面前能不歇菜吗?"

"她真是替身吗?"我不能相信朝露的一面之词。

"是啊!我聘的,容貌也是以我的模样整的。"

我和老白顿时彻底崩溃,就连小关也成了丈二和尚。

第十一章

我们无法验证朝露的说法,但也没有任何反证的可能。当天晚上,我就失眠了。我想起了知青年代的许多往事,其中包括翠花和那些纯属无稽之谈的鬼故事。我想起了那个遥远得不着边际的纽约客,那个不知道谁是人谁是鬼的世界。现在轮到我自己了,我猜想她如是大师觊觎的也许就是这样的结果:让我等完全丧失理智,沦为她的精神玩物。

第二天一早,我带着一夜的恍惚,迷迷瞪瞪地上了餐桌。小关和老白见我这副模样,多少有点担心。我朝他们摆摆手:"没事儿,放心吧!赶紧请朝露出来用早餐吧!"

见小关支支吾吾,我就知道出事了。我瞪着眼睛向他们扫射。他们垂头丧气,一声不吭。

"怎么了?朝露跑了?这怎么可能?"我大惑不解。

"真跑了。我刚要去叫你,你来了。"老白指着小关说,"都是他干的好事!"

"我也是为大家好,既然养着她毫无作用,还不如把她放了,也好看看接下来怎么做……"

"什么时候的事?"我呼地站起身来,冲着小关问。

"刚刚,五分钟前。"

"怎么不跟我们商量一下?"老白抢先说。

"我觉得这种时候必须当机立断。"小关辩白说。

"什么叫当机立断?你这是在出卖我们!"我非常生气,一字一顿地说,"亡羊补牢,犹未为晚,我们赶紧撤!"

一

老白果然是"狡兔三窟",在郊区竟还有一处农舍。我们锁好石头的房门,用老白借来的吉普车搬了些必需品,随即匆匆逃离,狼狈程度几近难民。

小关多少有些自责。出于团结,我安慰了他几句:"既然朝露一点忙也帮不上,放了也好。至少省一张嘴吃饭。"

"我也是为大家着想,这样下去不是个事儿……"小关喃喃地解释着。

"得了吧!我看你是爱上她了!"老白叫他赶紧打住。

为了缓和气氛,我把昨晚想起的故事重新说了一遍。

老白说:"若真有鬼,定是那个出租车司机。"

"何以见得?"我觉得老白的结论出乎意料。

于是,老白也讲了一个故事:

这是前不久刚刚发生的一个灵异事件，我并不相信，但一传十、十传百、百传千万万，子虚乌有的谎言就坐实了。

话说有个出租车司机寅夜载了一位妙龄少女。少女身上有明显的血迹，司机好心问她："你没事吧？要不要送你去医院啊？"女孩说不用。"是不是遭人欺负了？"女孩依然摇头说没有。"那你身上的血迹是怎么回事呢？"

"噢，刚才帮一个朋友助产来着。"

"助产？你小小年纪有这等本领？"

"我不小了！"

"好吧，那你想去哪里？"

"我回家，去三棵松。"

"三棵松？没听说过……"

"您往西走就是了……"

"再往西就出城了！"

"是啊，我住在西郊。"

司机心想，西郊可是墓地。他忍不住激灵了一下，然后本能地通过后视镜看了姑娘一眼。那姑娘看上去没什么特别，眉清目秀，温文尔雅，像个大学生。姑娘也通过后视镜看到了司机师傅的脸：一个普通的中年男人及其略显沧桑感的皱纹。

说时迟，那时快，他们正这么互视着，汽车咣当一声撞倒了旁边的水泥墩子。司机急踩刹车，但车子已经侧翻在路旁了。司机好不容易从汽车里钻出来，却发现女孩不见了。他迟疑片刻，决定呼120求救。他想那女孩一定是摔下山坡了。

汽车侧翻后，后车门被撞开了。路牙水泥墩下方是一个小山坡。司机顺着山坡往下寻找失踪的女孩，走着走着就走到了山坡下的一片墓地。他认识这片墓地，因为他正是在全面实行火化前被埋进这片墓地的。他记得当时自己在棺材里苏醒了，就踢开棺材板，踹开墓穴门，从里面钻了出来，心想多亏棺材不密封。但蹊跷的是世界发生了天翻地覆的变化，他面前耸立的城市刚刚还是个大村庄。当时城里总共只有几辆上海牌出租车。他三步两步就回到了故乡，尽管一切已恍若隔世：不仅世界改变了模样，家人也不知了去向。幸好他有一技之长，可以继续干老本行做出租车司机。

问题是那姑娘去哪里了？这确实是一个问题。后来他听说，最近有姑娘替人代孕代生，出了不少事儿。其中就有处置不当后诉诸法律，甚至命殒产床的。而当晚的姑娘貌似恰好从一家地下医院出来，至于她是助产还是自产却无从稽考。

二

我怀疑老白的故事是针对纽约出租车司机的故事临时胡诌的,尽管当初我们也是一派胡言。问题在于翠花是实实在在的存在,朝露亦然。

老白似乎看出了我的思绪,就毫不隐讳地幽了一默:"谁知道如是大师是不是传说呢?反正我没见过。至于你俩,谁知道是不是被蛊惑或者洗脑了呢?"

"你这是什么话?难道怀疑我们也是鬼?或者人格脑筋有问题?"小关气不过,就戗戗起来。

"我不是这个意思。既然现在朝露的身份成了问题,那么如是大师同样可能有问题。"

"我觉得老白的话并非没有道理。"我接过话题,问小关多久没见到翠花了。

"十多年,将近二十年吧……"小关说。

"时间确实有点久了。十几二十年什么都可能发生。"我说。

"是啊,你们一个十几二十年,另一个三四五十年,都隔了一两代人了!"

就在这时,朝露来电话了。她告诉我说那个冒牌货被她收拾了,现在正准备回到我们的怀抱。

老白和小关都听到了她的声音。他们瞪大眼睛,不置可否。

"为保险起见,先掉转车头,把我送回城去。我先看看究竟是什么情况,回头再与你们取得联系。"我对老白和小关说。

老白觉得此计可行,但小关表示应该两人同行。我否决了小关的意见,坚持要独自去看看情况,以证真伪。我请老白掉头朝体验馆驶去,并在快到体验馆的一个路口下了车。

体验馆一仍其旧,或者说生意更加兴隆了。人们进进出出,成群结队。我先在体验馆斜对面的一家餐厅坐下来,隔窗观察动静,觉得没什么异常,就要了一碗牛肉面边吃边考虑下一步行动。

我给朝露发了个微信,请她到石头家一叙。我想看看她如何应答。结果出乎我的意料,她居然真的独自走出体验馆,朝石头家方向走去。我确认她身后没有任何人跟随,就起身尾随而去。

我知道从体验馆到石头家大约需要步行二十分钟,朝露居然摈弃了以往的生活方式,既没坐车,也不带保镖,自个儿匀速朝前走着。我不时地回头观察,那个鬼祟样活像小时候偷人瓜果、顺人干菜。瓜果好说,长在地里或者树上,只要看准时机,一般风高月黑的夜晚最好下手;而干菜是人家晒在房前屋后的竹笋或咸菜,比较容易得手,但被发现的概率反倒更大。

朝露一直往前走,身形挺拔,步履稳健,长发飘洒,姿色非凡,赚了不知道多少回头率。我远远地跟着,但快到石头家时,她以迅雷不及掩耳之势来了个一百八十度转身。我来不及躲避,被她看个正着。她朝我挥挥手,还亲切地"嗨"了一声。

我尴尬地朝她走去,多此一举地解释说:"我本来是想去接你的,但他们叫我小心为妙……"

"理解!现在安心了吧?"她说。

我点点头表示赞同。我把她带回石头家,对她说:"我们很担心你,怕你遭遇不测……"

"怎么会?"她深眸浅笑,一副天真烂漫的样子。

"安全第一!"我没话找话。

"以德服人!"她学着雷老虎的声调戏谑着。

三

回到石头家。

"他们呢?"朝露问道。

"出去采购了……"

"哦,我肚子饿了。"她说。

"那我先给你下碗面条吧!"话音未落,我就后悔了。因为老白和小关搬走了家里的所有食物,这里已经没有任何可吃的东西了。

她看出了我的尴尬,就爽朗地说了声"叫外卖吧"。

我点点头。这当儿,她已经下单叫了外卖。然后,我俩相对而坐。

"跟做梦似的。"她说。

"可不!"

"接下来怎么办?"她接着说。

"什么怎么办?"

"你们不是要找大师吗?"她直言不讳。

"是吗?谁说的?"

"别以为我不知道。老实告诉您,我也在找大师。"她的话令我不寒而栗,"真的。我已经好久没见大师了。"

"好久是多久?"

"十年!"她说得很精准。

"这么久了?过去的那些锦囊不是如是大师请你转交的吗?"

"是她老人家让我们转交的,但并非直接授受。"她说。

"那是怎么到你们手上的呢?"

"通过才女啊!"她回答说。

"那后来呢?"

"没有后来了。"她居然这么说。

话说到这个份上,我也不知该如何是好了。如果才女假传旨意,那么我和石头都成了她丫头片子的玩物;如果朝露所言非实,那么我和老白、小关又成了她的玩物。

"哎,别想了,事情没您想的那么复杂。"她和蔼的神情就像面对一个无辜的孩子。

这时,手机在吱吱作响,还不停地振动。老白和小关一定急坏了。我只好给他们发了个信息，表示暂时安全，请他们少安毋躁。

"你给他们打个电话吧，叫他们放心回来。"

她越是这么说，我就越发紧张。想当初老白就这么稀里糊涂地在我的规劝下释放了才女，结果怎么样？真是往事不堪回首！可朝露的态度又非常诚恳，诚恳到不容置疑的地步。我左思右想，觉得不如再冒一次险，大不了都回到精神病院去。

但是，机不可失，一旦失手，我们就真的玩完了。因此，我思量再三，决定先沉住气，跟朝露周旋一番。这么一来，我俩几乎回到了两年前的情景。我对她说："老白和小关暂时不会回来，你我得待上一段时间。"她连说好呀好呀。我说好啥呀。她说另外两个人很乏味。我说我也很乏味啊。她说我不乏味。我说怎么不乏味啦。她说会讲鬼故事啊。

我又无语了，心想跟她在一起才像鬼故事呢。我忍不住往深处想去，觉得这辈子因为惹上了她们，过得那叫砢碜。知交早零落不说，连家人都不得善终。当然，罪魁祸首是翠花，其他人等不过尔尔。

朝露笑眯眯地看着我，好像我肚子里的一条蛔虫。我知道这辈子怎么也逃不出翠花的手掌心了，倏忽有一种自暴自弃的冲动。

"别沮丧啦，外卖就来，我们又可以在一起大快朵颐了。话说回来，我还是挺怀念跟您在一起那些日子的。"

朝露明显是在安慰我。

"事到如今,我也只能走一步看一步了。"我无奈地说。

"别那么悲观,凡事都有因缘,也都有转机。"她说。

四

好吧,风云际会,因缘耦合。世上没有无缘无故的聚,也没有无缘无故的散,但我能做的也许只有等待,等待有朝一日翠花良心发现,等待孩子们时来运转、如是大师树倒猢狲散,等待邪恶帝国和一众迷信土崩瓦解、灰飞烟灭……

朝露很会安慰人。她秉性温和,气质天成,举手投足都有戏份,而且嗓音柔美、谈吐不俗。我打心眼里喜欢她,倘使不是因为翠花的这层关系,我会将她视同己出。

我借口出门买些菜蔬瓜果和肉食米面,主要目的是给老白打个电话,向他详细说明一下这边的情况。那边老白和小关急坏了,成了蒸锅上的螃蟹,还因为是否回城脸红脖子粗地吵了一架。末了,小关不会开车,只能干生闷气。老白顾全大局,没有我的同意,自然不会轻举妄动。小关不一样,他不仅急于了解情势的发展,还惦记着朝露这个人。好在我和朝露曾经的故事他并不知晓,事实上连我自己都很难说得清楚。

我买了不少东西回到石头家里。朝露安然自得,在客厅弹钢琴。琴声悠扬，向远方飘荡。我进屋后直接去了厨房，准备点燃炉灶，焖一锅清炖柴鸡。这种乐曲缭绕，再加人间烟火，才叫生活。可我已经很久没有这么悠闲了。何啻很久？这辈子都是磕磕碰碰，杂事倥偬，仿佛一只满地乱爬的蝼蚁，一会儿碰到石块，一会儿遇到水坑，但归根结底都是翠花惹的祸。而翠花的祸又结底归根归咎于我自己。假如一开始就拒绝了她的橄榄枝，假如没有那么耸人听闻的鬼故事，假如就顺了青春的冲动应了她的欲求，假如……可假如不能代替事实，更不能改变过去。

"还是好好守住朝露吧，也许她才是我的救命稻草。"我只能这么想。

"哇，好香啊！您在炖鸡？"她忽然问道。

我说是的。

"我已经好久没大快朵颐了，您真好！"

我没有接她的话茬，也无心接她的话茬。我喜欢她的模样，但不了解她的内心。我又何尝了解翠花的内心？俗话说，"女人的心，海底的针"，天下又有几个男人真正了解女人？哪怕是身边最亲近的女人！

"别胡思乱想啦！其实女人也可以很简单呢，关键是你们男人不要想得太多。"朝露冷不丁来了这么一句。

"难道你真能猜人思想。我问你，我在想什么数？"

"五啊！"

"你怎么知道？"

"很简单啊！从一到九，五恰好在中间哈。"

"那为什么不是一二三四或者六七八九呢？"

"您若再让我猜，我就猜不到了。就像玩石头剪刀布，第一次可以猜，后面就只能碰运气了。"

说来也是，这既是数理问题，也是心理问题，个案固然重要，但概率更加重要。我觉得随着年轮的增长，自己的智商、记忆正在随着体能的退化而急剧退化。若是换了过去，我大概率不会同朝露玩这种小把戏，或者说反过来还差不多。可如今一切都变了，我甚至开始因为朝露而对翠花产生了一丝怜悯。

五

我问朝露："你觉得翠花是好人吗？"

她摇头说不是。

我又问："为什么？"

她回答说："不应该劫持您和您朋友的孩子。"

我接着说："就这么简单？没其他原因吗？"

她说："没有。"

我说："那她坑蒙拐骗害人无数就不是罪孽吗？"

她摇摇头："那是周瑜打黄盖，一个愿打，一个愿挨。"

我对此不以为然："话不能这么说，这就好比江湖郎中卖万能膏药，总有病急乱投医的受骗上当。何况她翠花，不，如是大师还祸害过这么多良家少女……"

她狡辩说:"后者我不知情,当时还太小。"

我补充说:"可小关知情,他就是人证。"

她一时语塞:"好吧,我不跟您辩解了。反正她与我无关!"

我纳闷了:"怎么与你无关?她不是你母亲吗?"

她惊讶地反诘道:"谁说她是我母亲?"

我穷追猛打:"难道不是吗?"

她耸了耸肩:"当然不是。虽然都说我们长得像她,但她确实不是我母亲。也许只有燕子姐姐是她亲生的……"

我觉得太不可思议了:"连小关都觉得小露是她的孩子,你怎么能轻易否认你们的血缘关系呢?"

她叹口气说:"哎,小露是个冒牌货!她只是个替身。"

我完全被她弄糊涂了。她见我满脸狐疑的窘相,就咯咯笑个不停。"告诉您吧,她真是个冒牌货,是韩国整容师的手笔。"

听了她这番话,我迫切希望早点见到小关,把一切告诉他,看他作何解释。

"好了,我们不说这些陈芝麻烂谷子,还是讲个鬼故事吧!"

"难道生活还不够鬼吗?"我无心恋战,但又不知该如何打发眼前的这一个朝露。

都说文学是人类最好的发明,因为它太像酒了。可是，生活总是比文学更富有想象力，也更令人扼腕叹息，甚至莫名其妙。

六

鉴于朝露暂时住在这里，我也就知会老白他们打道回来了。我当着朝露的面告诉小关，说朝露不是翠花的女儿。小关立马急了："怎么可能？你们胡诌吧！"

"真不是。"朝露说。

"关键在于小露也不是翠花的女儿……"我补充道。

"她胡说！小露是我从育婴堂抱来的，我看过关于她的所有记录。她明明是被翠花遗弃的亲生孩子。"

"被她遗弃不假，但小露失踪的那几年您知道都去了哪里吗？"朝露反问道。

"知不道。"

"这就对了，我告诉您吧，她在韩国做整容。她完全是按照大师自己的容貌被打造出来的。我也一样。"

我们三个听得目瞪口呆，全然失去了反诘的能力。朝露见我们一个个愣怔得可爱或者可怜，就柔情万种地安抚井了：

> 这个故事说来话长，我只能长话短说。那是十几二十年前的事了，当时关先生尚在执掌夜总会。我和才女、小露等被大师送到韩国，住在一家高端整容所

接受手术。当时我们怕得要死。小露最可怜，她的长相实在有距离，要整成大师的模样，非刮骨切肉不可。因此，在她的漫长且痛苦的整容过程中，我和才女一直陪伴在她身边。所幸当时她还小，可塑性很强。

后来，虽然年龄不一样，但三个人就像同卵三胞胎似的，一般人等再也分不清谁是谁了。于是，我们就开始玩真假游戏。为了瞒过所有人，我们甚至故意跟燕子姐姐捉迷藏。她当时在夜总会总部做大堂经理，这关先生最清楚。但每次我们轮番出现，总是弄得她晕头转向。我们打扮成不同的角色，才女扮美人鱼，小露扮小玉兔，我扮孔雀公主。我们把大厅的灯光调暗，然后依次从燕子面前闪过，把她吓个半死。

她把这当作灵异事件，逢人就说世上确实有鬼。我们就在背后偷着乐，还时不时地吓唬她。她一直到离开人世都不知道那是我们在捣鬼。不过灵异事件也确实存在，我自己就遇到过。有一次，我受才女指使去丰都出差。我知道那肯定不是什么好差事，但没想到她那是为了整我。我刚到丰都，就听说家家户户都在忙着搬迁，因为国家要建三峡大坝。因此，我根本找不到才女所说的那个客户。但无论如何不能无功而返，我就一边在街上贴寻人启事，一边在客栈歇下来祛除身车劳顿带来的疲乏。结果，一天夜里，我见到了那个客户。他蓬头垢面，浑身是血，倚在我床边悄声诉苦。他说自己死得冤，而且至今不得超度。我问他需要什么帮助，他说需要一些冥币。我从梦中惊醒，只觉得脸上湿乎乎的，随手一摸却分明黏稠得很。我开灯看了一眼，觉得是血。我一骨碌下得床来，跑到盥洗室，发现脸上果然有斑斑血迹。我叫醒了随行的小露，当时她很小，不承想她同样梦见了那个冤魂。第二天，我和小露跑到街上，买了一堆冥币，乘着月色清明烧了许多。从此以后，我每年都给那个冤魂烧冥币，尤其是在清明节。

我始终认为小露的故事是她有意玩玄的后缀。也许从一开始才女就料定朝露到丰都鬼城后会做诸如此类的噩梦，而小露是坐实这些噩梦的最佳人选。朝露表面温婉恬静，其实早被才女训练得心狠手辣，只是小露不显山不露水的以柔克刚使得她没有下手的机会。

第十二章

莫言获奖后喜写打油诗,还练就了一手左书。打油诗加左书,成了一绝。我那天看到一款,不知是否出自他手,谨奉诸位分享:

> 四月青梅煮老酒,
> 举杯畅饮邀好友。
> 一壶一壶又一壶,
> 赋得新诗三百首。

我觉得挺有意思,可老白心事重重,小关只知道讨好朝露。我又成了孤家寡人,想有一点点童趣都难啊!幸好朝露摇头晃脑回味了一番后开始拍手称快:"是该来三壶畅饮一番了。"

"为什么是三壶呢?"老白翻了翻白眼。

"一壶一壶又一壶,不正好是三壶吗?"朝露解释说。

"她说得没错,咱是得喝他几壶!"小关举双手赞成。

说话间,三人把目光聚焦到了我身上。我说:"俺不胜酒力,只有看的份儿。"

一

> 胡大是个老酒鬼,
> 经常喝醉踉跄归。
> 门口静坐到天明,
> 至少不用床头跪。

小关就像在自己家里一样,径直从石头的酒柜里取出了三瓶拉菲。我说:"这也太奢侈太浪费了吧?"

"没三瓶如何得醉?"小关振振有词,"来,一人一瓶!"

"我就免了,你们喝吧!"我谢绝了。

"给我一瓶!"朝露说着就伸手接过了一瓶。

见小关和朝露两个就着花生米喝起来了,老白也忍不住拿了一瓶。三个人开始你一口我一口喝将开了。老白忽然想起一句坊间俗语:"半斤不当酒,一斤扶墙走,斤半墙走我不走。"紧接着,小关也有话说:"酒不醉而人自醉。"这话大有来头,我真不想看到他借着酒劲对朝露说些不三不四的话。可朝露绝非等闲之辈,她立马回敬了一句:"尊贵的总不喝,喝多的是陪客,不如各自喝一瓶,谁先倒下谁小狗!"

小关这下来劲了："有本事咱俩干了!"

朝露反诘说："不是说了吗,不如各自喝一瓶?"

她这是好女不吃眼前亏啊!

小关又说："那咱来划拳吧!"

老白直摇头："俺不会!"

小关看着朝露说："不是很简单的吗?朝露玩不玩?我教你:零喊金元宝啊,一喊一片心啊,二喊哥俩好啊,三喊三星照啊,四喊四喜来啊,五喊五魁首啊,六喊六六顺啊,七喊七到巧啊,八喊八仙海啊,九喊快喝酒啊,十喊满堂红啊。然后跟着出手指就行啦,出错了就罚酒。"

"原来这么简单,那就试试吧!"朝露说。

结果几圈下来全是小关输。

我见他们玩得高兴,就冷不丁问朝露:"小露去哪儿了?"

朝露眯缝着眼,佯装神秘:"她呀,穿越了!"

"穿越到哪儿了?"我被激灵了。

"这得问黑白无常。"朝露邪恶地嬉笑着。

"谁是黑白无常?"我以为她在乱打诳语,就不禁加重了语气。

"我公司的黑白无常啊!他们就在体验馆。"朝露眯缝着眼,似笑非笑。

"那我得去问问……"

二

朝辞白帝彩云间，
半斤八两只等闲。
任尔东西南北风，
李白斗酒诗百篇。

我借了他们几个的酒兴跑出门来，要到体验馆探个究竟，岂知那地方还真有一个叫黑无常、一个叫白无常的。我嚷嚷着要找小露。他们不知道谁是小露。

"就是那个长得像你们老板的女孩……"

"那就是我们老板啊！"

"你们老板在我家，一周前的那个女孩被你们弄到哪儿去了？"

"哦，她呀，穿越了！"

"穿越到哪儿去了？"

"知不道！"

"这就怪了，你们也说知不道？"但这话我没说出口来，因为他们的回答让我想起了小关。"老板说是你俩把她送走的！"

"哦，那个人？穿越了！"

"穿越到哪儿了？别跟我说知不道，是死是活总得有个地方吧？"

"真知不道。"他俩几乎总是异口同声，活像一对演双簧的孪生兄弟。

"那你们倒是说说，怎么把她送走的。"

"直升机。轰隆隆两个小时……"

"东南西北，什么方向？"

"你问他！"黑无常指指白无常说。

"俺知不道，是老板的命令。先往南，再往西……"白无常说。

我明白了，跟两个半傻不傻的老伙计问不出子丑寅卯来，还是回去找朝露吧！我赶紧打道回府。他们三个杯觥交错，不知道已经喝了几瓶。老白赖在沙发上，已经站不起来。小关捧着酒瓶正围绕在朝露身边跳醉拳似的华尔兹。朝露带着微醺，高举酒杯，在那里哼小曲。

我的蓦然回来显然让他们觉得有些扫兴。喝酒的人最讨厌别人独醒自己醉，因此小关用打结的舌头叫我自罚一杯。我却忽然问他是否认识黑白无常。他摇摇头，又点点头。朝露比他清醒，而且不是一个两个等级。她抢话说："他们是大师豢养的两名飞行员。"

"现在不是听命于你吗？"我没好气地说。

"是啊，难不成您也想穿越一下？"她嬉笑的样子太像翠花，说不是后者亲生，简直没有天理。

"我可以吗？"

"可以啊！"

"什么时候？"

"随时！"

"那就择时不如撞时，今天怎么样？"

"好，我这就吩咐黑白无常！"

"就这么定了！"

"不过您不能带手机及任何电子产品……这是规矩，也是前提。"

"没问题。"

"那就出发吧！"

说话间，朝露就准备带我离开石头家回体验馆了。老白和小关被酒精弄得七荤八素的，完全丧失了正常行为能力。见我和朝露要出门，小关也一头栽倒在了沙发上。我朝哥儿俩摆摆手，心里一阵酸楚，想这一走应该就是永诀了吧！

三

> 霜染枫林暗自红，
> 叶落离枝是否痛？
> 草衰不知根仍青，
> 树悲可怜雁巢空？

我被送上了直升机。直升机的停机坪在城市西郊。我从没听说过这里会有偌大的一个停机坪。十几架直升机整齐地排列着，我被夹在黑白无常中间，上了其中一架。这是我第一次坐直升机,四肢和身体拴上保险带后还被蒙上了双眼。

直升机在隆隆声中起飞了,有些颠簸,还有些晃悠,让我想起了秋千。但飞机很快进入平稳状态,俯瞰地面一定很美。我却什么也看不到,只能用想象聊以自慰。

送我的朝露现在一定很惬意:又一个麻烦自行解决了。我不知道像她这样的人活着是为了什么。但她也许会有同样的问题:你这样的人为什么活着?是啊,为什么活着?从小的抱负和情怀被岁月一点点磨蚀,最终落得个碌碌无为、一生嗟呀,似陀螺般在日子里打转转,而转你的人又咫尺天涯、似在非在。

约莫过了两个小时,直升机开始减速并徐徐下降。

我们降落在一片巨大的芳草地,因为我闻到了被螺旋桨蹂躏的青草味儿。

我被摘掉了蒙眼布,卸掉了所有保险带。

我慢慢睁开眼睛,但见窗外烟雾缭绕。

我听见远处人声喧嚷。孩子们咿里哇啦欢呼雀跃,黑白无常把我搀下飞机,然后卸下朝露捎带的几箱货物。我远远看见草坪外有不少人在围观,人群背后是几棵百年大树。像是香樟树,但也像沙椰树。管他呢!

我刚下飞机,还没来得及走出草坪,就被人群围住了。黑白无常挥挥手爬上直升机返回了。我寂寞地望着直升机慢慢爬升,然后迅速消失在远方的地平线。那是群山环抱的一片世外桃源,人们穿着土布衣裳,过着自给自足的生活。

　　沙椰树背后是一条不大不小的河流，河水清澈，河底河岸卵石密布。卵石光洁，灰白色和浅黄色在阳光下泛金耀银，加上河水的反光，让人睁不开眼睛。一座青石板筑就的古朴拱桥将两岸连接，人们簇拥着我和几个箱子走过拱桥，来到一处颇似祠堂的地方。祠堂粉墙黛瓦，是一座砖木建筑。大堂正面是一个花园，花园注重意境，有意将自然景致与人工机巧融为一体，而且主次分明。主建筑飞檐微翘，自有一种轻柔灵动且不失庄重的感觉。村长或镇长是一位长者，他看上去八十多岁，至少应该比我大出十岁八岁。人们管他叫长老。经过一番稀奇古怪的寒暄，长老请出了小露。

　　她笑吟吟的还是那么可爱，只是服饰换成了当地的古色古香。我问她过得可好，她说好极了。但我对她的回答不置可否。我怀疑她另有隐情，但又不便当众追问。于是，我辞别长老，准备随他差遣的一个中年男子去我该去的地方。我临行向小露使了个眼色，她会心地点了点头。

　　我被安置在离祠堂不远的一座普通小院。所谓普通是因为我一路走来看到沿街道两边铺展的房舍是似而有变的排门或台门，呈现出前厅后舍或前店后厂的风格。听领我入住的人说，这户人家几年前染病过世了，房子一直空着。我来前他还稍稍打扫了一下。

　　我谢过他，并问了他的高姓大名。他叫陆富有，与陆富贵一字之差。于是我问他是否认识陆富贵。他说那是他哥。这世界真小！原来陆富贵是从这儿出去的，只可惜没能落叶归根回到这儿来。

陆富有走后，我就默坐在前厅等候小露。她直到太阳西斜，眼看就要天黑才姗姗走来。我兴高采烈地迎上前去，真想跟她好好拥抱一番，却因她嬉皮笑脸的样子打消了念头。

我开门见山，直奔主题："朝露，不，小朝为什么要把你关在这里？除了你，这儿还有我认识的其他什么人吗？"

她朝我做了个手势，意思是慢慢说，别着急。

"我能不着急吗？"我说。

"心急吃不了热豆腐，话得一句一句说，饭得一口一口吃。先这么说吧，这是如是大师精心打造的一个世外桃源，一切按南宋风格设计：粉墙黛瓦，青石板路，是个休憩的好地方。至于人嘛，大多数都曾在如是大师麾下工作，而今开枝散叶，渐渐有了这番光景。"

"有没有我认识的其他什么人？"我再次急切地问道。

"也许有，也许没有。"

"这是什么意思？"

"天机不可泄露，住上一阵子，您就知道了。生活上缺什么，您可以到祠堂来找我，我就住在那里……"

"在这儿是你心甘情愿的吗？"

"怎么说呢？我无所谓。"

四

稚儿擎瓜柳棚下，
细犬逐蝶柳巷中。
人间繁华多笑语，
唯我空余两鬓风。

这是林语堂的一首打油诗，恰合我心。你看满街的稚童，你听四处的鸡鸣狗叫，它却是另一个世界，一个完全陌生、不属于我的世界。唯一的熟人小露成了祠堂的尼姑或道姑？我真不知道该如何形容她目前的处境。总之她貌似自由，却明明又毫无自由可言。而我，忽然来到这里，虽非一时冲动，然多少有些冒险和赌气的成分。

我想赌赌运气，看看能否见到翠花。运气再好一点，也许还可以找到仁丫头呢？做梦吧！我不相信运气这个东西，因为我的生命中从来没有这个东西。我自以为一生够善良，也勤奋，却总是要风得雨，要雨得风，一切都是拧巴和错位的。好不容易成家立业了，等来的也是一无所有。

太阳落山后，村子一片寂静。我点燃煤油灯，准备出门走走，不想陆富有一直在门口候着。我请他带路，沿着小街来回走了一趟。家家户户点着油灯，敞开大门，一派祥和。所谓"是故谋闭而不兴，盗窃乱贼而不作，故外户而不闭"，这可能就是夫子的大同社会。我边走边问陆富有："你们平素都吃些什么？柴米油盐酱醋茶都不缺吧？"他话不多，只一味地说是的。

晚饭说好是长老在祠堂给我接风。我随陆富有应约赴宴。在祠堂大厅，我再次见到了长老，自然也再次见到了小露，让我大喜过望的是所有菜肴都根据清风镇的习俗制作：从大杂烩到小三鲜和清蒸白鲢，真有意思！我向长老打听翠花，他说已经很久没见着她了。"大师神龙见首不见尾，该是云游四方去了。"

席间，我在闲聊过程中不断询问小镇的今生前世。长老倒不避讳，他说："我年轻时不过几十户人家，现如今已近千户。除了如是大师经常送些人过来，本地住户也是不断开枝散叶、人丁兴旺。您住上一阵子就一准喜欢这个地方了。"

我说："那是自然。此地山清水秀，人杰地灵，确是个世外桃源。您这儿应该有户籍本吧？方便的话可否让我学习学习……"

他爽快地答应了："小露姑娘，请把户籍本拿给先生过目！"

小露转身去了后厢，我发现陆富有也跟去了。所谓接风宴，其实只有我和长老二人，其他人等都前前后后地忙着。

"咱这自酿的米酒您还喝得惯吧？"

"很好！我不胜酒力，这个酒对我挺合适。"

"朝露姑娘吩咐过，因此老朽不敢劝酒。您自便吧！"
"这么说她早就安排好了……"
"飞鸽传书，偶有提及，偶有提及。"

五

> 自然万物四季新，
> 最是多变人心情。
> 画虎画皮难画骨，
> 知人知面不知心。

当晚，小露又来了。她轻轻地敲了敲门，我说："请进，门虚掩着。"

小露笑嘻嘻地进来了："我是来送户籍本的。当时您和长老聊得正欢，我就没好意思打断。"

我说："你客气了！能梢坐一会儿吗？"

她回说："好啊！"

我对一些往事耿耿于怀："你们姐妹究竟怎么了？"

她摇摇头说："没什么呀，我们本来就不是亲姐妹。"

我诧异地追问："真不是亲姐妹？"

她还是说不。

我继续问道："那你知道如是大师在哪里吗？"

她回答说："我品级太低，不知道大师的影踪。"

我说："小朝暗示大师已经不在人世了。"

小露哇的一声，哭了起来。

我急忙安慰她："对不起，我不应该这么直截了当。不过你有权知道实情。"

小露抹了抹眼泪，她似乎并不知道翠花的近况，因此不加掩饰地表现出了震惊与哀痛。她似乎不像朝露或者小朝那么冷血。这也是我第一眼看到她时的印象。当初石头还没有离世，我们在一起吃过饭、喝过酒。

我想岔开话题，故意问她是否认识关飞阳。她果然立刻孩子似的兴奋起来："认识啊，他是我爸。你们认识？他现在哪里呀？"

我说他现在挺好，"前一阵子我们还住在一起呢。"

"原来如此。"

"前些年他从监狱转到了精神病院，但事实上他并未患病。后来我俩一起逃出来了……"

"您的情况我听说过一耳朵。她可真够狠的……"

"你是说小朝吧？不瞒你说，我一直把她和你当成了同一个人。"

"很多人都这么认为。可惜我远没她那么狠。"

"善良一点好！"

"马善被人骑，人善被人欺，我算是看明白了。"

"别气馁，好好活着就是最大的真理！"

"哎，我从来都是丫头命，没想过什么才是好好生活。"

"好好生活并不复杂。在我看来尽可能适应环境、保持身心健康,就是好好生活。对了,我还要请教你一件事:这地方实行什么分配制度?"

小露忽然哧笑出声来:"您问这个啊?这儿奉行力所能及,按需分配。"

"这不是共产主义吗?"

"也可以这么说。"

"明白了,那我可能要好好舒一舒筋骨了。"

"哈,您想种地吗?不用,我看您还是去完小完中做教书先生吧!"

小露为我指了一条明路。所谓童言无忌,从孩子们嘴里最好打听情况。我由小露想到小朝和才女姐妹是何等心狠手辣,禁不住唏嘘慨叹一番。小露反过来安慰我,她说:"她们活得比我累。我虽然偶尔撒点孩子气,但那是无意识模仿的结果。现在我只想做回自己。"

六

> 无论输赢走一程,
> 柳暗花明或有朋。
> 大若有情大亦老,
> 人间正道是平衡。

小露临走温情地拉着我的手,对我说:"既来之,则安之。反正除了黑白无常,这地方从来只进不出。您来了，我至少有个伴了……"

我自然懂得她的好意，她何尝不是我的一个伴呢？然而，她接下来的话让我忽然觉得毛骨悚然："我不知道该不该跟您说……这宅子原是个凶宅，过去好几户人家都从这儿神秘地失踪了。"

"怎么失踪的？"我很好奇。

"说来话长。我知道的情况不多，大概是这样——"

这里有一种食人蚁，它们藏得很深，一般隔几年会出来袭击人类。但奇怪的是无论你如何掘地三尺，都找它们不着，而等它们出现时，又神不知鬼不觉的。

听说三年前这里就失踪了一家四口：一对夫妇加两个孪生兄弟。对了，这里的妇女不生则已，一生就是双胞胎，甚至三胞胎。

"怪不得孩子们长得那么相像！"我插言道。

是啊，不过大家都怕厄运临头。我勘察过这个宅院，除了前面一户留下的一堆头发，什么也没有发现。

"那头发现在何处？"我遏制不住好奇。

头发在祠堂里。村里人都以为他们是被妖魔鬼怪吞噬的,留下头发只不过是为了吓唬和警示活着的人。问题是这户人家老实巴交,从不与人为恶。妖魔鬼怪干吗要吞噬他们呢?还有,我也曾怀疑才女、小朝她们有什么不可告人的秘密被这户人家无意中知晓了,结果招致杀身之祸。老实说除了直升机能进出自如,没人可以活着离开这里。因为它被崇山峻岭包围着,山背后都是蛮荒的原始丛林,有豺狼虎豹,甚至有所谓的食人部落。为了防止猛兽和食人族侵扰,山脊上修筑了五米来高的围墙。围墙上面还有铁丝网。村里每天都会派人去巡视,走一圈需要五到六个小时。等明天太阳升起,您就能看到山脊上那堵高耸的围墙了。

回到食人蚁。我的推测来自这宅院后墙脚下的一个洞穴,它很深很深。现在被灰浆沙石填满了。听说村民挖了十几米,结果仍未见洞底。但我却在附近几十米外的一棵古树下发现了另一个洞穴,四周有明显的蚁迹。明天我带您去看。

不过信仰这东西就是厉害,人们反复传谣,故事也就改变了模样。如今,人们只知道村里有鬼,而且还是厉鬼,有鼻子有眼的,就像画里的钟馗。它喜欢出没于周障屈曲、杂秽充遍的阴暗、封闭的地方,因此家家户户必须窗明几净,而且最好夜不闭户。

"原来如此！"我不禁唏嘘。没想到小露一直拉着我，直到故事讲完，她真要回祠堂了，才放开已经明显汗湿的手。我想送她，却被她谢绝了。也许我初来乍到，她不想最后让我独自回来。

小露一步三回头地离开了。我忽然觉得心被掏空了，寂寞雾霭般笼罩着我。没有心理学中所谓的三周定律，一切来得比时间还快。

第十三章

当晚我又失眠了。何谓又失眠了？那是因为我曾经喜欢失眠。失眠就意味着众人皆睡我独醒，可以闭着眼睛看见别人看不见的景观，比如我看见自己喜欢和想念的人来到了我的床边，而我可以轻而易举地钻进他们的梦乡；又比如我到访一个遥远得不知其名的国度，那里有很多只可意会不可言传的故事……当然，那都是年轻时候的白日梦，是别人梦里的情景，譬如哪部小说、哪场电影。

可当晚的失眠是实实在在的清醒，我不断翻身起床，检查地上有没有食人蚁，墙上有没有硕大无比的毒蜘蛛。躺下起来，起来躺下；油灯发出吱吱声，它们是我唯一的陪伴。想到陪伴，我是多么惦念小露。她成了我的救命稻草，也许反之亦然。这有她离去的目光为证。我怕她同样会失眠，甚至有点希望她失眠；但反过来想，还是别让她失眠为好。

上了年纪失眠不好玩，不像小时候补一觉就好像什么都没有发生过。现在不行了，一夜失眠，三天犯晕。可失眠这东西不是你想有就有，想没就没的。它的伟大原理往往是你越想睡就越睡不着。这有点像两个不相爱的情侣，可能都是好人，却哪儿哪儿都不对劲儿；或者你一心焦就淌一身汗，觉得自己像是浸泡在福尔马林液体中供夜色观赏的玩意儿。

约莫到了三更天，东方大概快要泛鱼肚白了，我听到了敲门声。门虚掩着，我就顺势坐了起来，并爽朗地毫不犹豫地说了声"请进"。

果然是小露。我有点喜出望外，但等她一走近，美丽的倩影发生了窑变。我的第一反应是：难道遇着鬼了？可我不信鬼神。好在的确是小露，她说晚上实在睡不着，不如过来看看我。

"他们不会为难你吧？"我还晕乎着，但更怕给她惹麻烦。

"不会。"她笃定地说。

"不会就好，不会就好。"我本能地絮叨着。

"怎么？您也失眠了？"她大概率发现了真相。

"我经常失眠。"我点点头说。

鉴于坐在床上不太礼貌，我套上外衣，把她带到了堂屋或谓前厅。我点燃两盏油灯，屋内顿时敞亮了许多。摇曳的火苗悠悠荡荡，还是有点像梦游的道具。她显然有心事，我叫她坐下来慢慢说。她忽然呜咽起来，我温存地从她身后抚摸着她的肩膀。

一

　　孤男寡女，夜深人静，一般都会发生点什么，但我们却什么也没有发生，因为话题很沉重、问题很麻烦。小露先是说那个长老忽然对她有异样的表示，这在我到来之前不曾发生过。然后她又说因为我要来，小朝把三户人家转移走了。她问我要先前送来的户籍本，没等我交到她手里，她就一把夺了过去。

　　"瞧，就是这三户。我听才女说起过，其中的三个女子是大师格外关注的。"

　　"应该就是她们。"

　　"您认识她们？"

　　"是的，变成灰也认识。"

　　"她们是什么人？"

　　"她们是我女儿和另外两个兄弟的孩子。"

　　"她们这一走会不会凶多吉少啊？"

　　"我也不知道。"

　　"我隐约觉得这一切都与您有关，却不承想她们三人中有您的闺女。现在怎么办？"

　　"先解决眼前的麻烦吧！你说那个长老想非礼你？"

　　"还没到这一步，但我看他变得怪怪的。您觉得他这么大年纪还会……？"

　　"这个不好说，关键是我必须保证你的安全。这样吧，你小心点，当务之急是别与他独处，等我想个万全之策。"

她破涕为笑。看来她的日子并不好过，这儿也不是什么世外桃源。便宜起见，我请她逐一介绍户籍中的各色人等。其实大多数她还远未认识，几千人的村子，在宋朝那是佼佼的一个镇子。没想到翠花经营了几十年，它还是一个充满烟火气、栖满各种鸟的凡俗人间。是啊，就凭她，怎么可能打造出一个真真正正的世外桃源？！既然长老就不是个东西，上梁不正下梁歪，估计乱七八糟的事儿少不了。

她说长老有两个小妾，还有两个使唤丫头。除此之外，像她和厨师、清洁工、洗衣工和其他勤杂工之类十余人。我说："乖乖，派头不小啊！"

"是啊，我算是最轻松的，管管账本户籍之类，有宴请了帮一把手……"

"这么说你们十几个人都住在祠堂里？"

"是啊，里面地方不小，光厢房就有十几间，听说过去大师常来，正里的后院大屋就一直替她留着……"

"你认识陆富有吗？"

"认识，他也住在祠堂里，是个勤杂工，但也是长老的姻亲。"

"以后我们得和他保持距离。"

"好的！"

"哪天能否带我去看看大师的别苑还是后院？"

"好的，不过得事先知会长老。"

"我自己跟他说吧，成不成无所谓。"

这么聊着，天就亮了。公鸡啼鸣声此起彼伏，还伴有几声狗叫。炊烟升起，我闻到了乡村早晨的清爽味儿。炊烟、薄雾、鸡鸣、狗吠，还有清风带来的植被和泥土芳香。小露说她该走了，我说好："我送你。"这次她没有谢绝。我们肩并肩走过，小露不时地同一些早起的人们打招呼。我也随意地朝他们点个头。一晃就到祠堂了，长老独自站在门口伸懒腰。我上前和他寒暄了几句，然后向小露挥挥手，转身离开了。

我知道长老一直目送着我。与其说是目送，毋宁说是琢磨。

二

我当时忽然有一种冲动，要回去看看长老的住处。过去打土豪分田地的最大理由便是行动的正义性：土豪如果不是剥削，怎么获得财富？剥削就产生剩余价值，资本家拿剩余价值投入再生产，而地主老财拿剩余价值继续买田置地。长老是不是这样一个地主老财、土豪劣绅呢？这是一个问题。当然，我的正当理由是观瞻如是大师的寓所。

小露见我折返回来，就迎了上来。我依然向她挥挥手，却直奔长老而去。

"长老阁下，我想观瞻如是大师的寓所。"直接得像机场跑道。

长老稍稍愣怔了一下，然后皮笑肉不笑地答应了："当然可以，请！"

"那就太谢谢了！"

"对了，您还没有用早餐吧？"

"用过了……"我支吾了一下，心想何必浪费时间。

我跟着长老在祠堂里七拐八拐，小露跟在我身后。终于，我们来到一个十分幽静的处所，这想必就是翠花的"行宫"。长老推开院门的一刹那，我着实惊呆了：这不是故宫的御花园吗？只不过是微缩的，但小桥流水、曲径通幽、亭台楼阁、假山奇石，一样都不少。真够奢侈的！总之，后院精巧得很有些味道。主室大量使用油漆，色彩缤纷但变化有致。在窗棂、石座的雕刻上也有丰富的彩绘。屋顶设计复杂，呈攒尖顶特质，因此将梁柱尽量隐匿在了墙漆当中。这里面一定有石头的一份。我无心流连景观，只想看看翠花的卧房。可是，长老在翠花的卧室前戛然止步。他摩挲着几根稀疏的胡子，若有所思。

"怎么了？不方便参观吗？"我于是就势掏出了翠花年轻时的照片，那照片还是田宇和石头给她拍摄的，他们一个出相机，一个出胶卷，抓拍了翠花作为铁姑娘队队长的飒爽英姿。当然，洗胶卷的两元四毛钱是我出的，我还偷偷多洗了这一张，现在也许就用上了。

长老翻来覆去端详着这张已然发黄的老照片，煞有介事地点了点头。

长老个子不高，大约一米六几，年轻时也许勉强是个一米七〇左右的中等身材。他既不胖也不瘦，我估摸他有六十多公斤。这个分量我还扛得动。我这么想去，却倏忽有一种邪恶的感觉。我暗自哂笑，就尾随长老一头扎进了翠花的卧室。卧室并没有什么特别，朱漆大木床，轻纱帷幔蚊帐，黄杨木雕梳妆台，一张八仙桌和几把红木仿宋太师椅。卧室角上有一扇小门，里面应该是盥洗间加厕所。

我轻轻按了按床垫，知道那是棕榈加棉花制成的，软硬适中。被褥都用上等绸缎，枕头上绣着戏水鸳鸯，简直俗不可耐。

还是想象美妙，可以登堂入室，甚至到人家的闺阁一览风情。而我却实实在在闯进了别人的闺房。

"哎呀，我真是老朽了，差点儿误了大事！如是大师有言：这香阁除了她，但有一人可用。那就是您啊！"

我对此表现出了无意识的木然。但余光让我看到了小露的惊讶。她一定会认为这事太诡异了：大帅的闺房怎么能让一个男人自由来住？

"这不是很好吗？既然我和翠花，如是大师有这层神秘关系，他长老是不是应该对小露收敛一点呢？"我想小露应该明白我的心思，"再说当初我还不是通过你小露同翠花恢复联系的？至于那头是不是翠花本尊，就不好说了，也许只是才女或者小朝……"

三

我造访翠花闺阁的最大收获是发现了她床下露出的一只绣花鞋,还顺了她众多无主封漆信笺中的两封。这是我趁长老不备从她枕头下面窃取的,绣花鞋藏得有点蹊跷,我用脚尖够不着,反而越碰越远了。小露应该对此有所觉察,但她窃笑着佯装不知。

长老似乎对这间奇特的卧室并不了解。他东看看西瞧瞧,神情相当肃穆。而我窃喜的是童年调皮的好处果然是可以随心所欲地顺人东西。我离开祠堂后迫不及待地赶回住处,然后关上大门,插上门闩,就用竹签撬开了翠花的封漆信笺。里面没什么耸人的秘密,跟我当初猜想的差不多,无非是哼哼唧唧,卿卿我我。很明显,她一直在压制戾气。所谓人同此心,心同此理,我对翠花也早就从开始的忌恨慢慢转向了同情和怜悯。

情感这东西就是奇怪,倘使贾宝玉娶了林黛玉,她林妹妹就一定会幸福吗?无非是死了的娃儿乖,跑了的鱼儿肥,凡事皆无绝对的好与坏、对与错,关键看内心是否足够平静、足够平衡。当然,这可能只是庸人自慰。世上本无事,庸人自扰之;反之,世上本有事,庸人自安之。

既然我可以随时造访翠花的寓所,寻找小露所说的蚁穴也就成了当务之急。我不耻下问,向邻居打听这附近有没有桐油树。有一位邻居说北边山坡上有一些,叫我随他去看看是否我要找的。这邻居古道热肠，他带着我花了足足一个半小时爬上北坡的一片树林，其中虽有桐油树，但结出的果实尚未长大。它们还又嫩又小，可能要到秋天才能成熟。用桐油子压榨出桐油来，我就能灭杀传说中的食人蚁了。顺坡下山，我随手摘了些映山红吃，酸酸甜甜的，甚是解渴。邻居不知道这映山红花朵可以吃，也依样尝了几朵。"嗯，好吃。"他说。

这山上应该还有其他野果子，关键要看夏季和秋季的情况。

邻居是个实在人，他趁着下山的机会，给我提供了关于"凶宅"的另一个版本。

您住的那个房子经常闹鬼，我们都不敢轻易进去。那鬼有三丈高，是个赤发鬼，一脚就能跨过围墙。有人看见它拖着尺来长舌，眼珠子鼓鼓的只泛着乳白色。它蓬头垢面，衣衫褴褛，脖子后面还插着一把野鸡毛，走起路来飘飘忽忽，晃晃悠悠。它喜欢深夜出来到街上游荡，但最终都会回到凶宅去。它好像不喜欢干净，对干净的人畜也不感兴趣。原先住在凶宅那家人就不爱干净，他们从来不洗澡。那个男人不长胡子，那个女人像小门板。那对双胞胎兄弟倒是有模有样的，可惜没有肚脐眼，因此怕被小朋友笑话，也不敢下河洗澡。有一个伸手不见指甲的夜晚，赤发鬼显形了，它说"时辰到了"，先是一口吞了那个男的，随即吐出一把头发来。然后，他二话没说，就走近了那个女的，不承想她毫不畏惧，说："你来得正好！我以为你不来了呢……"那鬼听了这话，就迟疑了。它张着血盆大口，不知如何是好。

"来呀，吃了我！"那女的笑嘻嘻的，好像根本没把它放在眼里。

赤发鬼顿时不知所措。下嘴吧，万一对方是罗神大叉；不下嘴吧，这好几年没碰荤腥了，弃了可惜。那就先吃了那对双胞胎吧！它正要转身，那女的拦住了它。"你先吃了我吧！让孩子们多睡会儿！"

居然还有这样的事儿，赤发鬼顿时蒙圈了。它张着嘴巴，眼看着那女人爬上八仙桌，再登上板凳，一刺溜顺着它的喉咙进了它的肚子。赤发鬼只觉得一阵恶心，复将她吐出来衔在嘴里。然后又吐在手心里左看右瞧。原来是没来得及褪了她的衣服。结果这一褪不要紧，她身上的肋骨和浑身的骨头叉子愣是把它吓了一大跳。

"赶紧吃啊！磨蹭啥呀？"她一个劲儿地催促着。

赤发鬼怒了，它一把拔掉女人的头发，直接将她塞进了牙缝，然后将裸睡正酣的两个孩子吞进了肚子，还吐出一大把头发来。

"就这么结束了？"
"是啊，结束了！"

我想来这邻居是喝过一点墨水的,谈吐不俗。可惜这故事编得有些蹩脚。

三

我对邻居说,这故事原本应该这样的:

> 那赤发鬼对女人失去了兴趣,就把她释放了。为了保护孩子,她却从赤发鬼身上偷了一件宝贝:一个别在它腰间的葫芦。她曾经做过一个梦,梦见从魔鬼身上偷了一个葫芦,从此便上天入地无所不能矣。果然,她偷了葫芦,那赤发鬼就挪不动脚了。
>
> 女人赶紧一手一个孩子夹在腋下,准备飞走。赤发鬼见状伸手去抓那两个孩子,结果只抓到了他们的头发,女人灵机一动,顺手剪断了孩子们的头发,随即腾云驾雾,逃之夭夭了。

"然后呢?"
"没有然后了!"
"那个赤发鬼呢?"
"跟一只大蠕虫似的爬走了。"
"再也不回来了?"
"回不来了!"
"怪不得您敢住在凶宅里,而且一点也不害怕!"

"不怕！"我耸了耸肩，颇有那么一点得意。

"这么说我们不洗澡，邋遢一点也没有关系了？"他接着问道。

"当然没关系啦！"

"我能把您的故事告诉别人吗？"

"没问题啊！不过一般人我们不告诉他们。"

"明白，我们悄悄的，不告诉别人，省得每天洗冷水澡，冻得直打哆嗦。"

"长老也每天洗冷水澡吗？"

"他不洗。"

"这不得了?!"

"是啊！"

我和邻居胡大就这么建立了攻守同盟。我俩后来经常见面，在一起聊天，编故事。这些故事不胫而走，村里的人们信以为真。但下河洗澡的人越来越少，直至夏日来临。

山村的夏日真不是一般的热。那是一种类似于蒸笼的闷热。盆地加河水，太阳直勾勾地泻下高温来，恨不得清蒸了一窝子人。晚晌，我们聚集在桥头乘凉，人手一把蒲扇，再点上几堆艾草。蚊子倒是被吓跑了，可跳蚤和虱子繁衍得快，折腾得紧。可能是因为一个季春和一个孟夏没人下河洗澡了，这浑身的跳蚤和虱子就滋长起来。我想了个法子，弄了些生石灰教人们浑身上下涂抹一番。那生石灰碰到汗渍火辣辣的，跳蚤和虱子自然就跑个精光。人们为了感谢我，吁请长老给我颁个奖，但被我谢绝了。咱心里明白，这事儿本来就是咱惹的祸。小露冰清玉洁，坚持天天洗澡，自然保持得跟圣水观音似的。她见我为灭蚤祛虱忙个不亦乐乎，就在一边窃笑。近来长老像是老实了，而原因是我略施小计给他的两位小妾吹了点风。那可是一对有名的醋坛子、黏石膏，能二人共侍一夫真可谓盐卤石膏点豆腐，二物降一物。

小露问我作何解，我说那老头就是一锅又酸又臭的豆腐汤，而陈醋蒸发得差不多时也就仅剩盐卤了，再加点石膏，不就把他做成豆腐块块了。她俩现在把老头看得比贼还紧，连他晚上静修时都寸步不离跟着他。

入夏以来，小露和我越发走得近了。她几乎天天都来看我，名义上是送饭，实则为了厮守在一起。夏日她衣衫单薄，傲人的身材着实撩人。可咱是谁？是有底线，有操守的！看年龄，人家可以做咱孙女儿，咱可不能糟践了人家。问题是一来二往三出祥，闲言碎语是免不了的。这且不去管他！小露对我也是柏拉图多于柳如是，故而我们二人暂且相安无事。如此谈天说地，纵横捭阖，清茶淡饭，对酒互撩，岂不快哉？

五

仲夏夜，人们恨不得脱个精光一直泡在实已不算凉爽的河水里。为了让浴场变得像海滩，我组织胡大等人在劳动间隙把石桥附近的卵石扔到了下游河床上，这样不仅使桥下的水位提高了许多，而且生生营造出了一湾沙滩来。孩子们玩得很开心，连小露也破天荒穿着裙子下河跟孩子们一起嬉水。河水湿透了她的衣裙，带水的长发甩出一帘帘的水幕。我坐在桥头树荫下看着这一切。原来快乐也可以来得如此简单。

长老已经病了不少时日。也许自知来日无多，有一天他把村里的老人聚到一起，要推举我继任长老。这自然不是我想要的。但所谓众心难违，我勉强接受了这个决定。好在我有小露和胡大等不少朋友，也好在我觉得所有一切本来就是翠花安排好的。这样一来，也许有一天怹丫头能被送回来也未可知呢。

长老终于没熬过夏季。他寿终正寝，在一个不算炽热的下午安详地走了。那天中午下了雷阵雨，晌午出了彩虹，人们都说是好兆头，纷纷汇聚到祠堂来替长老料理后事。长老再有几天就是八十八岁米寿了，比我大出一轮多，也算是喜丧了。除了两个小妾啼哭了几声，就剩下专业哭丧妇念经似的合唱喽。

我既已被推到新长老的位置上，自然责无旁贷地成了老长老后事的总协调人。根据村规，老长老将被安葬在墓地最高处，我派胡大等一干壮劳力前往指定地点修葺墓穴。这边小露暗自庆幸。她虽然照例穿了黑色丧服，但双眸在笑，这只有我能看得出来。心底里的喜悦，除了会心之人，旁人是无法觉察的。

由于天气炎热，丧事从速。但很快村子里开始流传老长老阴魂不散的种种街谈巷议。其中，最富有煽动性的一个故事是这么说的：

> 老长老入殓的当天夜里，北方就有流星飞过。老人们说这是不祥之兆，一定是长老的魂魄受到了惊吓，告示众人要格外当心。当心什么呢？有说老长老命犯克星，如今死不瞑目。他不仅拒喝孟婆汤、拒过奈何桥，而且有意让自己的魂魄四处游荡。这不是很吓人吗？刚刚走了个赤发鬼，这倒好，又来了个大冤魂。

"明摆着有人在煽风点火。他们指桑骂槐究竟想干什么呢？"小露很是愤懑。

"无所谓啦，走一步看一步吧！再说我们不也有嘴吗？编故事还不容易？"我安慰她说。

"照您这么说，这事很简单？"

"可不！"

"好吧，那咱们也编个故事吧！"

"你让我想想……"

> 比如说我们夜观星象，发现北斗移位，这是不祥之兆，是有妖魔鬼怪在暗中作祟。我们要做的便是把祠堂四面大门打开，然后分别贴上青龙、白虎、朱

雀、玄武。最重要的是让大家知道祠堂属于大家，而非长老一人所有。一旦人们可以在祠堂出入自如，所有的玄奥也就不复存在。所谓自古小道出深宫，祠堂就是村里的深宫。

"这样不好，太费周章，而且对您今后执掌村规也弊多利少。这事您听我的，我有办法。"小露似乎已经胸有成竹。

果不其然，数日后，人们在整修祠堂东门时发现了一块石碑，上书"救星东来，富贵可期"。区区八个字，既简单又晓畅，人们议论纷纷，消息不胫而走。我心想，好个小露，这不是学陈胜吴广、宋江吴用吗？悄悄凿一块石碑，将它做旧后藏在祠堂东门门槛下。如今一俟发现，那就是天意，也是铁证：我从东方来，带来宏运和富贵。

既如此，总得做出点政绩来啊！

六

祠堂开放后，人们进进出出，把这里当成了休闲聚会的地方。这里的粉墙黛瓦都格外厚实，因此颇有些冬暖夏凉的惬意。但这还不够，我必须打破这"世外桃源"的封闭状态，让它尽快赶上时代的步伐。于是，我心血来潮，准备在祠堂开讲外面的世界。从何说起呢？从蒸汽时代到电子时代？还是从原子时代到量子时代？算了，还是讲讲外面世界的日常生活吧，譬如吃喝拉撒睡，生老病死退。

然而，在这之前，我得好好勘察一下那堵围困村子的高墙和那张据传"牢不可破"的铁丝网。那天中午，当村民们正乌泱泱围着石碑煞是好奇的当儿，我带着胡大等一干人上了山。我们绕着山脊的围墙走了一圈。据胡大所知，建围墙是在二三十年前，当时他还小。我想也就是公历二十世纪九十年代中后叶吧。但是，谁也不知道如是大师何以取得这方水土。我揣测是她花钱向某省市租下这个地方的，这方圆十几公里，估计也花了她不少钱：从打点地方官员到修建围墙和古村落仿宋改造，少说也得上亿的资金。据胡大回忆，这村里没什么本地人，大家都是前前后后从外地迁徙到这里的，老一代参与了最初的建设，他们每家分到了一块金砖。这样的人家不足三十户。如此说来他们就像创世记里的初民。后来我在胡大姻亲家见过那金砖。我估摸它多半是铅包金、铅镀金之类的玩意儿，就像当初算命先生传给翠花的那堆所谓的金砖。

一圈下来，已是黄昏。我在最高的北山脊上借助两棵毛竹远眺四方，发现最可突围的应该就是我来的东方。以直升机每小时三百多公里计，纵然都是崇山峻岭，最远的城镇也超不过一百公里。而且从植被和气候分析，这儿应该位于鄂、湘、赣一带或者鄂、豫、徽交界处，因此一直向东就会到达人烟稠密的地方，甚至东部沿海地带。

为了突围，我得发动群众。最好的魔法便是我藏在镂空鞋跟里偷偷带进来的打火机。我和小露除了给众人讲解外面世界的缤纷多姿，还当众亮出了打火机，它咔哒一声就燃起了蓝色火苗。众人大惊失色，拿手试探火苗真假。当他们发现火苗果然烫手，而且可以任意开关，一个个被吓得目瞪口呆。小露不知道通过什么方式带来了一条无比精致的钻坠金项链。她在众目睽睽之下把项链戴上秀颈，羡煞了所有女性。她们看看自己脖子上粗糙的橡子或小桃核项链，顿时觉得无地自容。我还告诉大家，他们看到的那个会飞的东西叫直升机，比它大十几倍、几十倍的飞机多的是。此外，说到电影、电视，以及元宇宙之类，人们根本无法想象，肯定觉得比天方夜谭还天方夜谭。

经过三天的集训，除了极少数几个老人，村民的突围热情已然空前高涨。他们都说外面的世界这么好，即使死也要去看看，否则枉为人生。

于是，我们开始准备干粮和突围所需的一应物件，其中包括铁锹、砍刀和绳索。当然，大家念念不忘的是我的那个打火机。有了火，一切也就好办了。为了让留下来的人安心，我们签下了生死状：无论如何，都要活着回来，而且要一举打通走向外部世界的道路。

临行之前，我将业已压榨的桐油灌入那棵古树洞，然后砍掉四周数十米半径的植被，最后点燃桐油。我说这样一来，食人蚁就永远不会作祟了。

众人见我本领了得，无不佩服得五体投地。他们坚信，只要跟着我，就一定能过上好日子，而且还能和外面的世界取得联络。其实,哪有绝对的好与不好哦?我只不过是想用这一招毁了翠花的"世外桃源",同时救众人于水深火热。

七

唯一的麻烦是小露,她说什么都不肯留在村里,非得形影不离地跟在我身边。可我知道这一路走去并不容易,虽说我有上山下乡、披荆斩棘的经历,但带着她这么一个娇滴滴的弱女子,总觉得有诸多不便。这时,胡大说了,他也带上婆娘,这样小露一路上有伴儿。既如此,我也只能应允了。小露欢天喜地,说她除了一根防身棍和一肩褡干粮,别的什么都不带。我悄悄地跟她说,得带点手纸,尽管村里用的手纸大都粗糙,可祠堂里的还差强人意。她会心地点点头,那羞赧的小样儿真让人欣喜。

村里有个老人姓王,人善良,也有名望。他替我们选好了出发的良辰吉时,我顺坡下驴,就把长老的一应事务交由他打理了。他推三阻四,但最后还是应承了下来,说是代我略尽绵薄之力。

一切准备停当,我们按时出发。当日旭日东升,我们就过了小桥,朝着东方走去。替我们砸围墙的几个打铁的壮汉走在最前面,他们把围墙砸个窟窿后还要回村。我和小露及胡大两口子带着几个小伙子,有说有笑,瞬间就爬上了东边最低的山脊。壮汉们三下五除二就在围墙底部砸出了一个大窟窿。我们十来个人依次钻过窟窿，然后朝铁匠们挥挥手，迅速趁着朝阳赶时间去了。围墙外面钉着"军事重地，闲人禁入"的牌匾，已经锈迹斑斑。

都说上山容易下山难，事实如此。好在山坡不高，也不算陡，我们很快下得坡来，发现身后的那堵围墙渐渐看不见了，这多少令人惆怅。胡大的婆娘忍不住抹了抹眼睛，唯有小露一直神清气爽，她大概率把这次冒险当游戏了。

我看大家有些疲乏，也有些挂念，就决定在山坡上小憩一会儿，吃点干粮再下山不迟。我目测了一番，又趴在地上听了听，觉得山脚下应该有小溪，带来的水尽可以先喝了解渴。胡大把竹筒递给我，我顺手给了小露。小露喝了几口又转手给了胡大的婆娘。可那婆娘不肯先喝，非得看到我和胡大喝过了才肯喝。其他一众人早就拿着他们的竹筒和干粮喝开吃开了。

我边嚼着干粮，边在山坡上寻觅野果子。果然找到了一些尚嫌生涩的野梨。有比无好。我们顺手采了一些，然后带着大家缓缓下山。山下果然有一条小溪，溪水哗哗地流淌着，无拘无束。胡大说可能有鱼，而我想到的是蛇。果不其然，鱼没找到，蛇却游来游去，惬意得很，直把小露和胡大的婆娘吓得够呛。我说这些是水蛇，无毒无害，还可以捉来吃呢。可大伙儿不敢，我也只好作罢。蛇毕竟是蛇，瘆得慌。好在一路上我们故意叽叽喳喳，并用木棍拍打树干，倒没遭遇什么毒蛇，也没看到传说中的豺狼虎豹。为易于返回，我们一路上还用砍刀在树上留下了印迹。

水蛇被我们用石子和木棍赶跑了，但蹚过湍急的溪水并不容易。为保险起见，我和胡大先带着绳索蹚了过去，然后找了棵大树把绳索的一头系好，另一头有一个叫咕咚的小伙子拽着。他水性不错，据说这名字还是翠花——如是大师给起的。小溪总共七八米宽，最深处能没到胸口，一队人很快都蹚过来了。幸好是盛夏，湿漉漉的倒觉得凉快些。这时天色慢慢黯淡下来，山区日头下得早，自然也晚得早。我决定在距离小溪二三十米的一个稍微平坦一点的地方安营扎寨。我们分头捡柴火，筑篱笆，还搬来一些卵石垒起了篝火台。为了晚上不至于被露水打湿，我还和胡大等人砍了些竹子，把一块十米见方的营地粗略遮盖了一下。这样一弄二弄，天也就完全黑了。那真叫一片漆黑。我点燃了篝火，柴火发出吱吱声。我本想让小露和胡人的婆娘待在人群中央，可她非要黏着我。没法子，我就把她和胡大的婆娘安排在一起，然后我挨着小露，胡大挨着他婆娘。为了调动大家的兴致，我给他们讲《三国演义》，一直从桃园结义讲到三顾茅庐。眼看夜深了，我叫大家赶紧睡觉。可大伙儿意犹未尽，我只能推说累了，明天继续讲。

第十四章

几个小伙子睡得那叫香。我和胡大则几乎没有合眼。这荒郊野岭，总让人觉得危机四伏。偶尔传来一两声孤狼的吼声，或者猫头鹰的怪叫，我们倒是觉着新鲜。我把外衣盖在小露身上，又给篝火添了些柴火，也好让大伙儿透湿的衣服干得快些。胡大这时总会坐起来作陪。我叫他无论如何睡会儿，以免第二天过于疲惫。他说自己向来觉少，今儿是实在睡不着。于是，我俩小声聊了起来。

他说村里人很少记得自己是小桥边人。我想这可以理解，没有参照物，也就无须指代了。他说过去村里人相亲相爱，没见过什么脸红脖子粗的。但自从来了三个漂亮得跟仙女似的姑娘，这儿就不消停了。我问他三个姑娘都长得怎么样，叫什么名字。他说长得很好看，但名字很古怪，是如是大师亲自赏赐的。一个叫阿芈，一个叫阿籹，还有一个叫阿妲，可她们彼此都叫楚楚、婷婷啥的。村里人碍于如是大师的面子，不敢管她们叫真名。我问他："她们后来过得怎么样？"他说过得挺好，她们漂亮，而且聪明，勾住了所有年轻小伙儿的心。直到有一天她们摆擂台招夫婿，全村热闹翻了。我想知道她们后来找到合适郎君没有。他说自然找到了。她们用很多谜语作考题，笨一点的根本没有机会，剩下的自然是最好的。

"只用谜语吗？"我问道。

"还有力气和相貌呢！"他说。

"这么说得才貌双全喽？"

"是的。"

我沉默了，心想以她们三个的精灵古怪，生活应该没有问题。只可惜我和她们天各一方，不知道翠花或者小朝把她们转移到了什么犄角旮旯。我除了无可奈何，只剩下唉声叹气。所谓非亲则仇用在我和翠花的关系上实在最贴切不过。

胡大知道我有心事，就宽慰说："吉人自有天相，您不必担心。"我苦笑着，不知该如何接茬。好在天黑，影影绰绰的篝火也难以洞见我的尴尬和苦恼。

一

第二天一早，晨曦染红了天际。众人身下的油布沉甸甸的，像是浸了水。好在篝火一直燃着，我和胡大直到清晨才迷糊了一会儿，这时又得招呼大家把干粮搁在火边烤一烤。小露跟胡大的婆娘拎着好几个竹筒去溪边打水。我说这水最好用锅煮一煮再喝。可咕咚等几个小伙子哪里顾得许多，他们拿起竹筒就喝。结果不妙，很快有几个闹肚子了。我用舌尖仔细尝了尝溪水，觉得这水本不该有问题，可几个小伙子闹肚子也是真的。毕竟是盛夏未过，溪水可能会有细菌。好在我识得黄连，而且这一带野生黄连不少；我和胡大一起在溪边潮湿的地方采撷，然后回来熬汤给小伙子们喝了。

小伙子们益发崇拜我了，称我是菩萨在世。呵呵，哪有这么夸张?! 一准是他们对如是大师迷信惯了！

胡大婆娘和小露乖乖地用铁锅煮了水，大家边喝开水，边吃烘焙过的干粮，倒是别有一番滋味。我们嘻嘻哈哈吃早饭呢，忽然来了几个戴红袖套的护林员。他们勒令我们赶紧灭掉篝火，然后跟他们去一趟什么大队部。我说我们是科考队员，是来勘察这一带动物分布情况的。

"有介绍信吗？我们昨天夜里就发现这儿在冒烟，你们不知道林区严禁火烛吗？"其中一个护林员恶狠狠地说。

"介绍信有啊，不过存省委农林办了……"我说。

"那也得跟我们走一趟！你们需要缴纳罚款。"

"如果我们不走呢？"我听见附近有异样，就拿余光扫去，发现二十米开外有一条巨蟒正在绞杀一只角麂，"赶紧去救角麂，这是国家珍稀保护动物！"

我和胡大等一干青年举着木棍朝巨蟒奔去，护林员们见状也慌了手脚。我们石头加棍棒，愣是将角麂从巨蟒的血盆大口中救了出来。虽然这是生物链的必然一环，但我们怎能眼睁睁地看着蟒蛇生吞了可怜的麂子。蟒蛇悻悻地离开了，小角麂也一瘸一拐地跑远了。

"姑念巨蟒也是保护动物，不然我真想一斧劈了它！"我啜嚅着，护林员们见状面面相觑，"你们走吧，我们真是科考队员。不过点篝火是我们不好，尽管我们足够专业，有很好的防范。你们瞧，这儿珍稀动物不少，而且物竞天择，正在形成良好的生物链。这也是你们的功劳。上千年来，鲁班妻子发明的墨斗，所用垂物便是这角麂头上的角。"

护林员们听了我的话顿时消了气。他们告诫说："这是方圆百里最隐秘的地方，很少有人迹。你们小心点，能早点撤就早点撤。"

"好的，我们已经在这里好几天了，今天就准备离开呢。"

"你们这设备啥的也太简陋了，连管麻醉枪都没有。"

"我们这是用最接近自然的方式保护动物，放心吧，我们很专业。"

说话间，胡大和几个小伙子已经熄灭了篝火，拆除了栅栏和竹篷。护林员们这才悻悻地朝东南方向离去，我们也整装待发，离开了小溪流淌的山谷。

"真悬啊！"胡大和几个小伙子悄声嘀咕着。

是啊，冒险总是要付出代价的，好在这些护林员只顾护林，别的并不在行。糊弄过护林员，干人把我佩服得更加五体投地。我很不在意地对他们说："多吃了一点盐米而已。"

"接下来往哪里走?"胡大问道。

"既然他们走东南,我们就继续朝东吧,免得再遇上!翻过这座山,距离人烟应该不会太远了。"我说。

二

我们拔帐出发。眼前这座山峦有些高,也明显有些陡。怪不得护林员要走东南。于是,我们在峭壁下临时改变既定方针,也开始朝着东南方向攀登。

小露总是乐呵呵的,为了调节气氛,她自告奋勇要给大家讲故事。我知道她人嘴里吐不出莲花,一定会胡诌些神神鬼鬼。果不其然,她编了个祠堂闹鬼的故事。

祠堂现在开放了,可过去是个极其封闭的地方。里面有很多先人的灵牌和十八罗汉塑像。但因厢房太多,而且很多房间一直空着,总让人觉得有点萧瑟。晚上还会有窸窸窣窣的声音,像是有人蹑手蹑脚走过,又好像是什么轻盈的物件在飘移。

那些罗汉本来面目狰狞,白天看了都吓人。也许它们就是来吓人的,以便人们潜心向佛,不敢乱说乱动。有一天夜里,我实在睡不着,就到佛堂看看油灯是否亮着,结果发现全熄灭了,黑黢黢的一片,只有那些佛像的眼睛是亮的。它们炯炯有神,而且还会眨眼。我吓得顿时后退了好几步。但是,我以为那只是失眠产生的幻觉,就又提着灯笼走进了佛堂。可更诡异的事情发生了,我看见佛像刚刚还在交头接耳,而且彼此互换了位置。我太熟悉它们的位置了,坐鹿罗汉、欢喜罗汉、举钵罗汉、托塔罗汉、静坐罗汉(也叫大力罗汉)、过江罗汉、骑象罗汉、笑狮罗汉、开心罗汉、探手罗汉、沉思罗汉、挖耳罗汉、布袋罗汉、芭蕉罗汉、长眉罗汉、看门罗汉、降龙罗汉、伏虎罗汉,它们的位置是固定的,怎么就自由移位了呢?怪不得夜里经常听见物件飘移的声音,原来是它们这些老仙人在玩儿呢!

我于是点燃佛堂的油灯,然后跪拜行礼。待我站起身来,佛像又都复归原位了。这太神奇了,细思极恐!

"要么有机关,要么你眼花。"我笑着对小露说。
"不会啊,我亲眼所见,它们还在窃窃私语呢。关键是后面有更灵异的!"

你们还记得老长老吧?他还练功呢,你们不知道吧?有一天夜里,他戴着欢喜罗汉的面具,穿着袈裟,在我旁边的厢房里练罗汉拳。我出于好奇,在厚实的板缝上用剪刀轻轻地抠了个小窟窿,悄悄看他练功。结果他练着练着就脱光了衣服,只剩下头上的面具，把我羞得够呛。我正要转身离开那个小窟窿，忽然发现床上有人。那也是个上了年纪的老妪，反正肯定不是他两个小妾中的一个。但见那老太太欠起身来，舞动薄如蝉翼的披肩，在床上做起了瑜伽或八段锦之类的功法，看得我瞠目结舌。

我心想：平时没见过这个老太太啊，难道她一直藏匿在厢房里？

话说他们练过功法，然后在床上竭尽云雨之能事，直把我羞得无地自容。

"什么叫云雨啊？"有个小伙子问道。

"云雨是一种功法。"我赶紧替小露解围。

"哦……"小伙子还是不明就里。

"前面有些陡峭，而且植被茂密，大家专心爬山，当心脚下和头顶。"我提醒说。

"是啊，大家小心点，当心毒蛇！"胡大更加直截了当。

三

我心里一直在想：小露所说的那个老妪是谁呢？难道是……？我不敢继续往下想去。智慧的读者朋友或许早就猜到个中奥妙了。哎，人生啊人生！难道就不能正常一点？

我想翠花也不是生来如此，但迷信这东西，一旦沾染，就身不由己了。装神弄鬼既久，可能连自己都信了。小露见我满腹心事，就凑过来嘘寒问暖。我说不打紧，一切顺其自然。

"等我们找到了外面的世界，是不是可以跟他们常来常往了？"胡大在一旁问道。

"可不！"我说。

"刚才那些外面世界的人很奇怪。穿着古怪，还背着棍不像棍铳不像铳的东西……"咕咚搭腔道。

"那是麻醉枪，打豺狼虎豹的。"小露解释说。

"那他们刚才怎么不打死大蛇呢？"咕咚又问。

"他们只用来自卫，一般不会管小动物死活。"小露接着说。

说话间，我们已经爬到了山顶。极目望去，远方确实可以看到人家和缭绕炊烟了。大家一阵欣喜，觉得来全不费功夫。本来嘛，若非翠花故弄玄虚，用"军事重地"之类的招牌唬人，那小桥边早被外面的世界侵蚀了。估计这样的招牌在围墙上比比皆是，她也太胆大包天了！

"如是大师的高明之处就在于与世隔绝……"小露见我又陷入了沉思，就在我耳边悄声点破了翠花的用意。

"是啊，迷信是需要氛围的，营造神秘是一种很好的方式，就像欧洲中世纪那样。"我附和说。但同时我又多少对小露有所保留，毕竟她是翠花亲手调教出来的重要角色，尽管在小朝眼里她什么都不是。我由此想到了翠花帝国的可怖。一个人凭一己之力打造了这么一个富可敌国的庞大体系，还有小桥边这样的"世外桃源"，简直匪夷所思。

趁着大伙儿小憩的当儿，我在山脊上来回走动。小露和胡大远远地跟着我，每次我折返时大家就会心地一笑。以我们行进的速度看，再在山上过一宿差不多就可以找到人家了。如果不是被蒙着眼睛，我大概率可以推断出小桥边所处的地理位置。当然，要是带一台手机定位一下，那就更精准了。我想回头重返小桥边时，一定要带上手机。不光我要带，还得叫小露也带一台。这样以后就方便了，甚至还可以联系到老白和小关。但这肯定意味着更大的冒险，因为小朝不会允许如是大师的秘密被公之于众。再说秘密消解了就不好玩了，连我都会觉得可惜。

这时，我忽然想起一件事来。我问小露：祠堂的十八罗汉会不会是戴着面具的躯壳，真正的核心是有血有肉有灵魂的人呢？她说有可能啊，如是大师既然曾经来这里小住，不可能不带保镖的，把保镖藏在十八个巨大的躯壳里是最好不过啦。

"如果，我是说如果你们如是大师仍在小桥边呢？"我悄声问小露，同时也不失为是一种自问。

"啊？"小露啊了一声，就再也说不出话来了。

这不是完全没可能的。在小朝眼里，大师已经去了天堂。那么这个天堂极有可能是小桥边。至于老长老病得反常、走得反常，拜大师所赐也不是没有可能。如果我来之前小露的发现不是梦呓，那么翠花就有同老长老苟且的嫌疑。反正大师的别苑除了长老没人能进出，那么翠花躲在里面安居一隅并非难事。但我的到来打破了平静，即使翠花骨子里希望有那么一天，否则她缘何完好地保存着那些漆封信札。然而，她被众信徒奉为一尊久矣，如何面对自己的衰老绝对会成为一个问题。即便她可以借助现代技术祛皱，甚至拿"十八罗汉"进行古老的采阳补阴，也难以避免衰老的天律。至于她处心积虑地将燕子、才女、小朝、小露等一干女孩幻化成她的模样，也终究不能挽救她自身蜕化的进程。

这也许就是她的悲剧。

我知道我的揣测有些为时过早，但情势使然，我不能不对翠花的现状有所估量。倘使我就这样轻易地打破了她微缩帝国的围墙，叫她如何自处？

"她有十八罗汉啊！想阻止我们不是很容易的吗？"小露揣测着我的揣测。

"是啊，也许她一时懈怠，也许她彻底放弃了呢？"我说。

四

这世界什么都是可能的。翠花活着是可能的，她在"世外桃源"也是可能的。"世外桃源"至少没有疫情。我这么一想，忽然有些惊慌失措。我带的这一干人可没打过疫苗，也没做过核酸，更没验明正身的任何身份证件，咋办嘞？

"关键是没有手机，寸步难行！"小露真像我肚子里的蛔虫。

"咋办？"我问小露。

小露摇摇头，又耸耸肩。

"我也没有手机和身份证啊！你有吗？"我又问小露。

她又摇摇头，耸耸肩。

这下好了，我们白出来一趟！也许翠花早料到了这一切，也许她在故意逗我们玩呢。

"让他们远远地看看高楼大厦、车水马龙，也是好的。"小露安慰说。

"好吧，走一步看一步吧，别被抓起来隔离就行！"我说，"我们下山以后的第一件事是找一台手机。我得跟老白他们接上头，否则真的寸步难行。"

"这好办，我把钻石项链卖了，够我们买几台手机的。"

"恐怕不容易，现如今买卖都得凭身份证。"

"我有身份证啊！瞧，在这儿呢。"她说罢从鞋垫里抠出一张身份证来。

我顺势看了一眼这个熟悉的陌生玩意儿，发现小露确实姓关。她好像知道我的好奇，就直接把身份证拍我手心里了。

"我可不想打探你的芳龄贵庚……"我话虽这么说，

然眼梢已经看到了一行数字，在若干个1和0之后，赫然印着20010911……"原来你比我小五十多岁，正好隔了两代人。"

"您说什么哪？我也不小了好不好！"她很敏感，也很善良。

我没有再吭声。大家吃得差不多了，可以启程继续赶路了。接下来是下山，山坡更陡峭了，我们慢慢往前放绳索，最后一个总是胡大。我在前，他断后。他隔几步把绳索系在树干上，让大家牵着绳索慢慢往下走。在我们穿越一片竹林时，我想起了插队时的情景：在竹荫下讲鬼故事。没想到时间过得这么快，五十多年，弹指一挥间。梦犹在，心如昨，故交零落，世事沉浮；路迢迢，断天涯，伊人变了，前程渺茫。

小露哼着歌谣，像个没事人一样。她性情真好！谁要是娶了她，准幸福。可惜我已经过了岁数，属于过季的果蔬，早就没那个福分了。我在脑海里检索一番，觉得老单位里有几个年轻人不错。学问好，人品也好！等一切过去了，我倒是真可以替她做个月老，岂不快哉?!

"您省省心吧！"小露又猜到了我的心思，大事不妙，她也太聪明了！

好吧，我就省省心吧！真不知道如今的年轻人都在想些什么。为了自由？还是难得孤独？我不得而知。反正周遭望去到处是乌泱泱的单身族和丁克族，而且越是俊男靓女，越是高学历、高智商，就越爱保持单身，甚至宁可做同志、看耽美或者百合小说,也不想过正常生活。当然,所谓正常也是相对的,尤其是在他们看来。可惜了!我想《红楼梦》中"好了歌"可以反着唱了。

世人不羡神仙好,所有功名忘却了!
古今将相算什么,荒冢一堆草没了。
世人不羡神仙好,早把金钱都花了!
终朝只恨聚太多,及到少时眼闭了。
世人不羡神仙好,且把娇妻抛弃了!
君生不知恩情何,君在人也可去了。
世人不羡神仙好,儿孙早就不要了!
痴心父母日见少,传宗接代过时了。

五

"您想啥呢?"小露问道。

"猜不着了吧?哈哈,我默诵《新好了歌》呢……"

"念给我听听吧,旧《好了歌》我都忘了。"

于是,我把刚刚颠覆的歌词给她念诵了一遍,她笑得直不起腰来:"您太有才了!"

我说:"这哪里是有才啊?是世界变得太快,咱跟不上时代的脚步,但勉强或者尽量也要思绪上跟进吧!"

我们又下了一个山坡,登上前面的山脊应该可以看到乡镇,甚至城市了。我想象着胡大和小伙子们会有多兴奋。就在我们歇下来准备打牙祭时,小露忽然贴紧我,我正在诧异,她一个劲儿地用手指指旁边的树杈。原来,上面盘踞着一条金环蛇。这个品种很是少见,我早先插队那会儿偶尔见过银环蛇,但从未见过这么漂亮的金环蛇。我朝她嘘一声,然后悄声对胡大说:"上面有家伙,叫大家小心点!"

胡大举起棍子就想去打蛇,我赶紧制止他,叫他用炒米朝它撒一把,它也就乖乖溜走了。小伙子们一个个瞪大眼睛,看着我和胡大一人一把炒米,朝金环蛇撒去。它果然不紧不慢地游走了。这时,小露和胡大的婆娘依偎在一起,女人家家最怕的也许就是蛇蜥之类的爬行动物。

金环蛇刚走,没想到又来了一只大花豹。我们立刻人手一根木棍,准备与它来个十几回合。可胡大的婆娘忽然想起了她随身带着的一只老母鸡。这母鸡一路上已经下了两个蛋,而且还都是双黄蛋。当初它咯咯呱呱啼叫时,胡大还差点儿把它杀了打牙祭。这会儿算是派上大用场了。我们把母鸡直接扔向大花豹,母鸡边扑腾,花豹边使劲儿追。这样它们顺着山坳跑远了。可惜了胡大婆娘的老母鸡!本来打算胜利在望时好好拿它打个牙祭的,如今却成了花豹的美食。

也罢,人总是有舍有得。我们趁着日头西垂,辟出一块地来,然后照例铺上油布,围上栅栏,搭上竹篷。至于要不要燃篝火,我犹豫了片刻,最后还是决定垒起石块依法炮制。

这荒郊野岭，还有毒蛇和豹子出没，不点篝火确实危险。万一再被护林员逮着，咱再将计就计，大不了随他们去大队部，索性把小桥边的故事给奉献了。三寸不烂总有法子，再说我们没有一个是公安系统的通缉犯。

午夜时分，小露说她睡不着，想跟我聊聊。聊就聊吧，反正我死猪不怕开水烫。不过她的话题还真不是一般二般的耸人听闻。

知道吗？我以前是大师和小朝她们的棋子。她们叫我做什么我就得做什么，因此这身子早就金玉其外败絮其中徒有其表了。我的第一次给了一个性病患者，那是个道貌岸然的主。没想我第二天就发烧了，她们知道我得了花柳病，就给我打青霉素，一打就是十几天，疼得我起不了床，关键是想起来就委屈，就硌硬。

第二次给了一个变态狂，他虐待我，又是绑我，又咬我，把我折腾得遍体鳞伤。我一病好几天，生平第一次感受到了生不如死的滋味。

第三次给了一个老处女。她自称是极挑剔的女同志，世上没几个女孩入得她的法眼。结果倒好，那干洋李似的身体自上到下、自下而上在我脸上蹭来蹭去，直把我恶心得五脏六腑都恨不能吐出来。

后边的我都麻木了，也不想再提了。我说这些是想让你知道，我早就不是什么冰清玉洁的小姑娘，是曾经沧海只想死的垃圾人渣。

我赶紧叫她打住。她不住地流泪抽泣，此情此景着实令我心疼。我慢慢地搂住她，叫她千万别作践自己。"未来的日子还很长，你一定要好好地活着。"

"活着干吗？别看我平时笑嘻嘻的，那是因为有您，其实我早就心如止水，行尸走肉一具。"她呜咽着说。

"没什么了不起的，过去的就让它过去吧！就当是噩梦一场……不过我听说夜总会早就被查封了，怎么还会有这些乌七八糟？"

"我也不知道啊，但小朝她们似乎一直在从事黄赌毒之类的地下活动……"

她说着搂住我的脖子，想吻我。我本能地躲开了。她没有放弃，而是闭上眼睛把嘴唇嘟了起来。我轻轻地、浅浅地吻了她，很温情，也很有节制。礼貌和情意都有了。

六

一眨眼天就亮了。胡大起身招呼几个小伙子到附近找水源。我和小露及胡大婆娘开始烘烤干粮。我边生火，边朝四周瞟去，觉得附近应该有蘑菇木耳之类的东西。于是，我叫她俩先好生烤着干粮，自己在栅栏外寻觅蘑菇。果然在一棵松树下找到了一些又肥又大的松菇。我把松菇择干净，然后用竹签串成串放在篝火旁煸，待煸熟了再撒上些盐。这时胡大他们提着泉水回来了,大家围着篝火热腾腾地美美吃了一顿。

我们正欲熄灭篝火,拆除栅栏和竹篷离开营地,昨晚那只花豹又回来了。大概一只老母鸡不够它打牙祭的,但问题是它身后还跟着两只小豹崽。这下麻烦了,我们得想办法吓退这家伙,否则将很难脱身。我看这母豹并没有发起攻击的意思,就让大家尽量挨在一起,举着棍子慢慢朝东方走。母豹带这两只小崽子尾随着我们,但当我们爬上山岗时,它们止步不前了。原来山岗下面就是人家,远远传来了汽车喇叭声和货运列车的汽笛声。

胡大和小伙子们果然激动万分,他们远眺着雾霭中的城市,说它像极了书上的海市蜃楼。不错,还上过学、读过书。望着高耸入云的大厦影影绰绰,似是而非,还有民航客机从南向北隆隆飞去,他们一个个目瞪口呆,仿佛刘姥姥进了大观园。

我们估计还得走多半天才能抵达城市边缘。

为保险起见,我建议大家下山后原地待命,视情况再分批次入城。

下山后,我和小露先去打探情况,顺便买两台手机。毕竟小露有身份证,而我至少记得自己的身份证号。我请胡大负责照看其他小桥边人,叫他们千万别轻举妄动。

小露有性别和容貌优势,我佯装盲人,在她的搀扶下绕过一个别墅群,然后进入一个相当繁华的小区。小露看准了一家首饰店,就扶我进去讨行情。她的项链质地好,而且五克拉的浅粉钻光彩夺目。那家店老板要看身份证，小露就大大方方地递给了他。她说我俩的行李被人偷了，现在需要现金回家。店老板替项链估了个一口价：十五万。小露说再加一万就成交。老板故意迟疑了一会儿，然后说："好吧，看在你们有难的分上！"

就这样，小露用她心爱的钻石项链换了钱。其实我挺难过的，认识她这么久，从来没给她买过什么礼物。如今倒要她来负担我和这一干人的开销。

她似乎知道我在想什么，一脸无所谓的样子："身外之物，能用在正事上也算值了。"

我说："以后有机会我给你赎回来。以目前的行情，这项链暂时卖不出去。"

"您就别放心上了，我乐意！"

也只能如此了。我这一辈子囊中羞涩，从穷学生到穷教授，腰包似乎从来没有鼓过。不瞒你说，我就从未拥有过像样的钱包和信用卡之类的东西。母亲总说儿子是替国家养的，可扪心自问：我究竟为国为民做了些什么？Nothing！除非有朝一日我能破了如是大师的弥天大谎，还千万信徒一个公理。

小露旋即带我到附近的一家手机店买了一模一样的两台华为2022款。什么叫财大气粗？小露让我开了眼界。我从来都用二手或过季手机，没想到老也老了，却时髦了一把。小露又是拍照又是按指纹，总算买下了两个手机号。它们是连号，只有尾数1和尾数2的差别。小露说

1归我,2归她。我说自己喜欢2,因为本来就2。

她笑笑说:"咱们石头剪刀布吧!"

我点点头。一般女孩首发大多用布,因此我首发剪刀。结果自然不妙,她出了石头。于是我1她2,就这么定了。

第十五章

我们在返回胡大等小桥边人营地的路上,给老白和小关打了电话。这个时间小朝应该在追剧,老白和小关大概率在喝酒。果然,老白听到我的声音后第一反应是坏事了。他以为我又被抓到精神病院或诸如此类的地方。我说自己在南方某城,刚从翠花的集中营逃出来。

"那为什么不报警?"老白说。

"怎么报警?我以什么身份报警?"

"那怎么办?"老白一筹莫展,这时小关在旁边唠叨说:"那就赶紧回来吧,我们从长计议,反正小朝不会把你怎么样。"

"你说得倒轻巧!我可不能替一帮朋友冒这个风险。"

"你还带着其他人?"老白问道。

"是的,还不少。"

"那这样吧,你先原地待着,明天我们把小朝支开了去你那儿会合。"老白又说。

"还是让我想想吧,我得跟大伙儿商量一下。你们等我电话吧，我先挂了！"

"又是挂了，太不吉利，难道就不会换个字吗？譬如关了……"近墨者黑，小关多少有些迷信。

为了省电，我直接关掉了手机。小露在一旁睁着萌萌的大眼睛，揣摩着我下一步究竟要做什么。其实我自己也不知道，便没话找话："瞧你水汪汪的大眼睛，一定充满了智慧……"

"哪里有智慧啦？我这辈子都是任人摆布的木偶，跟着您才觉得活着是啥滋味。"

"别恭维我啦，我这辈子还不是被你家如是大师玩得团团转？"

"认识您之前我真不知道她是这样的人……"

"可不？你知道多少人因她家破人亡？……"

一

等我们顺便买了一小瓶酒精和一些吃的回到营地，却已是半夜时分。胡大他们焦急的等待换来了前所未有的欣喜。小露用手机让他们大开了一回眼界：从熙熙攘攘、灯红酒绿的街景，到不同种族的年轻人在光天化日之下当众接吻，再到令他们莫名其妙的抖音段子。总之，开机有益。大伙儿看得眼睛都直了，怪不得孩子们都迷恋手机呢。我问他们想不想下去冒个险，他们面面相觑，不置可否。小露说还是谨慎一些为好。胡大表示赞同。他说看了前面那么多房子、那么多东西，又看了这个魔匣，死也值了。他学抖音里的样子，抱住婆娘转起圈来，羞得小伙子们不敢直视。

小露在一旁拍手叫好，同时拿余光瞄我。我佯装什么也没看见，一味地替他们高兴着。乐呵了一阵子，大家安静下来。我告诉他们说："我们得回去了！"

"啊？"胡大和小伙子们几乎异口同声地啊啊起来。看样子他们很喜欢这外面的世界。

"有了这次开光仪式，以后我们可以经常过来的。"我对大家说，"现在你们没有身份证，在外面的世界寸步难行，而且还很危险。"

我接着对大伙儿说："这样吧，我们连夜回到山岗上，等明天太阳升起来，可以一览无余地看到整座城市。我查过了，今天阴转多云，明天却是大晴天，一定艳阳高照，能见度很好，大家可以看个够。"

总算稳住了大家的情绪。小露把水果和点心分给了大伙儿。大伙儿边吃边往回走，还不时地回头看城市的夜景。我对他们说："这外面的世界用身份证，没有这玩意儿你哪里也去不了，还可能被当作犯人关起来。那样的话，我们岂不得不偿失了？"

胡大婆娘很少说话，这会儿却十分审慎地点点头表示赞成："是得赶紧回去，家里还有娃呢……"

胡大的男子主义犯了，直接来了个"你闭嘴！"

我批评了他，叫他不能对婆娘这般居高临下，要相互关心、相互爱护。

"就像您对小露姑娘那样……"果然是其所熟识而辟焉，咕咚开始跟我开玩笑了，当然他是善意的，但这兴许会让小露脸红呢。

好在是大晚上，也好在胡大立即喝住了咕咚，说："不许跟长老开玩笑！"

我们缓慢地往岗上爬，抵达岗顶时天色已经破晓了。大伙儿扒开树枝，踮着脚看城市景色。晨曦将城市装点得五彩缤纷。少顷，雾霭慢慢升腾，城市露出了清晰的轮廓。

大伙儿恋恋不舍。我请他们坐下来好好歇会儿。他们自然没有歇息的兴趣，再困再累也要多看几眼面前的城市。我说："这只是外面世界很小的一部分，就像小桥边的一块卵石。世界大得很，由近两百来个国家组成，每个国家都有许多大大小小的城市。有的国家里面套国家，城市里面套城市，总之千奇百怪。以后有你们看的。"

"那我们没有身份证咋办？"咕咚这个问题切中肯綮。

"我们想办法申请身份证。"我说。

我让小露把城里买的饮料给大家分了，再吃点干粮，我们差不多又可以上路了。

小露用一次性杯子给每人倒了一杯果汁。当她把第一杯递给我时，我确实窥见了她的羞涩。这有点麻烦，神秘一旦被点破，就不好玩了，何况我早就给自己设置了界限。自从稀里糊涂地被小朝扔到了才女两口子遇难现场，我对所有女性都产生类似于一朝被蛇咬十年怕井绳的心理障碍。再说感情这东西，一旦上了道，也就无法回头了。保持一点距离，守望一点神秘，不是更好吗？何必非得落入俗套呢？

"那是俗套吗？"小露在用斜睨的目光向我提问。

二

吃了喝了，我们开始往坡下走去。胡大和小伙子们很是不舍，他们甚至从半坡上往回爬，哪怕再多看一眼外面的世界也是好的。就这样，他们进进退退，在山坡上不断往返。反正小伙子们有的是力气，我和小露及胡大夫妇正好可以趁机休息一下。到了响午时分，小露发现手机信号很弱了。我叫她赶紧关机，毕竟回到小桥边就没法充电了，即使她的两个备用充电器满是电量也经不住时常开机。

小露朝我抛了个小媚眼，她也许是无意识的，却被我捕捉到了。我一直想告诉小露，其实感情像花朵，含苞待放的状态是最可宝贵的，一旦怒放也就意味着某种衰颓，或者沦为显性的庸常。但我知道这话难以启齿，我不想伤害她，尽管这不想伤害终究构成了一种伤害。这是爱情的悖论。它甚至可能演变为翠花式的非亲则仇。

太可怕了！一切都在不知不觉中生成，无论你初衷如何、愿意与否。

我们沿着过来的路径,较为顺利地回到了谷底。山坳里的那只花豹不见了,也许它另觅去处了。一直听说退耕还林后就有家畜被野兽叼走,但仿佛传说,似乎神话。看到花豹和它的幼崽,我才知道神话传说是真实故事。可惜我们没有母鸡可以喂它了!

我们在曾经的营地搭建竹篷,那些竹子依然青翠,权做栅栏的尖尖竹竿也还可以再用。我们重新捡拾柴火,准备晚上点燃篝火。今夜星光灿烂,大家一定可以睡个好觉。胡大带着几个小伙子去打水,我依然在营地附近采撷松菇。小露跟在我身后,但眼力比我好,看到松菇就会蹿上前去采摘。她翘着兰花指,兴高采烈地摘着一朵朵蘑菇。就在我欣慰地看着她的背影,准备朝前赶上她时,她突然啊的一声,尖叫了起来。原来,她被什么东西咬了一口,我开始以为是马蜂或洋辣子,没承想是一条手腕粗的蝮蛇。我立即一把拽回小露,一边撕下一只衬衫袖子紧紧地缠住她的手腕,一边从裤兜里掏出酒精喷了一些在嘴里。我使出浑身的解数替她吸吮掉手背上的蛇毒,同时不停地往伤口喷酒精。小露惊吓多于疼痛,她痴痴地看着我,任凭我怎样挤毒吸毒都没有喊一声疼。

"疼了你就喊出来,那样会好受一点!"我对她说。

好在毒液并未侵入血管,蛇牙也没留在手上。这时,胡大他们都已经回来了,我叫他们在附近找一种叫鬼刺针的草。胡大识得鬼刺针,很快连根带枝叶拔了一捧回来。我用洗净的石头把草药捣烂后糊在小露的伤口上,再用另一只喷了酒精的衬衫袖子替她包扎停当。

咕咚报仇心切,一直在寻找那条蝮蛇,直至将它脑袋砸烂了为止。

所谓爱美之心人皆有之,小桥边村的小伙子都喜欢小露。只因她比他们早生了几年,又闯荡江湖多年,显得格外成熟,他们也只好远远地欣赏她,就像小孩子喜欢漂亮的阿姨或大姐姐。

"这蛇剧毒,好在咬得不深,也没直接戳破血管。"我自言自语道。

"谢谢您!又救我一命……"小露对我说。

"怎么是又救你一命呢?"我甚是不解。

"你懂的。"她又来了个你,这使我很不习惯,也很是尴尬。

我左思右想,她说的这个你和那个又字,大概是因为老长老那档子事。可我并没有做什么了不起的事啊?哎呀,怀春少女真麻烦,尽管她已经不在少女的年龄,但仍有一颗少女的心。

"您别纠结了,快去吃点东西吧!"她终于又用回您了。

我点点头,叫她坐到篝火旁歇息。真没想到疫情期间养成的小习惯让我几乎无意识地顺手买了一小瓶酒精,结果派上了大用场。我暗自庆幸,毕竟这蝮蛇又称五步蛇,据传人被咬后只能走五步就会一命呜呼。虽然这有点夸大其词,但它的毒性确实非同一般,至少是毒蛇当中最致命的之一,甚至经常没有之一,毕竟人类不容易遭遇海蛇之类更毒的家伙。

我正这么想着,小露又凑过来了。她用左手颤颤巍巍地给我端了一碗炒米稀饭。我这才发现她受伤的是右手。

"不像右手那么好使吧?"我说。

"是啊,人家又不是左撇子。"她娇嗔地应答着。

我想这种时候还是少说为妙。可她却很想说话。也许是劫后余生的潜意识作祟吧,人总是惜命的。她说她小时候被马蜂蜇得哇哇哭,可才女和小朝她们却在一边取笑。这使她非常受伤。她觉得一般人是嫉妒别人好,只有极少数人连起码的同情心都没有。我说我领教过才女和小朝的厉害,她们确实没有常人的同情心。小露又说她被人糟蹋的时候还不到十六岁,才女和小朝却完全一副熟视无睹的样子,甚至可以说是冷眼旁观、幸灾乐祸。她说其实那些地方都装着摄像头,她们完全可以看到别人被欺负的过程,却从来没有伸出援手。"我过去总觉得这些都是下三滥瞒着大师做出的勾当……"

"其实她才是真正的幕后凶手。"我说,"你认识关飞阳吧?是的,你养父,做过夜总会主管。他就是专门奉翠花之命戕害无辜少女的。"

"您怎么知道的?"小露颇有些将信将疑。

"他是我的病友,我们一起从精神病院逃出来的。而我们之所以会在精神病院,也是拜翠花和小朝她们所赐。"

"原来如此。"

"我第一次见到你,就隐约觉得你眉宇之间透着一丝忧伤。但你的靓丽遮蔽了一切,我现在明白了!"

三

说来话长。大伙儿都歇息了。篝火依然发出吱吱的声音。我和小露一边聊天,一边往火堆里添柴火。不知道谁把一节竹子放进了篝火,倏忽间发出崩裂声。这就是最原始的爆竹。大家吓了一跳,然后继续睡觉。

"古时候这爆竹是可以用来震慑豺狼虎豹的。如今满世界的烟花爆竹,我还真有点替社会担心。"我喃喃地说。

"哦……"小露有些困倦了,毕竟被毒蛇咬了一口,疼痛和惊吓不知道杀死了多少细胞。我怜惜地叫她躺下睡会儿,可她硬说不睡,仿佛一旦睡去就见不到明天似的。

"睡吧!"我又劝慰说。

"不睡。我怕一觉醒来见不到你。"又是一个你。这太麻烦了!

"怎么会?你睡吧,我保证在你身边。"我殷切地说。

"我真的不困,就是有点累。"她显得有点执拗。

"好吧,那我陪你说话。你闭上眼睛,听我说就好。"我实在想不出别的法子,只好给她讲故事,以便她多少可以小憩一会儿。

很久很久以前，纽约有个出租车司机，他每天早出晚归，赚辛苦钱养家糊口。一天夜里，他正要开车回家，却被一对年轻男女给拦下了。他们似醉非醉，说是要去哪儿哪儿。司机一片好意，说他们距离目的地很近，走几步就到了，但开车得绕大弯，不划算。

可那对男女说了，绕多大的弯都无所谓，他们有的是时间。司机听了这话很生气，你们有时间，可咱一天下来还没正经吃一顿饭、喝一杯水呢。他没好气地对他们说，你们下车吧，我打烊了。

"不对啊，你刚才还没打烊呢，怎么这会儿就打烊了？"那个小伙子说。

"是啊，你凭什么拒载？信不信我们投诉你！"那个女孩帮腔说。

司机实在拗不过他们，只得重新发动汽车，朝他们指定的方向驶去。这一驶不要紧，司机发现后面这两个人越发有问题了。他们像情侣，却又没有情侣的亲热劲儿；说他们不是情侣吧，两个人又黏糊在一起。司机觉得这两人不是善茬，就警惕地从后视镜拿余光悄悄地张望。忽然，他发现这对男女其实是两条大蟒蛇，可能已经成精了。他们一会儿露出蛇头，一会儿露出蛇尾，把司机吓得浑身直打哆嗦，却又不敢声张。

眼看就要到他们的指定地点，司机加快了速度。

这时，那对年轻人好像觉察到了什么，要求司机开慢点。没奈何，司机只能减速。就在这当儿，小伙子吐出长长的芯子触到了司机的脖颈，他猛踩刹车，准备弃车逃走，结果被那女孩的尾巴给卷了回来。司机顿时吓个半死。那对男女把司机扔在后座上，自己爬到驾驶位和副驾驶位，继续驱车前行。司机惊魂未定之际，发现他们的脊背原是两具骸骨。看来是遇到鬼怪了，他于是定定神，开始默诵经文，没想到这不仅没起作用，反而刺激了那对鬼怪。他们拿尾巴将他按在后座上，令他喘不过气来。慢慢地，司机失去了知觉。等他苏醒过来，汽车停在他准备打烊的处所，也就是他载了一对男女的出发地。他不知道刚才是做了噩梦呢，还是确有其事。他仔细检查了汽车，发现并无异样，唯一不同的是车内的气息。它具有明显的腥膻味，甚至腐臭气。

他终于决定卖掉那辆出租车，换一辆新的。可是，那股腥膻味和腐臭气一直跟随着他。这让他十分懊恼。为了彻底摆脱这可怕的气息，他决定将汽车付之一炬。就在浇上汽油，点燃打火机，准备与汽车同归于尽的一刹那，他发现火苗对他毫无作用。它既不灼热，也不可怕。于是，他眼睁睁地看这汽车焚为一堆废铁，而自己却毫发无损。于是他想，可能真正有问题的人是自己，而非那对年轻人；或者也许是他在某个黄昏或夜晚纵火烧死了那对可怜的、言行古怪的年轻人，否则他们的骸骨就没法解释。他硬着头皮回到那辆被焚毁的汽车，发现里面真有两具骸骨。

四

这是一个相当荒诞不经的哥特式故事，我以为小露听了一定会睡着。结果她没有。她睁着一双大眼睛，直愣愣地看着我："难道那个司机自己才是烧不死的鬼魂？"

我耸耸肩，表示不置可否。

故事者，道听途说、街谈巷议也，不必当真。尤其是那些神神鬼鬼的玩意儿，无非是自欺欺人的把戏。古人不谙天文地理，想入非非，也便有了天神传说和志怪奇谭，如今有人出于种种不可告人的目的或者宁可信其有不可信其无之类的自我慰藉，继续传诵着各色各样的鬼故事。谁信谁倒霉！

"我不信，可是有些事情确实解释不通……"小露啜嚅道。

"譬如？"

"譬如祠堂里的那些……"

"我急着回去就是想弄个水落石出。"我对她不再藏着掖着，"我觉得祠堂里有鬼，但这个鬼是人！"

"是人？谁？"

"回去你就知道了！"

"啊，难不成是……？"

"嘘，天机不可泄露！"

真的快天亮了。我再一次劝小露眯上一会儿，她答应了，但条件是牵着我的手。我没办法，只能答应她。她用左手牵着我的右手，弄得我全然没了睡意。不过，我看她很快睡着了，心里兀自漾起了一股暖流。很多时候，人的情意就是这样慢慢被催化的，只可惜我没有那个造化，终究不能让素心和小露这样的姑娘走到一起。

果然天就亮了。我让大伙儿尽量小声，别扰了小露的美梦。"她刚刚睡着，你们先吃早饭吧，别管我俩。我怕一抽手她就醒了。"

胡大夫妻叫大伙儿千万小声。咕咚调皮地嘘了一声。胡大上去就是一拍，那声音超过了咕咚的嘘声。"瞧，你犯规了！"咕咚悄声说。

待大伙儿吃完早饭，小露也就醒了。我问她伤口疼不疼。她说有点儿，但可以忍耐，比昨天好多了。这时，她发现我的嘴唇有点肿，且多少有些发麻，可能是毒液的作用。用嘴嘬吮毒液是野外急救的最佳方式，但难免会在嘴唇上留下少量毒素，过两天就好了。

小露感动得流下了眼泪。那晶莹的泪珠滴滴答答地掉在地上摔成了小小的泪花。我说没关系，小事一桩。

"什么小事一桩啊？万一吸到肚子里去可怎么办啊？"

"没那么严重，过去我上山下乡插队落户那会儿，也替人疗过蛇伤。当时还找不到酒精呢，都是用生产队里自酿的照烧白酒替代的。"

"有没有人被毒蛇咬死的?"胡大问道。

"当然有,救治晚了毒液进入脏器就没得治了。"

"真可怕!"小露倒吸了一口凉气。

"你没事,吉人自有天相!"我安慰她说。

"我这是运气好,遇到您了!"

"你也是因为我才来这里冒险的好不好。我们扯平了。"

"怎么扯得平,除非你答应我照顾你。"她步步紧逼。

"我不需要照顾。"我步步为营。

"哪个长老不需要照顾的?"

"凡事都有例外。"

我俩这么一来一往,听得胡大夫妇在一边会心地笑。他们已经把早餐端到我们面前了,我们也就不客气了,三下五除二吃了个精光。

胡大问我接下来是否拔帐出发。我说再歇会儿。回去的路顺多了,我估摸着明天夜里就能回到小桥边,不一定还要露宿一宿。不过考虑到小露的伤情,也许中途歇一宿更为妥帖。

因此,大家慢慢爬坡。我在小露左右,以便随时拉她一把。她很机灵,爬山不费劲。只是右手还疼着,总归不方便。她说她记得两年前到杭州给我送信,那是她第一次做正经的秘密工作,觉得很神奇。后来我在咖啡馆见过她,再后来是我俩跟石头一起吃饭。这些都好像是昨天刚刚发生的。

是啊，两三年工夫，好像又活了一辈子。发生了那么多事情，有生离死别，有跌宕起伏。生活永远比文学想象更神奇！

五

"回去以后我要好好服侍你。"小露说得很诚恳，很由衷，就像清风抚慰树叶一样。

"我有手有脚，不用你服侍。"我多少有点违心。

"这是我分内的工作。"她坚持说。

我无语了。我知道这次回去凶多吉少。这种预感随着小桥边的临近越来越强烈。我揣度过无数种可能，却始终没有料到事情会发展到那种地步。

长话短说。我们在来时的小溪边休整了一晚。第二天日头爬上山岗后启程回家。村里的人掰着手指头翘首等待我们归来。他们听见胡大和小伙子们在东坡上吼山似的叫唤，便早早地在小桥边等候了。人们欢呼雀跃，就像迎接凯旋的雄师。

我在人群中寻找老土的身影，却始终没有找到，不祥的预感就更加不祥了。我叫胡大他们径直回家和家人团聚，自己带着小露朝祠堂走去。老王端坐在祠堂大厅，见我们回来也不起身招呼，只勉强地挥了挥手。所谓事出反常必有妖，我问他村里一切可好。他说好好，可眼神却是游离的。

小露机灵，说她去后厨帮忙，准备晚饭，但很快她又折返回来了，而且神情张皇。

"怎么了？"我故作镇定。

"一个人都没有……"她说。

我转向老王，问他是怎么回事。他耷拉着脑袋，一声不吭。

"出什么事了？你倒是说啊！天塌下来有我。"我对老王说。

"哎，一夜之间人都跑了。说是祠堂闹鬼。"老王说。

"怎么个闹鬼法？"我不以为然。

"他们看到十八罗汉大闹祠堂，后来又看到一个观音模样的神仙在后院作法，还一把火烧了后院……"老王嗫嚅说。

我立即带小露到了后院，果然是一片灰烬。而后我们又折返到罗汉堂，发现罗汉的塑身已经全部被毁。我仔细察看了罗汉的内部结构，发现它们完全是空心的，而且明显有人长期宿居的痕迹。怪不得小露曾经看到它们在黄夜移动。

我们回到大堂，这时老王已经不在那里了。我想他这是多一事不如少一事，溜之大吉了。

如此一来，我怀疑翠花和她的十八罗汉已经转移了。他们会去哪儿呢？这是我的问题，也是小露的问题。她虽然对翠花——如是大师尚心存期许，但事实证明后者确非等闲之辈。

我得寻找翠花和十八罗汉的去向，于是重新召回了胡大夫妇及一干人等。他们毕竟更熟悉小桥边的环境和所有周遭情况。在摸清了有关信息后，我开始怀疑祠堂里有地下设施。关键要找到入口。但祠堂太大，厢房众多，结构也十分复杂，要找出地道入口谈何容易？

小露猜到了我的猜测，她认为最不安全的地方应该就是他们认为最安全的地方。

"那就应该是大厅或者后院。也许翠花火烧后院就是为了掩盖入口。"我揣测说。

小露说那我们就赶紧行动，得把他们找出来。我说得好好准备一下，那十八罗汉一准是专业打手，弄得不好全村人加在一起都不是他们的对手。

"说得也是。那可怎么办呀？"小露觉得犯难了。

"少安毋躁，总会有办法的……"我边说边想到了桐油灭蚁法，于是心里有了几分把握。

小露见我双目发亮，就知道事情有谱了。她忍不住喜笑颜开。我想用手势制止她，结果却被她一把抓住捂到了腮边。我确实越来越怜惜这个孩子，要不是翠花早早废了小关，她何以落到这个地步？要不是翠花和小朝毫无人性，她也不至于被关在这个与世隔绝的集中营，却美其名曰"世外桃源"。鬼个世外桃源！

为了早日解决翠花及其十八罗汉，我派胡大等人全力以赴收集桐油子、压榨桐油。我想准备它几十桶桐油，或者多多益善。我要把翠花的地下宫殿及其一众鬼不鬼人不人的东西付诸一炬。

六

压榨桐油花费了我们几天时间。我有意没让人清理祠堂后院，以防翠花和十八罗汉跑出来兴风作浪。但最后还是百密一疏：小露忽然不见了踪影。这使我顿时乱了方寸。我让几十个身强力壮的小伙子手持棍棒将祠堂团团围住，然后带着胡大等十几个人一寸一寸地寻找地宫入口。我想，现在即使找到了入口，也不能轻易使用桐油。毕竟小露在他们手里。翠花让我投鼠忌器这一招果然高明。但找到入口至少意味着可以谈判。

我们从大厅和所有墙角开始勘探，铁匠们的铁锹起作用了。我们东敲敲，西挖挖，从大厅到厢房、厨房、茅厕，再到后院。后院最复杂，终究是一片冒着烟火的灰烬和烧焦的瓦砾、梁柱。我们清理了所有砖砖瓦瓦和烧得面目全非的四梁八柱，然后一寸一寸地敲打、挖掘。最后，我们在一个地方发现了可能的全洞。全洞用一块巨大的花岗岩石板盖着，但从敲击的声音看，下面应该就是地宫入口。我之所以称之为地宫，一是翠花素来喜欢排场，二是它必将是其归宿——坟墓。

从方位看，这里原本应该是翠花的床榻。把地宫入口设置在床下顺理成章。但我推测地宫里会应有尽有，足够他们生活一年半载，甚至更长时间。

现在小露在他们手里，我不敢轻举妄动。我让胡大他们搬来一些沉重的石块和原木，先把花岗岩压得死死的。但我忽略了一个细节，那便是当初清理瓦砾时并未发现这里烧毁后有过人员出入的痕迹。那么小露又是怎么被他们绑架的呢？

这个问题非同小可，它困扰着我，使我寝食不安。一定还有其他出口，而且不在祠堂里面！为此，我又带领胡大等人围绕祠堂仔细寻找可能的地宫出入口。我们几十个人花了两天时间进行地毯式搜寻，结果什么也没有找到。这令我非常沮丧。

我想到了小露的手机，于是登上山岗，打开手机，用微弱得几乎微不足道的信号给她发了个信息："珍重！待救！"

信息没有回复。估计地宫里没有信号。我焦躁的心正在被蚂蚁啃噬。

有一天，胡大突然跑来告诉我，说祠堂围墙会不会有出口。对呀，我怎么没有想到这一层呢？所谓关心则乱，我实在太担心小露的安危了。想她翠花心狠手辣，什么做不出来！于是，我决定从后院开始，逐段摧毁围墙。铁匠们的大铁锤又有了用武之地。铁匠们挥舞大铁锤，短短一天，就摧枯拉朽地将所有围墙砸了个稀巴烂。祠堂露出了本来面目，其实它并没有想象的那么大，那么辉煌和坚不可摧。

围墙脚下没有发现入口，于是我们又开始砸祠堂内部的所有墙壁。好在真真正正的砖墙并不多，大多数厢房是用杉木和松木板打造的，虽然厚实，但几个人合力一推就倒。如此风卷残云一般，祠堂被毁了个底朝天。大多数村民以为我那是在捉鬼。确实是鬼，或者比鬼可怕十倍百倍的妖人！

看热闹的老人和妇孺叽叽喳喳，指指戳戳，观大戏一般。而关于祠堂闹鬼的故事越传越邪乎，以至于把小露的失踪说成了鬼娶媳妇，冲阴婚。真是岂有此理，活见鬼！

所幸千人一心，都想找出鬼来看个究竟。我说会给大伙儿一个交代的。好在这一阵子胡大等人已经把外面的世界说得天花乱坠，人们无不相信我有非人之力、非凡之功，一定可以捉鬼降妖，求得一方平安。可惜了这祠堂！有什么法子呢？捉鬼要紧啊！人们窃窃私语。

胡大替我说了，这祠堂毁了可以重建，而且一定建得更好，可厉鬼不提住咱就永无宁日！今天是小露姑娘，明天丢的就是咱娃咱儿！

说得好！可这鬼在哪儿呢？无如之下，我只能冒天下之大不韪：直接开启后院的花岗岩盖板。胡大等几个壮汉花了九牛二虎之力，总算把十几厘米厚、一米多长、一米多宽的石板给掀了起来。下面黑黢黢的，有一个深不可测的密道。我拿临时制作的一个上窄下宽的四方话筒向下吆喝："里面的人听着，先把小露姑娘放了，我们可以饶你们不死。"

然而，除了嗡嗡作响的阵阵回声，下面什么反应也没有。

第十六章

以防万一,我叫胡大他们把桐油抬到洞口,密密麻麻、重重叠叠地码好。除了可供一人侧身进出的一条甬道,这曾经的大师"闺房"成了不折不扣的桐油仓库。只要我点燃任何一桶油,这里就会变成一片火海,桐油还会快速涨破木桶,顺着地道流向地宫,带着熊熊大火和令人窒息的浓重烟雾。

地宫下面没有任何回应,我们又不敢轻举妄动。这样僵持了整整一天一夜。大家都已经疲惫不堪,我吩咐胡大组成若干小队轮流值班,守住洞口,随时准备点燃桐油。

正在紧要关头,我收到了小露的一个信息:"不在祠堂!在西山洞窟!"

这个信息太及时,太重要了。我问胡大,西山是不是有个洞穴。他说好像听人说起过,但从来没人敢进去,因此时间一久,大家也就淡忘了。

这就对了,西山一定有洞窟,而且是翠花等精心打造的藏身之处。事不宜迟,我们迅速组成二十人一组的五个突击队，朝西山洞窟包抄过去。那儿离祠堂不远，直线距离可能不到五里。

且说这边有人一不小心点燃了油桶。几十桶桐油带着大火倾泻到地宫，同时把后院变成了一片火海，熊熊火焰直冲天际。我们一边回望着身后的大火，一边蹑手蹑脚地逼近西山洞窟。就在我们快到洞窟附近那一刻，里面冒出了浓烟。我嗅觉灵敏，知道这是桐油的烟雾，可见祠堂地宫连着西山洞窟。这真是个天衣无缝的地下设施，因地制宜，几可用来防范核战争。

这时，我们发现我曾经旨在灭蚁的那棵老树也冒起了烟雾，看来这些洞穴都是相互贯通的。极目远眺，只有这三个地方在冒烟：祠堂后院、西山洞窟和"凶宅"后面的那个树洞。如此一来倒简单了，翠花应该遁无可遁了。

一

> 花开花谢花自哀，
> 人去人来人何慢？
> 恨不相逢未老时，
> 还卿一夜无眠醉。

没等我们团团围住洞窟，有人戴着罗汉面具挟持着小露冒出头来。

"放了小露，其他都可以商量！"我高声喊道。

"你们全部撤退，否则我们就撕票，然后同归于尽。"那人嚷嚷道。

"好的，我们马上撤退，但你们必须同时放了小露！"我说。

"得先给我们灭了这可恶的大火，否则免谈！"那人又说。

"这火可是灭不了的，桐油一旦点燃，只能由它烧尽为止。我们不再加码便是。"我说。

"那你们赶紧撤退！给你们一刻钟，乖乖待在村里，不许有任何异动！"他用命令的口吻说。

"好，没问题，但前提是你们马上放了小露！"我的口气同样十分强硬。

那人朝身后嘀咕了几句，旋即一把将小露推了出来。我赶紧一个箭步上前抱住被五花大绑的姑娘，心里一阵酸楚和窃喜。这种滋味生平从来没有体验过。

我一边解开小露，一边挥手让众人赶紧下山。鉴于桐油实在太多，估计地宫和洞窟全被毁了。

后来我听胡大说起，那把火是他婆娘点燃的。胡大怕我心慈手软，就一不做二不休，悄悄安排他婆娘在我们奔赴西山时一把大火烧了那几十桶油。真是难为他了！区区几百人的队伍就可能出现意想不到的变故，况乎千军万马？看来，很多古来战役都不是非此即彼的形而上学，预设和意外随时都处于胶着状态。何况还有谋事在人，成事在天！而这天就是变数，就是意外，甚至不经意的偶然。

小露得救了,这是不幸中的万幸。她回忆起昨天晚上被人用蒙汗药迷倒后劫持,醒来发现自己身处一个伸手不见五指的漆黑洞穴。我问她有没有见到翠花,她摇摇头说没有。"都是些身强力壮的男人,应该就是十八罗汉。"她说。

但后来据她回忆,她也曾在半清醒状态中听见有个老女人在教训属下,骂他们太无能。那应该就是翠花。除了她,没人有能力豢养这么多保镖侍从。

好在小露安然无恙,毫发无损。这是万幸。翠花和她的那伙人可以慢慢对付,眼下最重要的是悄悄看好三个洞口。一旦他们出逃或伺机作乱,我们可以将计就计,一举收拾干净。

"您要把他们都杀了?"小露动了恻隐之心。

"不会啦,只要他们老老实实缴械投降,我会给他们留条活路,甚至放他们出村。"我说。

她欣慰地点了点头。真是个善良的姑娘!

"既如此,我给他们递个信息吧,也好叫他们早点缴械投降。"她建议说。

"好啊,我马上派咕咚去送信。"我说。

"他们会不会再把他扣作人质呢?"她有些不放心。

"应该不会。既然把你放了,他们不会再扣咕咚的。再说两军交战,不斩来使,他们没必要冒这个险。"

我简单写了封信,抬头直接写的是"翠花——如是大师台鉴",够她喝一壶的。

当然，内容很简单，也不拐弯抹角，基本就是我对小露说的意思。

咕咚揣着信，匆匆回到西山。洞窟门口有人戴着罗汉面具守着。烟雾消散了，但里面依然不断传出咳嗽声来。咕咚交了信，转身回到了村里。我和小露、胡大等人在"凶宅"等他。他大概描述了洞窟传出的咳嗽声，还说门口换了人，因为他明显比早先的那个家伙和身边的人矮小许多。

我问他对方有没有说话。他摇摇头说没有。不出意外，那个矮小的收信人应该就是翠花。"何苦呢？"我心想，"大家都这把年纪了，还搞个啥？"

"她不会甘心的！"小露好像会读腹语。

"她想怎么样？同归于尽？反正我无所谓，倒是她祈盼着万寿无疆呢！"

"如果那天晚上确实是她，那么她就不可能万寿无疆。当时灯光黯淡，我也没看见她的脸，但她的身体已经老得像干洋李……哎，说到干洋李我就恶心！"小露边说边吐舌头。

我苦笑着，一时语塞。我不知道翠花下一步会怎么走，我知道她绝对不会，也不敢见我。她一个呼风唤雨的大仙，怎么可能屈尊和我签城下之盟？

"也许她压根儿不想离开这里呢？"小露揣度说。

"也许吧！不过在众人眼里她已经非鬼即妖，以后怎么示人？"

"她可以继续躲在幕后啊!"

"窝都没了,首鼠两端,还搞个啥?"

二

> 日日床上作鬼祟,
> 别梦镜前形破碎。
> 独向小桥风满袖,
> 故祠新月旧人归?

小露说:"过去才女讲过一个故事,她说名人大仙的光环都是由神秘织成的。一旦将他们暴露在光天化日之下、众目睽睽之中,也就没什么稀奇了。从这个意义上说,名人大仙不可以随便与人接近,哪怕是粉丝或者信徒。"

我说这话不无道理。

她接着说,才女的故事来了:

> 从前有个长老,他精通道术,据传已经活了五百多岁。人们提起他就免不了啧啧赞叹,因为他法力无边,而且长生不老。有一天,一个好奇的小伙子想偷学法术,就悄悄潜入长老家里。他躲在长老的衣柜里,想透过缝隙偷看后者练功。结果一等就是两天,但见长老整日坐在床上,捣腾宝贝。其中有闪亮的金

砖；也有大块的石头，后者可能是璞玉。他从床头搬到床脚，再从床脚搬到床头，三番五次，五次三番。小伙子心想，这可能就是一种古老的功法。由于憋了两天一夜不吃不喝，小伙子实在受不了了。他想趁长老睡觉时偷偷跑走，然后找些砖块和石头练长生不老功。

但是，半年下来，小伙子除了手上磨出了茧子，一点功法都没学会：既不会飞檐走壁，也不能穿墙过河。他很是纳闷，心想，可能问题出在普通砖头石头与金砖璞玉之间。于是，他决定再次潜入长老卧室。那天，他发现衣柜里另有其人，顿时吓得魂飞魄散。另一个嘘了他一声，叫他保持安静。这样，他们可以两个人结伴偷学法术武艺了，何乐而不为呢？

白天，长老照例坐在床上搬运他的宝贝。到了晚上，他吞了一些不知道什么东西，然后倒头呼呼大睡。第二天一早，有人前来上贡，长老总算下得床来，端坐客厅，捋着胡须，口中念念有词。来者放下金条，待长老念完咒语后，起身告辞，并表示日后再谢。长老一只眼睛瞄着金条，另一只眼睛闭目养神。

"你看见他一只眼睛睁着？"小伙子问旁边的同伙。

"看见了，不然他这么快就把金条塞衣兜里了。"同伙悄声说。

"他要这么多金子干吗？"

"练功呗！"

可出乎他们意料的是长老直接将金条装进了卧室的橱柜里。那橱柜金光闪闪，少说也有几百条黄金。

是夜，小伙子改变了策略。他鼓动同伙说："我们不如搬些金条走，再把金条冶成金砖，就可以练成长生不老功了。"

同伙嗤笑说："你傻呀？有金条还练啥功？"

小伙子说："你不练长生不老功了？"

"啥长生不老啊？这你也信？"

"听说他已经五百多岁了……"

"瞎扯！我爷爷跟他穿着开裆裤一起长大的……"

同伙说罢嘎嘎大笑。

"嘘！"小伙子怕吵醒长老，赶紧去捂同伙的嘴。

"你捂我嘴干啥呀？他早就听不见了！"

"真听不见了？"

"不信你放个响屁试试！"

"那你爷爷是不是也五百多岁了？"

"五百个屁！我爷爷两年前就死了，临终嘱咐我要想富，偷老顾。这长老姓顾，其实是个假道长、假和尚。"

于是，他们摸黑偷了长老的好些金条，然后扬长而去。当然，为了源源不断地偷，他们还要四处散布假消息，说长老降魔除妖、如何了得。

"这真是才女说的?"

"是她说的。我当时听了一头雾水。"

"这么说来,她对翠花——如是大师早有异心了。"

"此话怎讲?"

"你想啊,她大师成仙,不就靠故弄玄虚吗?一旦被人破了机关,她不就玩完了,就像现在。"

三

> 今夜星辰今夜房,
> 凶宅西隅祠堂东。
> 身无彩凤双飞翼,
> 心有灵犀一点通。

"也是!可怜她一世英名……"

"什么英名?全是坑蒙拐骗!"但因顾及小露的感受,这话我没有说出口,又算是积了口德。

胡大他们已经各自忙活去了,他们得盯紧了山上的盗贼。这年头东躲西藏、落草为寇的自然非妖即贼,没的说!我和小露除了讲故事消磨时光,只能坐等翠花放出话来。她究竟是签城下之盟呢,还是负隅顽抗,或者逃之夭夭?都有可能。我倒是希望她悄悄消失,不然人家面对面该有多尴尬?虽然她欠我良多,我却并未亏欠于她,除了这次釜底抽薪。

话又说回来，在江湖上混，欠债总是要还的，就看怎么个还法。翠花玩大发了，怎么不得善终都是她咎由自取。当然，小露也许不那么看。她太善良，要不是我启发她说出过去的不堪，她一准已经把所有的遭际都当成了噩梦。她知道她们罪恶滔天，但依然保持着原谅和悲悯之心，尤其是对翠花——如是大师。

想想小露的遭遇，我觉得仨丫头还算是幸运的。单单看在这分上，也许我同样应该原谅翠花。所谓利令智昏，何况那些虚妄的光环早蒙蔽了她的心志。

"要不要再去给他们送个信，就说我们放他们离开。"小露提醒说。

"好吧……要是他们出去后再为非作歹呢？"

"应该不会了。以她这些年躲在小桥边，足可证明她已经回天乏术。何况此世界已非彼世界。"

"你说得在理。这样吧，我叫咕咚再送一封信，看看他们作何反应。以倒灌的桐油数量看，他们的地宫和洞窟应该已经被毁得差不多了，再待下去恐怕只有死路一条。"

"好的，那我去叫咕咚。"

"不用，他就在门口。"

"啊？"

小露推开门，咕咚他们果然依偎在门口守着。见小露开门，他们知道又有新命令，就一股脑儿往里挤。

"你们再去一趟西山,把这封信交给他们,顺便带些干粮馍馍。"

咕咚领命,带着几个兄弟直奔西山而去。

守在后门的几个兄弟敲敲门,问有啥指示。我说没有,"你们看着老树洞口就行了。"

咕咚他们一去一回仅仅花了半个钟头。

"他们收了信和吃的。"咕咚说。

"然后呢?"小露。

"然后没了。我们回来了。"咕咚摸摸脑门说。

"就这样吧,你们都回去歇会儿,眼下应该太平无事了。"我对咕咚他们说。

"那不行,万一贼人杀将过来可咋办?"咕咚说。

"那你们到门外歇息去吧!我跟长老商量些事儿……"小露和善地对他们说。

"嗯啊!"咕咚他们出去啃馍馍吃夜宵了。

我怵小露,却又离不开她。感情这东西真是既复杂又麻烦。要是人这一生没有感情羁绊,那该多好?!

小露好像又猜到了我的思绪。她摇摇头,说:"你想多了,凡事都可以很复杂,也都可以很简单,就看遇到什么人啦。"她说罢乐不可支,咯咯地笑个没完。

这种挑逗方式让我很尴尬。我实在无福消受她的好意。生活给每个人筑就了藩篱,不是想逃脱就能逃脱的。小露虽然遭了不少罪,但心依然善良,情也依然单纯。她一定觉得我这样的人于她无害。可也无益呀?两害相权取其轻固然不错，我确实比她曾经接触的人善良；但还有两利相权取其重呢?！她何不趁年轻漂亮，找一个志趣投合、外貌相当的年轻人呢？难道她还有难言之隐，或者想权且找一个无所觊觎的老人做伴？

我猛然想起了夏琴。夏琴自诩才女的朋友，她也曾青春靓丽，可转瞬就土崩瓦解了。虽然我没能见证，也不敢目睹她的惨状，但以她的言谈举止和最后的告别方式，我大抵可以揣度她的悲惨结局：因为过度整容而毁容，甚至祸及性命。这样的悲剧经常见诸报端，早已是公开的秘密：某某女士整容后细菌感染，最终香消玉殒。某某女孩因过度整容，导致终身瘫痪。如此等等，令人唏嘘。

不至于！我否定了自己的无端揣测。小露还年轻，何况科学突飞猛进，技术一日千里，应该是我杞人忧天了。

好在家里灯光暗淡，小露看不到我的眼神，否则她又要揣度我的揣度了，而且我的心思每次都被她猜中，一眼望去，天下聪敏伶俐者无出其右。正这么想着，小露递给我一张馍馍和一碗热水。热水是她刚才就煮好的，只是怕烫没立刻端给我。我想起了门外的两拨人，小露会意地说已经各给了一壶。她可真细心，而且做事从来不动声色。这样的眼力、心志和性情不是一般的同龄人可以随便拥有的。古人云，"艰难困苦，玉汝于成"，可她也太悲催了呀！与其这样，倒不如做个普普通通的邻家女孩。

关于她，我实在不敢多想，只祈盼她劫后余生顺风顺水、平平安安。

小露还是猜到了我的心思。她说："放心吧！我会好好的。"

"必须好好的。"我附和说。

"也不知道西山洞窟的那些人怎么样了？"她故意转移话题说。

"给他们一些时间，也许会有转机。"我说。

四

白发玉露偶相聚，
胜却世间情无数。
两情若是久长时，
又岂在朝朝暮暮。

胡大在晨光熹微中敲门进来了。他带来了西山洞窟中人的信息。他们采用口头传递方式，说准备当天中午离开小桥边，请我们大家回避。我想他们即使有纸张，也应该被几十桶桐油烧光了，故而只能退回到口传时代。

"好吧，既如此，我们就吩咐大家今天中午在家里待着，不要出门。"我对胡大等人说。

胡大嗯啊一声，旋即出去了。我和小露面面相觑，一时不知道说什么才好。咕咚一众人血气方刚，听说要饶了洞窟中人，顿时嚷嚷开了。

"那怎么行？不是放虎归山吗？"

"是啊,万一他们搬了救兵卷土重来呢?"

小露听不下去了,就出门阻止道:"别嚷嚷了,这事听长老的。事情发展到这一步,都是长老替大家祛除了祸患。这么多年了,小桥边经常闹鬼,还不是这些人躲在暗中作的祟?现在他们愿意和平离开,我们应该烧高香才是。正所谓困兽犹斗、哀兵必胜,把他们逼急了,还不知闹出什么幺蛾子来呢!弄得不好会两败俱伤的。"

咕咚他们听了觉得这话在理,也就纷纷离去了。只有胡大放心不下,他一直举着木棍在"凶宅"附近游走,以免我和小露遭遇什么不测。

小露其实也很机灵。我知道她在杂货铺还悄悄买了一把电击枪。这东西我在电影里看见过,是女孩子用来防身的好玩意儿。我知道她一直用那只受伤的手握着电击枪,就叫她放松些。"没什么了不起的,他们也不是三头六臂。再说这些年窝在祠堂里,武功早废了。"我的潜台词是翠花居然还要找老长老解馋,可见落魄到什么地步了。倘使那十八罗汉够强悍,她何至于舍本求末、舍近求远,拿个比我还糟的糟老头子聊胜于无?

这次小露好像没猜到我的心思,或者猜到了不便启齿。我朝她笑笑说:"你睡会儿吧!"

"我不!还是你睡会儿吧!"

"哎,到中午还早呢!要不我们都睡会儿?外面有胡大他们守着呢……"

"好吧!你睡床,我睡这儿。"她说。

"不行，你睡床，我趴桌子上打个盹就行。"

"不行，你睡床，我趴桌子上……"她边说边把我推到了床上，自己也顺势或者因为惯性倒在了床上，还差点儿趴我身上。

我噗嗤一声笑了出来。她也咯咯地笑个不停，但很快就站起来准备出去了。我顺手拉了她一把，叫她别走，反正和衣躺会儿，没有关系的。这回轮到她矜持了，她摇摇头说："我不想难为你，更不想强迫你。"她说罢便咯咯咯笑着出去了。

也好，这样落得清净。我居然倒下就睡着了，可能因为太困了，也可能因为翠花这块要命的石头总算落地了。

其实这块石头远没落地。我太轻敌了，也太小看翠花了！

等我被小露和胡大叫醒，已经是晌午了。"怎么样？"我本能地问道。

"他们走了，已经按照您示意的方向离开小桥边了。"胡大激动地说。

小露在一旁点头。我听了很是欣喜，但多少也有些失落。到了，终究还是没见着翠花这个今世冤家。而且事过后悔，我应该问问仨丫头的下落。现在歇菜了！

然而，小桥村沉浸在喜庆之中，人们敲锣打鼓，送瘟神似的送走了翠花他们。据说不少人从门缝里看到了十八个戴着罗汉面具的大汉簇拥着一个身材矮小的蒙面人悄然自西至东穿过村庄，走过小桥，朝东山坡去了。

"便宜他们了,连墙洞都是现成的!"胡大嘟哝说。

这使我想起了东山岗围墙的那个窟窿。得设法补上它,并且堂堂正正地开一扇大门,同时摘除所有违法乱纪的招牌。我这么想去,小露已经猜个八九不离十。她说:"慢慢善后吧,事情少不了。"

是啊,事情少不了。祠堂要重建,翠花的地下宫殿和西山洞窟得清理,否则大家心里不踏实。

两天后,祠堂重建工程正式启动。村民们前几天忙于锄奸,没顾上农活,现在得抢收抢种,否则冬天就会闹粮荒。我把胡大等少数精兵强将抽调到祠堂重建工程,其余绝大多数村民该收割的收割,该播种的播种。这里照例种两茬稻、一茬麦,田间地头和山脚下还要插种些其他作物。大家够辛苦的。大概只有冬天可以稍事休息,却也得上山砍柴。外面的世界早就普及杂交稻了,亩产翻番,用不着一年三季这么辛劳。看样子接下来还得把脱贫和现代化提到议事日程,尽快让小桥边人过上好日子。

这说来容易做时难,首先得对接外面的世界,让所属的省市承认这方"法外之地"。

小露见我陷入沉思就着急:"你别多想啊!一切慢慢来,再说你不还有官司在身吗?得谋定而行。"

"是啊,你说得对,慢慢来。"

"看来当个好长老真不容易!"小露不胜感慨。

我苦笑着摇摇头,心想还不是中了翠花的阴谋诡计,一辈子被她玩弄于股掌之中,最后还轻易放了她。这还有天理吗?

"你这是以德报怨。人在做,天在看,最终会有福报的。"

"你别安慰我了,都这把年纪了,还福报个啥呀?"

"人说了,少年苦不算苦,老来苦那才真叫苦。你会有后福的,相信我!"她故意眯着眼睛逗我笑。

"好吧,相信你。"

"说得太不坚定了。"

"相信你!"

"这还差不多。知道吗?你有我呀!"她咯咯咯笑个不停。

但我知道她是认真的。被围在这个集中营似的"世外桃源",我们也算是难友。

"还是忘年交嘞!"

"好吧,还是忘年交!"

五

> 离歌似将阕服穿,
> 一曲不再衷肠断。
> 人间自古多情痴,
> 不关风月真玩完。

等胡大他们清理了祠堂表面的瓦砾和残垣断壁、焦木炭灰，我想到翠花的地宫去探个究竟。这也是大家期待已久的。为了不至于重新点燃残余的桐油，我和小露一前一后，用手机电筒小心翼翼地下了长长的台阶，然后拐了好几个弯，来到一个被桐油浸染的大厅。可能因为缺乏足够的氧气，大量桐油没有燃尽。我们战战兢兢地走过腻滑的油地，来到一个宫殿似的去处。那里有宝座，有太师椅。后者整齐地摆放在宝座两侧，大约有二十来把，和相应的茶几。茶几上面有一些干粮和果脯，大概是没来得及都拿走吧。由于地上也浸淫着桐油，因此翠花等人肯定是从这里仓皇逃走的。在宫殿一旁，我们发现了一个不小的仓库，里面有不少干粮和水桶，也许还有酒桶。我们没有来得及仔细翻检那些干粮和水桶，就忍着浓重的桐油和焦煳味儿，沿着较为狭窄的甬道继续朝前走去。约莫走了十几分钟，甬道出现了一个不规则地道。我们放弃不规则地道，继续顺甬道前行。我想，那个不规则地道一定是通往老树窟窿的，因为也残留着一些桐油和桐油燃烧的焦煳味儿。不一会儿，台阶开始往上延伸，估计是通往西山洞窟的。果不其然，很快台阶越来越陡，我们慢慢地看到了一丝光亮。应该快到洞窟出口了。在临近出口的地方，有个巨大的洞穴，很像古老的溶洞。到处是钟乳石和滴水的地方。可见这里不缺水，确是个藏匿的好地方。我们顺利地到达洞口，那里有一扇巨大的石门。掩饰洞口的藤蔓像帷幕和水帘一样耷拉下来。我们关掉手机，然后大家长吁了一口气。

发现地宫和干粮仓库的消息迅速传遍了小桥边。人们再次敲起锣打起鼓，这次是为了欢庆胜利，鼓点明显比上一次欢快了许多。

为了给大伙儿助兴，小露用她的手机和微弱的信号在小桥上给大家看外面的世界。人们奔走相告，惊喜之情溢于言表。我提醒小露省点电，后面还用得着。小露明白，她向大伙儿保证，以后一定让小桥边人亲眼看到外面的世界、亲身经历外面的生活。

欢庆告一段落，重建和农耕生产须加紧进行。为了调动大家的积极性，我表示今后不会住在祠堂里。祠堂属于大家，是大家协商大事、游玩小憩的地方。我会一直住在"凶宅"，和大家同甘共苦。

这自然引发了骚动。村民们不同意我的想法，他们希望我一如既往地坐镇祠堂，给小桥边带来更多的喜讯、更大的福祉。

小露得意地朝我看看，心想这可由不得你。她的心思我也猜得着！

"心有灵犀吧？"她悄声对我说。

"反了，我想住在老地方，而且是由衷的。"

"对呀，我知道呀！所以嘛，要你顺从民意！"

"不理你了！"

"哈哈，原来你也会耍小孩子脾气！"

"我这是老人脾气！"

"小孩脾气！"

我只能选择噤声,不跟她一般计较。她哼着小曲,开心极了,好像天上掉馅饼、地上长元宝似的。

"嗨啦啦啦啦,嗨啦啦啦啦,天空出彩霞呀,地上开红花呀……"

她居然会唱这首歌,太意外了!不过也没什么可奇怪的,好歌是跨世纪、跨代际的。我小时候就爱唱这些歌。也许小露在故意勾起我的童年记忆。

"不错,我喜欢你耍小孩子脾气!你本来就不老,干吗要装得老气横秋的?不好玩!"她噘着小嘴,说个没完。

我趁机溜走了,穿过人群,一路朝祠堂走去。小露一时找不到我,就一个劲儿地踮起脚来四处张望。孩子们围着她,求着她开手机。她没辙,说这东西费电,"懂吗?费电!"可孩子们哪里知道电是什么玩意儿,仍不依不饶地围绕着她,直到胡大等人前来替她解围。

"小露姑娘,这东西不能让孩子们看,看了会做美梦的。"胡大对小露说。

"做美梦好啊!可惜我得省着用电,不然这东东就看不了了。"

胡大知道我在祠堂工地上打转转,就带着小露追了上来。那祠堂当初看上去挺恢宏的,没想到这地基就这么大一点。胡大说,想造大一点,就得往后扩一扩。我说没必要,这么大可以了,今后不用那么多厢房,倒是应该建个会场。若有事商量,大伙儿都能装得下。

"哈哈,看来你要建大会堂啊!"小露善意地调侃着。

"不行吗?"

"好啊,我举双手赞成!"她就是这么顽皮。

"再说吧!"

我转而问胡大木材和砖坯够不够。胡大说够:"我还把能用的钉子和铰链都收集起来了,估计增加不了多少零件。"

"这样就好,我们慢慢来,先尽着生产。"我说。

"真是操不完的心!"小露在一旁嘀咕。

胡大被逗乐了,对小露说:"是啊,我们得心疼长老!"

好一个一语双关,顿时把小露说红了脸。

我想胡大是无意识的,而且是由衷的,没想到言者无心,闻者有意。我偷偷地拿余光瞄着小露,见她涨红了脸,便既高兴又怜惜。哎,没办法,谁叫她这么可爱呢?!她肯定在心里嘀咕:"哼,你们欺负人!"

接下来,我们就一起朝"凶宅"走去。小露说该吃饭了。我说好像还不饿。她又说非得等饿了才吃吗,那样不好,易伤胃的。

"好吧,那我们先吃饭,后谈工作。"我说。

胡大说他也该回家了,末了还不忘提醒我们多吃点,别凑合。

"好嘞,放心吧您呢!"小露这下开心了。

"你这北京腔啥时候学的?"

"从小学的呀,我在上海读幼儿园,在北京读小学,后来就到处读生活、读世界啦。"

"我们吃啥呢?"我故意打岔说,不想让她陷入回忆。

"咕咚上午送了两条鱼过来,我给你做红烧鱼吧!"她说。

"好嘞,我打下手。"

"哈哈,做鱼最难的就是打下手,因为要杀,要去鳞,还要剖肚子,咦,太麻烦了。"

"我在行,放心吧!"

"一言为定!"小露灿烂的微笑恰好对应了殷红的晚霞。

六

> 雨后碧天蓝如青,
> 夏日草绿水更甚。
> 焉知人在情犹在,
> 怅望岭内唏嘘声。

晚饭略过。余言不赘。

当晚有雷阵雨。我心里依然惦记着翠花,一半是怜悯,一半是懊悔。怜悯不必说,她从不可一世的辉煌之巅跌入被人唾弃的深渊,不可谓不悲催。至于懊悔,那是我自己居然忘了向她打听佞丫头的下落。好在我放了她一马,她不至于再为难她们。

慎重起见,我给小朝发了个短信,告诉她大师还活着,现在已经离开小桥边,正朝东南方向迁徙,叫她务必关注。小朝很快回信了,她说那笃定不是大师。大师早在几年前就升天了。

这就怪了。我明明看到了翠花的漆封信札,可惜它们大部分被焚毁了。我也明明看见她跟十八罗汉在一起。何况小露还窥见过她与老长老的苟且。但这些都不便直言。我只能告诉她,大师绝对活着,只不过不想示人罢了。可小朝就是不信。她言之凿凿,非说她妈已经去了天堂,殊不知天堂就是小桥边,小桥边就是天堂。遗憾的是如今翠花的天堂被我毁了。这是她罪有应得!

没办法,小朝不信,我无非是对牛弹琴。

我发短信,包括给谁发短信,小露都看在眼里。她冰雪聪明的小脑袋瓜儿灵机一动,说:"咱不如把一切告诉我养父吧!"

"对啊!希望他们在外面策应一下。"

"你有他手机号不?我来发个信息,给他一个惊喜!"

"好啊,我这就给你!"

就这么说定了。小露一连给小关发了好几个短信。我想他们父女很久没见面了,一定有很多话要说。可小露忽然放下手机,顷刻陷入了犹疑。她说不知道该说些啥。

"就说你现在跟我在一起。算了,这不重要。就说你现在很好,只是担心大师在外面作祟,叫他和老白千万小心。还有，小朝不可信，得跟她保持距离。我就怕你养父太轻信小朝，会坏了大事。"我说。

"这个不碍事，我告诉他曾经遭受的虐待和蹂躏，他就明白了。"

"尽量委婉一点，否则以他的脾气，非一刀砍了小朝不可。但那样会酿成大祸。我们当下的首要任务是阻止翠花继续祸害苍生。"

"我最担心的是他们杀个回马枪，打我们个措手不及。那就前功尽弃了！"

"暂时不至于，她一时半会儿纠集不了那么多人。再说那十八罗汉也早就变成了银样镴枪头。"

我和小露正这么说着，胡大跑来了。他说东南山岗上着火了。我们马上出门观望，发现山火正顺着东南风朝下坡燃烧。这肯定是有人蓄意纵火。

"一定是他们！"胡大说。

看这情形，我们只能坐以待毙，完全束手无策。山火是从东南围墙内燃起的，这显然是想借着东南风火烧小桥边。即使烧不到小桥边，也会严重破坏这里的生态，而且有可能马上暴露"世外桃源"。

果然，很快有飞机在空中洒水灭火。与此同时，一大批消防队员越过围墙，进了"世外桃源"。

全村人聚集在祠堂地基上，眼睁睁看着火焰和灭火队伍纠缠在一起。洒水飞机往返了好几次，村人大多第一次见识没有螺旋桨的飞机。过去他们管直升机叫风车，却完全不理解不动翅膀的铁箱子也会飞来飞去、到处洒水。

我知道情况不妙。翠花这是破罐子破摔了。她自己放弃了"世外桃源",也不让小桥边的几千父老乡亲继续过与世无争的生活。太可恶了!简直无耻之尤!

"对敌人的仁慈果然是对自己的残忍!过去我还对此不以为然,现在看来真不能当东郭先生!"小露感慨说。

"真没想到翠花这么歹毒!"我不禁感慨万千。

想想这么多年来,她开夜总会坑害无辜少女、装神弄鬼到处骗钱骗色,简直大逆不道、无情无义、十恶不赦。"都怪我,太仁慈,结果坑害了大家!"我黯然泪下。

"你千万别自责!遇到恶人了,躲都躲不掉。"小露宽慰说。

"接下来我们该怎么办?"胡大在一旁问道。

我转身看他,发现全村老小都聚集在祠堂周围。小桥上也站满了人。为了安抚人心,我对大伙儿说:"这山火很可能是贼人有意纵下了,大家不必担心。等山火熄火了,我们再从长计议。也许当务之急是尽快融入外面的世界……"

"是啊,大家不要担心,有长老在,一切困难都会迎刃而解。眼看山火就要熄灭了,大家先回去休息吧!这里有我们盯着。"小露补充道。

大家听了,纷纷散去。只有胡大和当初一起随我外出探险的几个小伙子留在原地没动。我劝他们也早点回去休息,养足精神,以防万一。他们犹疑地慢慢离去,我和小露、胡大继续在小桥边观察火势。火焰慢慢熄灭,消防队好像也鸣金收兵了。但东南山岗上的围墙肯定千疮百孔不成样子了。

"世外桃源"从此不再是方外之地。我们急需同周围行政机关取得联系,而最佳联络人非小露莫属。一是她有身份证,二是她没有前科,只要向有关方面说明翠花的胡作非为,一定可以得到政府的宽宥。小桥边也就可以从目前的刀耕火种一步进入小康社会。何乐而不为呢?

人总得面对现实。而自我安慰是人生最大的润滑剂。没有它,多少人都会觉得生不如死。

小露赞成我的想法,认为这是改变现状、防止翠花卷土重来的唯一正确选择。她说干就干,第二天就要出发。我说不着急,先让我准备一下。于是,我写了一封万言书,其中除了罗列如是大师的种种劣迹,还举证了她如何装神弄鬼、擅用军事基地名义绑架数千人于"法外之地",等等。诸如此类,可谓罄竹难书。

我同时将老白和小关作为证人写入万言书,并表示自己随时听候政府发落,为民除害,万死不辞。同时,为保小露平安抵达邻近政府机关,我和胡大组织了数十精兵强将。铁匠们连夜制作了大刀长矛,如此一来,即使同翠花他们狭路相逢,也能杀出一条血路来。

两天后,我们依计出发。三十来人组成的队伍意气风发,在村民的尾随和护送下浩浩荡荡前行。除了武器,我们还带了六面铜锣,十个哨子,准备与妖魔鬼怪一决高下。自火烧地宫以来，小桥边一扫迷信之风，变得理性朴实、无惧无畏。

小露的右手已完全康复。她今天格外英姿飒爽，不由得让我想起了铁姑娘时代的那个翠花。我无如地摇摇头，喟叹沧海桑田、世事沉浮。

"我一定不辱使命，你就等着好消息吧！"

"我相信！"我说，"我们会隐蔽在适当的地方耐心等候你胜利归来。"

为避免与翠花及其麾下遭遇，我们这次选择了跨越北山岗，然后从北向东迂回。路上很顺利，既没有遭遇翠花等一众贼寇，也没有别的什么意外发生。三天两夜后，我们抵达预定目的地，在距离那片别墅不远的山腰上驻扎下来。我和胡大陪着小露绕过别墅区，进入城市。我们在一家杂货店买了防疫口罩，然后直奔政府机关。

那是个称作宁州镇的小城，隶属江西九江修水县，毗邻湖北湖南。小露在镇政府门前迟疑了一会儿，大概是在回忆我的计议。其实她大可随机应变，"世外桃源"就在那里，数千村民也在那里。只要政府派人去看一看，一切也就昭然若揭了。

然而，这也许意味着我和小露的永诀。

尾 声

小露平安进入政府大楼。

这时,我的心悬起来了。我知道这是无奈的抉择。它意味着我要重新开始亡命天涯。我是从精神病院逃出来的,要么老老实实回到精神病院,要么东躲西藏过暗无天日的晚年。迄今为止,老白是清白的,小关的处境与我相仿。我已经给小关发了信息,叫他准备一份关于翠花为非作歹的详细控告材料,一式两份,一份寄给修水县人民政府,另一份寄给最高检,然后逃离石头家,伺机与我会合。

小关一定会照办的。我对此确信无疑。这样一来,翠花的精神帝国也将土崩瓦解。在我看来,十来年的反腐倡廉已经使她羽翼荡然无存,她最后的精神支柱也将随着小关和小露的告发烟消云散。等待她的是法律的审判和道德的谴责。

我和胡大等人在半山腰边休整,边等候。胡大带了不少吃的,有些是从翠花地宫仓库攫取的,有果脯,也有饼干，还有牛肉罐头。他们吃得很香，唯独我一点胃口也没有。我忧心忡忡，觉得这辈子就这样完结了，无论于公于私，没有功劳，只有苦劳。最好的结果便是像吴大妈那样把自己装进冰柜，一了百了。

胡大把一个牛肉罐头塞到我的手里。我说："你们吃吧，我不饿。"

"人是铁，饭是钢，不吃咋行？您还是吃一点吧！"胡大坚持说。

好吧，我先拿下罐头吃了几口，也算不辜负他们的一番好意。他们见我吃东西，都很欣慰。咕咚没话找话，说："以后我们就可以跟这外面的世界常来常往了。"

可不！他们一无所有，除了每家一个土坯小宅院，一年劳碌，也只能勉强填饱肚子。关键是与世隔绝，失去了共享国家和人类文明成果的机会。这是极大的不公。就凭这一点，她翠花难道不应该引咎责躬吗？

大概不到一小时，小露就带着几个民警朝我们的营地走来。审慎起见，我让胡大暂时代替长老职责，让他协助小露把一干民警带回小桥边。胡大很是犹豫，但知道这一决定肯定有我的深意，就答应了。我悄悄离开队伍，远远地望着小露和几个荷枪实弹的民警与胡大等人会合。

"长老呢？"小露问胡大。

"他有事先走了，叫我协助你。"胡大说。

小露何等聪敏，她肉眼一转，顾盼生辉中带着惆怅。我躲在树丛后看得一清二楚。好在她天生一双笑眼，即使有些怅然也难以改变其令人信服的坚毅。她环顾四周，算是在向我告别，然后带着众人踏上了归途。这次他们直接向西，不再担心遭遇翠花之流。

我目送着他们。小露不住地回望，胡大等人也是如此。这使我心如刀绞。我没有办法，"请相信我，你们一切都会好的。至于我，不入地狱，谁入地狱？"我极目向西，直至他们完全消失在丛林之中。

为了尽快与小关会合，我给他发了若干信息。可等来的却是杳无音信。这使我十分忧心，我于是又给老白发信息，希望他告知小关的情况。老白也没有回音。我心急如焚。

一

按下小露和小桥边人不表。我先说说当天夜里在修水的遭遇。我凭着身份证号码，谎称证件遗失，好不容易在一家小客栈住了下来。客栈服务员照例查了健康宝，然后让我交了两百元押金。我身上有足足两万元，这是小露出发时塞给我的。当时她要把一大摞钱塞给我，被我谢绝了。她生气了，说我太见外。我不好再谦让，就答应先收下两万。她好像有些预感，觉得我可能会不辞而别。

老白和小关大概率被小朝控制了。我又到了孤军奋战的时候。没什么了不起的，最坏的结果是自我了断或孤老而终。人生想过了，活过了，爱过了，写过了，也没什么可遗憾的了。孩子们应该儿孙绕膝，过得不错吧！虽然没啥自由，但生存是第一需要。俗话说，好死不如赖活着。况且胡大他们称赞孩子们过得不错，还曾摆擂台招亲呢。不错！对小露也没什么可担心的，她吃过苦，耐得寂寞，机灵鬼一个，如今有胡大等一干村民保护，没人能把她怎么样！至于小桥边，马上可以融入世界，擢升为名副其实的小康社会。过不了多久，盘山公路或盾构机就可以直接打通山丘，将小桥边和世界连接在一起。村民们不知道会有高兴呢！胡大和村里的年轻人可以到城里工作，老王他们留守翻修一新的小桥边村。那时候它就不是村，而是镇了，甚至可能因为旅游业的兴隆变成远近闻名的模范市……孩子们带着她们的孩子和孩子的孩子一定会回到那里过上幸福的生活。我想我差不多可以瞑目了，而且见到石头、木棒的在天之灵也有个交代了。

  这时，我隐约看见翠花朝我走来。她哂笑着说："总算见面了！还认得我吗？"我说："你变成灰我也认识！"灯光黯淡，加上我连日劳累，有些眼花缭乱。她慢慢走近我，我本能地后退了一步。她说："怕什么？我又不会吃了你！"

  是啊，她再十恶不赦，也不至于吃了我。再说我一把老骨头，有啥好吃的，就像村民们曾经传诵的赤发鬼，还不是被又干又瘦的"凶宅"主妇给降服了？

  "你想啥？"翠花问道。

"我想起了赤发鬼。"我实话实说。

"哦,那个赤发鬼?他们真可恶,把我苦心孤诣想出来的故事诌成了这个模样!"

"故事不怎么样。坯子有问题,怎么演绎都成不了气候!"

"谁说的?"

"我刚刚说的。"

"你说了不算!"

她说话间就依偎了过来。我被逼到了墙角。我发现她干洋李似的身体在慢慢发生窑变,仿佛打了传说中的玻尿酸。皱纹被渐渐抹去,她又变得青春焕发了。

"我不是在做梦吧?"我心里这么想。

"人生如梦。"她说。

"那也不能梦成你这个样子!你知道多少人因为你家破人亡、倾家荡产、妻离子散、不得善终吗?"

"知不道!"

"这不是你的话!"

"近朱者赤,近墨者黑,我跟关飞阳学的,哈哈哈!"

"你又把关飞阳弄哪儿去了?"

"他呀,跟小朝跑了,过得开心着呢!"

"你胡说!"

"好了,不说他们了。今天你我得有个了

结……"

"怎么了结?"

她立即饿狼似的扑过来,将我按在床脚上,两下三下撕掉我的衣服,把我浑身上下亲了个遍。我想反抗,却一点儿力气都没有,仿佛小时候做梦,关键时刻总是迈不开腿、举不起手。就这样,她活像一条母狗,把我舔舐得浑身痒痒。渐渐地,我失去了知觉,成了她的猎物。一丁点风花雪月都没有。

当我从梦中惊醒,身上果然一丝不挂。可能是天太热,也可能我有点发烧,神志不清。身下一片湿乎乎的。我摸了摸屁股,并闻到了血腥味儿。可能是痔疮出血,也可能真的被肮脏的鬣狗舔舐了一番。屁股疼得厉害。

关键是褥子都浸湿了,血糊糊的。

我起身冲了个澡。下身还在滴血。看来得买点膏药止血。

冲完澡,我用卫生纸塞住出口,然后准备穿上衣服下去用早餐,却发现内衣裤早被我撕了个稀巴烂。没法子,我只能穿上长裤,套上衬衫。客栈包早餐,可是我一点胃口也没有。一晚上的噩梦把我恶心得直想呕吐。可能真有热度,这会儿脑袋昏昏沉沉的。因此,我直接下了楼,问服务员附近哪里有药店。服务员很紧张,说我是不是传染上新冠了。我说不会的,我昨天一直戴口罩来着,而且小桥边没有疫情。她说保不齐路上交叉感染了,叫我赶快到

335

附近去测核酸，没有核酸阴性证明不许回来。

这下可糟了！

二

我想先去药店买退烧药和止血药。结果药店也问我要核酸证明。我说自己没有传染新冠，只是有点着凉或者隐私部位细菌感染。医生一副公事公办的架势，没有任何商量的余地。我实在没办法了，就转过身去，褪下裤子给她看。她大叫一声："不许耍流氓！"喊声惊动了保安，他们一上来就将我按在了地上。我曾经自诩练过几把式，有过两下子，不承想如此老不中用矣。这时，一大堆浸满鲜血的手纸滚到了地上。那个咋呼的女医生其实是个色厉而内荏的中年护士。她看见我下身不住地滴血，就动了恻隐之心，连声对我说对不起。保安们见状也面有愧色。于是，我无意中"卖色"得到了想要的退烧药和止血药。后者是老掉牙的马应龙痔疮膏，顺便在此替隐忍者做个隐性广告。

为此，我自报家门，把身份证号、手机号等统统报给药店登记在册。药店不小，连同两个保安，足有十来个工作人员。他们都劝我尽快到附近做个核酸。我向他们保证，这就去，立刻去。

那个中年护士生怕我有个三长两短，一直在向我赔礼道歉。我朝她摆摆手说，不碍事，死不了。如此狼狈不堪这辈子还是头一遭。好在人活一生，凡事总有第一次，而我这辈子最可欣慰的是糗事错事不做第二回。这是原则。

我来到距离客栈最近的核酸检测点。义工帮我捣腾了好一阵子，才设好健康宝。曾几何时，疫情暴发，我猜想又是鬼子作祟，譬如"非典"之类。不承想这一波一拖就是好几年，也许人类因此改变也未可知。太可恶了！

核酸做完了，说下午两点就有结果。我盘算着怎么打发漫长的上午。我想起了广场舞大妈，想起了龚大妈、穆大妈她们。也不知道她们怎么样了。从广场舞到剧本杀，她们一步迈进了后现代之后。早知绑架小朝后，换成了小露执掌体验馆，真应该把前者给做了。现在可好，养虎为患，非但害了老白和小关，连我自己也不得善终。

一想到小露总有许多的不忍和怜惜。都说人脸是心灵的外化，瞎扯！两个一模一样的女子，内心却别如天壤。何啻两个？应该是三个或者四个，甚至更多。我聊以自慰的是最终将翠花及其死党逼出了小桥边。他们现在一定成了落魄的孤魂野鬼。不过我转而又想，所谓瘦死骆驼比马大，也许她尾大不掉、别有天地呢？这是完全有可能的！但眼下我已经完全不能奈她若何，只好祈祷她早点寿终正寝、不再祸害苍生。

照小露看来，她已经老得脱相，应该来日无多矣。我也一样，若能侥幸多活几年，也是为了见证她翠花是如何撒手人寰的。别的都不重要了。在她之后哪怕洪水滔滔！可转而一想，还有孩子们呢！以及小露和小桥边的父老乡亲！我想这便是人类繁衍的未来主义，不为传宗接代，但求生生不息、岁月静好！

人百无聊赖的时候就爱胡思乱想。我一边溜达在宽阔热闹的人行道，一边遐想着未来，就像我的那些喜欢畅想和抒怀的作家朋友。吃了药，热度下去了；用了药，不再滴血了。我忽然又觉得一阵神清气爽，并由此及彼想到了小露。她总是那么精气神十足，连呼吸都是清新脱俗的。唾液还略带甜味。我后悔没有好好吻她！

都怪翠花这个十恶不赦的女魔头！倘使不是她把我的生活撕扯得支离破碎，我也许可以在事业上有所成就，也许可以为国为民有所作为，还可以儿孙满堂。这会儿应该含饴弄孙，颐养天年，优哉游哉。而今消灭她成了我唯一可以期许的人生业绩。至少让社会少一个装神弄鬼的迷信之源。人类文明浩荡，没想到被她一个胸无点墨的所谓大仙捅了个窟窿。

我的心绪车辘轳似的转着。不知道你有没有这样的时候。一点愤懑，两点悔恨，外加三丝无聊，四丝悲悯。

倏忽过去了两三个小时。我觉得肚子饿了，就顺着飘溢的包子味儿走去。卖家在吆喝："新出笼的包子，鲜肉包子！"我对伙计说："请给我来一屉。"他说好嘞："三十元一屉。"我付了钱，然后大口大口地吃了起来。伙计见我吃得很香，活像个托，就赏了我一碗稀粥。我于是站在路边狼吞虎咽，三下五除二吃个精光，喝个满饱，然后朝伙计挥挥手，扬长而去。可是，没走多远，这肚子就开始翻江倒海。可能是吃得太急了，也可能是刚刚发过烧，总之是要一泻千里或者狂吐不止。我赶紧找个公厕，直奔马桶。厕所很干净，有专人打扫。这是近年政府所做的大好事之一。厕所革命立见成效，独独那个球一点儿没有起色。是的，那个球！看来得等高俅那厮还魂了！

言多必失。言多必失。就此打住！

话说我在厕所里既一泻千里，又狂吐不止。好在是蹲坑，可以双管齐下。

待我出得厕所，反而更轻松了。说怪也不怪，身上的瘴气邪气都随着食物吐了个干净。看厕所的半老哥们是个好心人，他问我："您没事儿吧？"我说："没事儿！一点小恙，谢谢关心！"他笑笑说："是老样吧？"我说："是啊，是啊！老样儿！您辛苦了！"他说："不辛苦，为人民服务。"我听到这里，不禁朝他竖起了大拇指："劳动光荣！劳动者最光荣！"

我曾经对寥寥无几的学生说，作为知识分子，最要尊重的就是那些默默无闻的工人农民。而这种尊重是衡量我等善良程度的最好标尺。从本科生、硕士生到博士生，我脑海里又闪过了他们年轻的身影。我想念他们，愿他们安好如意！我可能记不得所有学生的姓名，但记得他们的音容笑貌。有时可能是他们的一句话，或者一个青涩而会心的微笑。

同时，我也会想起许多同学和同事，还有一些几乎擦肩而过却留下或深或浅各色印记的亲友。他们一向可曾安好？即或命途多舛，我也希望他们未来可期！这样的记忆大抵是温暖的，可以弥补人生的阙如。无聊的时候，身边的战友和敌人反而淡出了脑际。那些温馨的记忆从心底浮起。它们像深海的浮游动物，于无声处发出了令人欣慰的电波，然后量子纠缠般发散。我想起了北京、上海、广州、深圳书吧的年轻人，想起了哈瓦那邂逅的学生，想起了西班牙偶遇的同行，想起了柏林街头吃肘子的侨胞，想起了巴黎凯旋门附近步履匆匆疯狂购物的同胞……

记忆中充满了微笑。多美的微笑！这应该才是生活的本色：善意地向一切微笑，哪怕遭遇困顿和不幸。反正眼泪改变不了一切，微笑至少可以弥合创伤！

三

当然，用小露的话说，有时候哭泣也是一种释放和缓解。好吧！小露他们已经快到小桥边了。她发来一个信息，问我是否安好。我说一切都好。"就没别的了？"她反问道。"自然有啊，想你，想过去！"我回答说。"这还差不多！"她开心了。可我又陷入了孤寂和忧伤。我想他们已经到达第二个山岗了，傍晚可以到达小溪边。快的话，他们明天晌午就可以回到小桥边了。

小露说那几个随行的民警不错，他们很快同胡大和小伙子们打成一片了。只不过彼此还有不少语言隔阂。这我理解，小桥边人的口音有些特殊，很像南北杂交的杭州官话。我不停地祝福小露和小桥边人，祈愿他们得到幸福。小露也一个劲儿地嘱咐我一定要好好的，等着她来找我。患难之交大概就是这个意思。

到了下午两点左右，我的手机果然变成绿码。这说明我可以大大方方、坦坦荡荡地回旅店休息了，至少可以好好睡个午觉。哦，午觉，多么奢侈的字眼。我大概这辈子没正经睡过几次午觉。

旅店的服务员见我回来，第一件事就是检查健康码。我很自信地给了她满意的结果。她笑笑说："这是规定，请您理解。"我说很理解。"理解万岁！"她问我是否吃过中饭，我说吃了，又吐了。她建议我到餐厅要一碗小米粥，好好养养胃。我说谢了。她又提醒我说："刚才打扫房间，发现被褥上全是血迹……"我说很抱歉，"一定照价赔偿。"她说不碍事，褥子旧了，本来早就要换新的，这次正好一并换了。"如果需要的话，我可以给您一些旧毛巾，您晚上垫在身下。"

"不用了，我已经有药了。"我诚恳地表示了谢意。虽然这位女士早上说话挺凶悍的，却也是个刀子嘴豆腐心。

"您是外地人吧？来旅游的？现在可不太安全，您瞧这疫情搞的……"她说。

"是外地人，偶然路过，没心思观光……"我说。

"我们旅馆有棋牌室，您要是闷了，可以去下下棋、打打牌。"她说。

"好的，多谢啦！"我说。

我哪有心思下棋打牌，这辈子都没有心思。小时倒是学过，什么象棋啦，百分上游啦，可转眼已经是六十多年前的事儿了。后来就没再碰过，仿佛时间都被生活的黑洞吞噬了，有去无回。

女士见我沉默了，就又好心劝我去喝小米粥。她说旅馆的小米粥远近闻名，没人不夸的。

"好吧，我这就去。在几层呢？"我说。

"就在二层餐厅。"她说。

我对她说了声拜拜，就径直从楼梯上二层了。果然餐厅还开着。我要了一碗远近驰名的小米粥和一个咸鸭蛋。邻桌两个情侣模样的年轻人在大声喧哗。可能小酌了几杯，也可能吃得太多需要宣泄。他们点了满满一桌子菜，鸡鸭鱼肉几乎样样齐全。真是少年不知愁滋味，完全没有节约和节制的概念。不过很多年轻人并非如此，即使流行光盘运动之前，大多数年轻人也还是很有分寸、很注意公德的。我很快喝完粥离开了餐厅，身后传来了两个年轻人的吵架声。真是吃饱撑的！都说现在的年轻人压力大，可又有哪一代是轻轻松松过来的呢？出类拔萃的永远是极少数，大多数都被卷作芸芸众生了。这倒不是说众生不好，而是说人才难得。除了天分，勤劳和坚毅决定了前途，善良和品德决定了高度。

又走神了！我其实一直期待着老白和小关能回个短信。可他们如时间分分秒秒地无声无息。我基本确定他们被小朝或者翠花控制，甚至灭口了。尤其是小关，他可是翠花大多数罪恶的人证。也许他还掌握着不少物证。反正他是翠花的一个死穴。只要他活着，翠花的累累罪行就总有一天会大白于天下。

小露倒是一直在给我发信息。她在离开政府大楼时顺手买了好几台充电器。够她挥霍一阵子的。不过做人得讲良心，她主要是为了和我保持联系。若非有民警和胡大他们在身边，她一准会给我打电话。

我回到房间，簇新的褥子和床单散发着阳光的气息，令人心旷神怡。我感谢那位刀子嘴豆腐心的女士，也感谢生活的任何一丝一缕的美好和温情。我想微笑是最好的报答。我微笑，也希望大家多一些微笑。曾几何时，我异想天开，撰文倡导大家每天给自己、给家人、给所有人一个微笑，让微笑像鲜花一样绽放，永不凋谢。想法固然好，却有些天真。就像某老大爷接受媒体采访被问及是否幸福那样，可能恰好碰到了他的某个痛处或痛时。他说他姓张，一辈子不姓傅。

诚然，烦恼无处不在，唯其如此，我们才更需要微笑。小露的最大优点就是爱笑。微笑或笑声是她自我疗伤和娱人慰人的最好武器。不过她也看对象，我从未见她对老长老有过微笑。用她的话说，不做东郭先生。

我和衣躺在床上，想起了那天小露一不留神跟我滚到了一起。那是个美丽记忆，但注定会成为不堪回首的往事。我素来理性，不相信天上掉馅饼的好事，而且小露早晚会有自己的归宿、自己的生活。只要翠花和小朝她们不再伤害她,她应该有,也必定会有自己的幸福。如此想法让我略感心里有醋意泛起,但很快理智又稀释了其中酸醋味儿,留下的唯有祝福。

思念中听到有人敲门。我起身开门:是前台那位女士。她送来了一盆水果和一把老式热水瓶。后者让我想起了知青岁月,我已经很久没有看到这种热水瓶。我对她表示感谢,她笑吟吟地说了声不客气。"我很少见到您这么有内涵的人。您是教授吧?"她说。

"算是吧!"我本想谦虚一下,结果话到嘴边,也就随它出溜了。

"教授就是不一样,看着舒服。"

我摇摇头,对她说:"教授也分三六九等。倒不是说学问高低,而人品德行大相径庭。"

她张大了嘴巴:"原来跟我们这行一样啊!别看这服务行业,也是林子大了什么鸟都有。"

我们一个门里一个门外,闲聊了好一会儿,直到床上的手机叮叮咚咚地响了起来。

"您忙吧,我先走了,有事随时招呼。"她礼貌地离开了。

我朝她背影连说了几声谢谢。回过头来接电话,发现是小露打来的。她说有个民警脚崴了,他们准备在山岗上歇一晚再走。胡大替民警做了绑腿,也许明天就可以慢慢下山了。"旅馆条件怎么样啊?吃住习惯吗?千万别凑合啊！告诉你一个秘密，我有存款，够我们花的。"她就像老媳妇一样絮叨起来。我叫她省点电，再说手机充值也不那么方便。她娇嗔地说我一点都不想她。这让我一时语塞。说想她吧，会激发她的情愫；说不想吧，既不真实，也不礼貌，甚至还有欲擒故纵的嫌疑。好难啊！麻烦！

见我停顿了一会儿，她却说："跟你开玩笑的，我知道你会想我哒！晚上记得早点休息啊！这会儿他们正忙着布置营地，我悄悄跑到一边给你打个电话。虽然听不见我说什么，但胡大他们显然很惊讶。哈哈，好玩吧？"

"你赶紧关了手机，等到了小桥边再告诉我结果。"

"好的，放心吧！"

我想小桥边人看见民警一定很好奇。他们会看西洋景一样，围着他们问这问那，就像前些日子围观小露的手机。

四

小露那边一切顺遂。民警们拍下了小桥边村的户籍本和一小册可怜兮兮的村志。后者的一多半篇幅是颂扬如是大师的，说她如何貌若观音，形似圣母；如何自天而降，救民于水火；如何长生不老，万寿无疆……

小露将这一切说得仔仔细细、清清楚楚，让我起了几身鸡皮疙瘩。我告诉小露，这个如是大师让我想起了《搜神后记》当中的那个女鬼，她可能死了很多年了，来到世上只为祸害我等一众傻人。

"你还记得祠堂后院床下的那只绣花鞋吗?倒很像杜丽娘留下的,而且恰好也是一只。"小露若有所思。

"别相信这些鬼故事。它们不是迷信,便是用来骗人眼泪的凄凄惨惨戚戚。"我对她说。

"可故事挺动人的,我倒是希望自己是你前世的什么人……"

我岔开话题,告诉她老白和她养父都失联了。我将自己的怀疑也一股脑儿和盘托出,叫她千万当心。以目前的情形看,翠花大概率还活着,小朝也依然在她的掌控之中。我们几个男人太大意,以至于自投罗网,被她们逮个正着。好在我还有一线生机,这意味着我尚可一搏,但前提是小露和小桥边人必须给予支持。

小露说她会义无反顾地支持我,小桥边人也一样。后者亲历了"凶宅"和祠堂鬼怪的闹剧,并目睹了外面的世界,已经不再相信如是大师改天换地和创造"世外桃源"的神话。

"我只关心你现在的处境,别的都无所谓。"小露说。

"我目前一切安好。只要小桥边人能融入社会、过上正常的生活,我也就放心了。何况这会给如是帝国敲响最后的丧钟,让所有鬼神无处遁形。"我颇有些慷慨激昂。

"这需要时间。我目前最担心的是你。"她说。

"我没问题。都七老八十的人了,虽然不能像文天祥那样留取丹心照汗青,至少也对得起自己的良心了。"

"我不许你这么说。你要好好的,留得青山在,不怕没柴烧。我们一定还会见面!"她的嗓音有些嘶哑,大概是因为太激动了。

我不想沉溺于儿女情长,再说我没有那个资本,也不相信一时心血来潮的山盟海誓和相见时难别亦难的缠绵悱恻。所谓无欲则刚,人间的一切苦恼都是因为欲求。无论多么纯真的爱情,面对权色名利都不堪一击。俗话说得好,相爱容易相处难。压倒伟大爱情的往往是柴米油盐酱醋茶,或者无聊的云想衣裳花想容、春风拂槛露华浓。

可小露不这么看,她没有谈过恋爱,觉得爱情是最可宝贵的,可以惊世骇俗。这是因为她不曾有过正常人的生活,不知道爱情的势利和虚妄。诗词中唱的,戏文里演的,小说里写的,固然不尽是虚构,但它们同生活相去甚远。只有生活是铁律!

因为有人敲门,我摁掉了手机。小露应该听得见敲门声。是前台的女士来送毛毯,她说今晚有雷阵雨,要降温,叫我注意保暖。没想到这些都被小露听了去,因为我按错了手机键,并没有结束通话。

"哎哟,谁呀?这么关心你!"小露不无醋意。

"是前台女士,来送毛毯的,说今晚会降温……"我解释说。

"她真好!怪不得你管她叫前台女士……"

"我平素不喜欢直呼人家为服务员,年轻的叫姑娘或小伙子,年纪稍大的叫女士或先生……"

小露听闻后咯咯地笑个不停。"怪不得你人缘这么好!"

我说:"这是起码的尊重,习惯了。"

她立刻附和说:"这个习惯真好,我喜欢,以后定当学而时习之……"

我哂笑说:"见贤思齐,好姑娘!"

她笑着回敬了一句:"你也会不失时机地夸耀自己呢!"

我越来越觉得这样下去小露不仅帮不了我,反而会成为拖累。事实如此,就在我们刚刚打完电话准备休息时,我接到了小朝的电话。她在电话里假惺惺地问候一番,我不耐烦地说了声谢谢。她说她妈果然如我所愿,又重新回到了人间。我问她把老白和小关怎么样了。她说:"不好意思,老白挂了,关先生又回到我母亲如是大师身边了……"听到这里,我的脑袋立刻炸了,两耳嗡嗡作响。难道这小关一直在跟我演戏?难道他蹲监狱、进精神病院,都只是为了引我上钩?关键是他这一叛变,或者说是原形毕露无疑会影响小露的立场。倘果真如此,那么我这么多年的苦心经营都将毁于一旦。

翠花完全可能换一种面目重新占领小桥边。即或不是这样,她也有的是资本和办法东山再起。但再造一个"世外桃源"不可能了。时移世易,她即使再有钱也买不到偌大的地方,更不可能瞒天过海伪造一个"军事重地"。但我同样会举步维艰,首先是现在的手机不能用了。既然这个手机不能用，就意味着我必须继续借用石头的名义重新买一台手机、换一个新号。这就意味着我不能再同小露有任何联系。

这辈子总在痛苦地抉择，而且一次比一次沉重。放弃国外生活、丢弃绿卡是为了知恩图报的一腔热血，也为了过上正常的生活，岂知事与愿违。国之情怀成了一句口号，家之安然也被翠花无情地腰斩。如今连唯一的知己和忘年交也成了问题，不能不忍痛背弃。一切来得如此急速，如此残酷，就像古人说的"屋漏更遭连夜雨，船迟又遇打头风"！我不知道接下来还能做些什么。

又是一夜未眠。我想起了前台的那位女士，也许她可以帮我找一点安神药物，否则我这把老骨头很难支撑下去。

清晨，我找到了她，告诉她我要离开了，但希望得到一点安眠药。她问是艾司唑仑还是阿普唑仑。我说都行。她随即从抽屉里翻腾出一片艾司唑仑，说这是一位常客落下的。疫情之前，他每年都会来住上一两个月，说是为了缓解生活压力、消除家庭矛盾。我没吭声，因为我不知道这样的人何来何往，也不知道他或如他者何以如此逍遥。

她得知我因为难言之隐想换一家旅店，便好心向我推荐了闺蜜工作的连锁酒店。她说这家连锁酒店在全国各地都有分店，可以接待散客，也可以申请成为会员。会员折扣很多，而且有健全的保密机制。我谢过她的好意，随即办了退房手续。本想留给她一点小费，可想到不能慷他人之慨，且自己未来日子艰辛，也就作罢了。

我没有行李。先到附近手机店买了一台过季型号，并用石头的身份证号码注册了新卡，同时卖掉了小露送我的那台手机，然后带着卸下的旧SIM卡辗转到了那家连锁酒店。这是一家中低档便捷酒店，但设施完善，房间也整洁安静，卫生间、浴室等一应俱全，最重要的是距离原来的旅店或客栈不算远也不算近。安全起见，我没有找那位女士的闺蜜。

我大致绕着酒店走了两圈，顺道把旧卡送给了一位倒卖手机的年轻人。他长得像个流浪汉，一看便是吃了上顿没下顿的懒惰坯。我之所以送他旧卡是因为经他之手足可转移翠花和小朝的视线。谁知道他会转手给什么人，反正不会是附近的正经人。这样一来，她们再想定位我就没那么容易了。可问题是我拿手机干吗呢？我还能给谁发信息打电话呢？

好在我卖掉旧手机之前，给小露发了好几个挺长的短信。那手机簇新的，没用几天，卖了它心里多有不舍，毕竟它是小露留给我的唯一物件。但命比物件重要，何况它也算不得信物，更何况我已经向小露表达了十分的歉意、十二分的情意。我把原委和结果都说得一清二楚。她会明白和原谅我的无奈，即使不肯原谅也无所谓啦，对于一个走投无路的老人，她奈我何？我奈我何？

当晚，我早早地服下一片安定，心想总算可以在翠花毁灭我之前美美地睡上一觉了，岂知药量不够，或者安定过期了，反正连续吃了三片都没能入眠。一气之下，我翻身起来打开电视，看了会儿俄乌战事。人烦恼无助的时候，悲剧是最好的催化剂，而非喜剧。后者只能供那些饱食终日、无所事事者消遣找乐。我这辈子几乎只看悲剧，也许就是因为它们的主人公往往比我更惨、更苦。

　　我寻思着有朝一日国家面临战事，自己会毫不犹豫地挺身而出，即使当炮灰至少也可消耗敌人的一些子弹，甚至一枚炮弹吧？人生自古谁无死，死得其所，何乐而不为？这么一想，忽然觉得活着还是有价值的，自己也因此而变得高大了许多。结果一高兴就蒙蒙眬眬地倚在床头上睡着了，而且做了一个奇怪的梦。我梦见翠花变成了间谍，她的任务便是蒙蔽国人的心志，用稀奇古怪的迷信腐蚀单纯的心灵。从占星术，到塔罗牌，再到阴阳八卦、生辰八字、奇门遁甲、运势测算，包罗万象，弄得万千信徒心醉神迷。

　　典型的阴谋论！但这不是没有可能。以她所造成的危害看，恐怕抵得上一枚精神原子弹，而且比"小男孩"的当量高达数百乃至上千倍。

五

　　第二天一早，我用过早餐，毫无目的，在街上溜达，走过了十几条街口后，碰巧遇到了那个倒卖手机的家伙。他认出了我，我随手把吃早餐时顺来的一个煮鸡蛋递给了他。他顾不得感激涕零，忙不迭向我转达了一个女孩的十几个短信。我问他是怎么知道的，他说一般倒卖旧手机都不带卡，"既然您送了我一张卡，我就插进去看了看，结果看到了这一堆短信。想不看都不行啊！"

确实是小露的回复。她悲痛欲绝。主要不是因为我失信于她，中断了联系，而是由于她发现养父果然又拜倒在大师的脚下了，对她唯命是从，还死活不听她的规劝，甚至扬言要斩断父女之情。将心比心，我对她的心情感同身受，但事到如今也是爱莫能助。我泥菩萨过河自身难保，而且继续与她保持联系意味着暴露自己的行踪。虽然她一再表示我可以尽快回到小桥边，鹿死谁手还不好说，可单凭小桥边人我们又怎么斗得过如是帝国？翠花的手段我们不是没有领教过，那是无所不用其极啊！

可我如果不回小桥边，显然也是等死。首先，小露给我的钱很快就会用完；其次，宁州镇是个小地方，翠花要找到我犹如探囊取物，易如反掌。我自己的银行卡藏在石头家，而且藏得很好，小朝不太可能找到，除非她一把火烧了那栋楼。但后者是冒大不韪，因为楼上住着十多家富豪，小朝那样做形同自杀，甚至还会牵连如是大师。我必须而且完全有可能取回银行卡，非如此就了无回旋的余地。所幸疫情期间，重要的是健康码，我随即到宁州医院去做了核酸检测，以备不时之需。无论如何，我得尽快伺机北上。

第二天凌晨，健康宝显示绿码。我到车站买了票，还办了一张临时身份证。万事俱备，只欠东风。不瞒你说，这东风就是我送给小伙子的那张老卡。我要适时知道小露的信息。于是，我又开始在街头转悠。我要找到他，一为小露，二为小桥边，我期盼政府机关已经着手小桥边的政改事宜，期盼这个与世隔绝的村庄早日搭上现代化高速列车。

离开宁州之前，我专程到原先居住的旅馆向那位其名不详的前台女士告别。她用嗔怪的口吻对我说，她的闺蜜一直没好意思找我。我说是我不好，没有及时联系她。不过无所谓，有缘自会相见。她说闺蜜丧夫后一直寡居至今，一晃已经五十多岁了，因此我是个不错的选项。呵呵，原来我成了选项！看来如今大家关心的依然是好歹成个家，以免做孤寡老人。然而，空巢老人不是很多吗？为什么大家不组织起来成立老年公社呢？

我又想多了，还是先管好自己吧！临别，我用我的方式对前台女士的一番美意表达了感激之忱：给了她一张小桥边的名片，上有祠堂长老大号。确实是大号，双关的！

一路无语。唯有匆忙的转乘和高铁的时速。

回到既熟悉又陌生的城市。既熟悉又陌生，这种伴随我一生的情状再次出现，不知此次是福是祸。民谚说得好，"是福不是祸，是祸躲不过"，我只能试试，别无选择。我先乔装成捡破烂的老太太在石头家附近打转转，确定没有异状后悄悄溜进地下停车场，然后按动专用电梯。但密码不对了。一定是小朝动了手脚！

一路上舟车劳顿，光薅胡子这项已经让我痛不欲生，眼下却是走投无路：不能进入石头家意味着找不回银行卡和身份证，没有银行卡和身份证我就寸步难行，甚至不得不沦为乞丐。关键时刻我记起了石头的一句掏心窝子话，他曾对我说，小时候我们一起窃书是他这辈子最开心的事儿。既然可以翻窗窃书，如何不能爬楼入房？

我到后花园探察一番，我房间的阳台旁边正好有一根下水管道，顺着下水管道往上爬，就可以像小朝故事里说的那样抵达三层阳台窗户。以防万一，我房间的阳台窗户从来不插销，因而很容易打开。至于纱窗，那就比较容易解决了。

天色已近黄昏，我期待夜幕降临。在这个风高月黑的晚上，我要扒窃自己的银行卡和身份证。老年的惴惴不安渐渐转化为少年的兴奋。也许，我的这般身手应了一位同代作家王蒙借用日本动漫的说法："活动变人形"。脖子能转五十度，腰腿也灵活，这都是拜生活所赐。古人也曾有言："人挪活，树挪死。"这辈子我一直在挪来挪去，就差没坐航天器上月球了。可惜小说中的人物为了鸡毛蒜皮腻腻歪歪吵吵闹闹，还不如我来得潇洒。行当所行，终当所终，没啥了不起！

我倚在一棵银杏树上佯装做站功，双手空抱，想象宇宙入怀。结果站着站着睡着了。醒来时我瘫坐在地上，一只爬虫登上了我的鼻子。它及时叫醒了我。我伸展胳膊和双腿，准备爬上三楼，潜入石头家。石头在天之灵一定会窃笑。管他呢！

我用尽吃奶的劲儿爬到三层，结果发现窗户被插销牢牢地固定着。什么人这么缺德？一定又是小朝！我意兴阑珊地顺着下水管滑到地面。这时，忽然射来一束强烈的灯光。完了，我被保安发现了！我正惊惶失措，一个保安匆匆跑来。我面临束手待擒或负隅顽抗的终极抉择，岂料他和颜悦色地对我说："我认识您，您是石老总的朋友。怎么啦？进不去了？"

我点头称是。他说："有个朋友临走修改了密码，他叫我告诉您，他在原先的密码后面加了个@，您试试看。"

哎呀，谢天谢地！果真是天无绝人之路！我谢过保安，直奔专用电梯。果然，密码一试就灵。我进了石头那既熟悉又陌生的房子。果真是既熟悉又陌生：房间被折腾得面目全非，就像 FBI 来过似的。但他们万万没有想到，我把身份证和银行卡塞在一双回力球鞋的鞋垫下面。鞋子很旧，鞋垫很厚，又脏又臭，我从来不穿，却是故意设计的。球鞋明晃晃地扔在阳台上，

我掀开粘了 502 强力胶的旧鞋垫，掏出银行卡和身份证。当初将计就计，答应小朝去"世外桃源"没来得及穿是对了。现在卡里应该积攒了不少钱，可资未来进退所用。

但是，我得马上离开石头家。既然老白可以借保安助我一臂之力，这里也一定少不了小朝的耳目。我决定趁黑

离开，回自己家去。可转而一想，自己家也不安全。小朝和小关知道那个地方，何况家徒四壁，连食物都没有，去了何益？也罢，我还是尽快回到宁州去，视情势再考虑是否回小桥边。

由于不甘心就这么潸然离去，我又打车绕体验馆走了一趟。体验馆因疫情暂时关闭了。小朝和小关一定追随翠花躲在什么隐秘的去处。我找不到他们，即使找到他们也毫无意义。我能做什么？他们一定草木皆兵，戒备森严，我去了也是鸡蛋碰石头自取灭亡。还不如先回小桥边看看。我相信修水人民政府已经接管小桥边，接下来只是修路三通的问题。

第二天一早，我买了回宁州的车票。经过一天的折腾，我终于回到了那个熟悉的旅店。前台值班的还是那位中年女士。她见我这么快就回来了，顿时喜出望外。她说这次无论如何得安排我和她闺蜜见上一面。

"我现在没有心情。"我对她说。

"见了面不就有心情了？我闺蜜不错的，要形有形，要貌有貌。"她坚持说。

我既没答应，也没拒绝，只说有点累了，想早些睡觉。她说没问题，我给你安排原来的房间，反正现在客人少，一切都好办。

我交了押金，准备上楼，忽然想起还没来得及出示健康宝。

"我还没扫健康宝呢！"我说。

"噢，对啊！来扫一下。"她正在给谁拨电话，"我正在给闺蜜打电话呢，咯咯……"

我扫了健康码，然后就上楼了。房间还是那个房间，连打扫都免了。但那位女士很快跟了上来，她是来送消息和果盘的。

"我跟闺蜜说好了，明天中午一起吃饭。下午你们到公园去逛逛。一切我都安排好了，包你们满意！"

我尴尬地笑了笑，却并没有吭声。她放下果盘后挥挥手走了，临出门又来了句："您没有行李箱吗？"

我说不用，因为我很快就会离开。

"那您还回来吧？"

我说也许吧。

"必须的，我闺蜜肯定喜欢您，她说她偷偷见过您，咯咯咯……"

"她不知道我七十多了？"

"知道啊，那又怎么样。人家那个教授不是八十多岁还结婚了吗？"

"……"我真不知道该说些什么了。

"您先歇会儿，我忙去了，有事随时吩咐，打个电话就行。"她指指写字台上的电话机说。

六

这世上好心人真是不少。像这位非亲非故的女士，她可以因为一面之缘替闺蜜操心人生大事，难道不值得尊敬和感佩吗？而这样的人在我单位，在我邻里和相关圈子中比比皆是。可见翠花这样的奇葩还是极少数，而这些极少数恰恰利用了大多数人的善良和轻信。

我不能接受女士的好意，但又怕她和她的闺蜜伤心，就留了一封热情洋溢的感谢信，自己却吃完早饭就悄悄撤离了。我要去小桥边。我熟悉回去的路。唯一的需要是一套防寒服和一根棍棒。我有之前的教训，露宿野外，一不小心就会感冒生病。于是，我在小露曾经采购的杂货店买了一些干粮、饮料、绳索、酒精、打火机和一副简易防毒面具，用一只廉价的双肩包装好后径直上山奔赴小桥边。

是夜，我在岗上的一棵老树上安顿下来。我在两丈高的枝丫上用绳索织了个网，然后穿上防寒服踏实地睡下了。我惦记着旅馆前台的那位女士。我猜她没少给闺蜜介绍对象，可结果并不尽如人意。她一定很失望，一定以为我脑筋出了问题。

想着想着我就迷迷糊糊地睡着了，直到太阳升起，群鸟出林。荒郊野岭，鸟儿的鸣叫声格外响亮。太阳却显得有点懒洋洋的，它似乎还没有完全睡醒。我收起绳索，爬下树来，脱掉防寒服，收拾好背包，开始朝山下走去。孤单一人，路就被延长了。山比从前高了许多，坡比过去陡得紧哪！

我后悔走得太急，几乎是一种逃跑，以至于没来得及去看看那个倒卖旧手机的小伙子。也许他有小露的新消息，也许没有。想象一个人的独白是很无聊的，谁吃饱了撑的会没完没了地跟一个影子说话。对小露而言，我就是一个影子，一枚断线的风筝。自从我单方面掐断了联系方式，小露的心情可想而知。即便她再善解人意，也不可能对一个放弃信任的家伙心存幻想。何况我一无所有、一无是处，甚至还是她养父和教母的仇敌。

我花了大半天时间好不容易下到山脚下，要想登上第二座山岗，恐怕还得加油。我边吃干粮，边想象到达小桥边、见到小露的情景。但一切犹如梦境，变得虚无缥缈。也许所有孤家寡人都会丧失信任，缺乏信心。这时，我尽量回想起旅店的女士，她就像眼前的一抹晚霞。其实那是午后的阳光，被山岗和树林遮蔽了妖艳。我喜欢追逐这颗太阳，随它早些抵达已经或者根本不是世外桃源的"世外桃源"。

我多么希望小露心有灵犀，在小桥南边的草地上等我。真是痴人说梦！她如今在不在那里都说不准。也许翠花和小关捷足先登，早将她掳走了。也许她已经把我撇到了脑后，终究是志不同道不合，不相为谋。果然是此一时彼一时，人生易尽朝露晞，世事无常陡生疑；自从离别成陌路，山坡蹉跎草木奇。我喜欢改编古诗文，这是排遣惆怅的好方式。斯人已矣，世道变迁，唯有心情很古。喜怒哀乐，悲欢离合，总能恰如其分地撩拨心弦。

走啊走，爬呀爬，日头慢慢淹没在自近而远的黑幕之中。我总算爬到了岗上，顾不得疲惫，先找一棵枝丫丰茂的大树作为栖息的地方。很快,月亮星辰布满了天空,猫头鹰不时地发出咕咕的叫声。我睡在树上观望太空,祈祷着豹子不要上来同床共眠。

似睡非睡之中,有意无意之间,我想起了一个遥远的地方。那是非洲中部的肯尼亚,由于发生部落冲突联合国派遣维和部队前去平息。在维和部队中有一名欧洲士兵,他二十岁了,却没有真正谈过恋爱。结果在非洲有了艳遇。那是一位白衣少女,她明眸皓齿、才貌出众,嫣然一笑能使所有男性为之倾倒。可她偏偏喜欢那个没有恋爱经验的小士兵。有一天,她故意从他哨所走过,引起了士兵的注意。她主动与他搭讪,问他站岗累不累。他说不累,每天仅两个小时,其他时间都在身后营地里出操、读书、看电视。"那也挺辛苦的。"少女说,"你明天还是这个时间来站哨吗?""是的。"士兵说完就后悔了,觉得这是军事机密,不应该告诉外人。可少女说了,她不是外人。第二天,少女又来了,士兵开心极了。虽说站岗不过两小时,但终究是一个人,连说话都得自言自语。很无聊!

少女依然是一身雪白的长裙,这在当地非常罕见,因为地上到处是带着牲口粪便的野草,长裙很容易被刮破弄脏。但少女的裙子始终一尘不染,士兵心想,她肯定是刚刚洗净换上的。第三天,少女还是准时出现在哨所,但不巧班长过来巡视,士兵立刻不知所措。倒是少女显得很从容,她朝士兵挥挥手,表示自己可以走了。哨所的灯光很亮,而她又穿着耀眼的白色长裙。士兵立即报告说,刚才的那个少女是他两天前认识的，但彼此没有发生任何越轨之举。班长问哪个少女。士兵以为班长故意替他隐瞒，假装什么也没看见。可士兵依然惴惴不安，指着几十步开外的白衣少女说，就是她。班长摸摸士兵的脑门说："你没有发烧吧？什么少女？这儿哪里有人？"士兵见班长是认真的，顿时汗毛森竖，发现少女果然不见了踪影。前几天，他都是目送她离去的，一直可以看到她经过两百米开外的下一个哨所后渐渐消失，可今天却突然烟消云散似的没了踪影。这时，班长给他讲了个故事，话说几年前的一个夜晚，他在这个哨所见到了一位白衣少女……车轱辘故事重新开启，士兵茫然若失。

这个故事来历未明，但我始终不以为然。哨兵寂寞难耐，想入非非而已，譬如我现在独悬树上，说什么、想什么都无所谓是非善恶；或者没话找话，给别人讲个哥特式故事打发时间。但翠花不一样，她装神弄鬼意在谋财害命。

不知不觉中，晨光熹微掰开了我的眼帘。我惊喜地发现树上结了不少果子，像青苹果，也像榅桲。我爬到枝丫上摘了一个。一尝果然好吃，吃了还口齿留香。于是我摘了不少，正好填充我日益干瘪的双肩包。

太阳刚露出半张笑脸，我就开始了下山的旅程。中午又到了那条小溪边，日前的篝火堆还散发着余灰的特殊气味。我想早点登上最后的山岗，因此稍事休息就继续前进。山坡上有我们留下的足迹。仔细辨别，还可以闻到小露的馨香。她喜欢偷用祠堂里供奉神明的香精。自从我当了长老，她便明目张胆将香精占为己有了。

想着遥远得不着边际的故事和近在咫尺的小露，我的脚步变得轻松了许多。不到晌午，我就登上了最后的山岗。围墙已经被拆得七零八落，山火的痕迹也所在皆是。我遥望着山下曚昽的小桥边村，顿时失去了浮想联翩的憧憬。等待我的很可能是危机四伏的日日夜夜。我不像翠花，她来到小桥边是为了逃避衰老，而我却是注定要在这里遭遇结局。它一定比鬼故事更恐怖，因为我不知道鬼在哪里、什么时候出现，更无法料定等待我的是生不如死的煎熬还是死不瞑目的了断。

但是我来了。我远远看到小桥边有孩子在玩耍。那是一片我们亲手营造的沙滩，河水浸淫过小露的完美身影。再往后是正在修葺的祠堂。短短数日，它居然已经初具规模。主体建筑的梁柱已经架好，就等墙体和椽子黛瓦了。

我不想一开始就被人发现。我决定绕道去南山坡。到了南山坡，我改变主意，去了西山洞窟。我看见洞窟大门洞开，但仍是一片焦煳味儿。我悄悄进入洞窟，将耳朵贴在洞壁上屏息倾听。一片寂寥。我打开手机电筒，摸索着朝地宫方向走去。到了地宫，除贮藏食品的仓库被清理一空，其他与此前并无二致。估计到了上灯时分，我戴上防毒面具在地宫坐了一会儿。关掉手机电筒的一刹那，地宫一片漆黑。但时间一久，轮廓慢慢清晰起来。我知道有一丝光线从地道渗入，地道外面应该还有人声躁动。也许人们还没有收工，也许是胡大他们在商量工程进度。我多么希望听到小露的声音。但遗憾的是没有。没有！

我不能一直待在地宫里。这里没有床铺，而且桐油的焦煳气味令人窒息。我得出去。我想念我的"凶宅"，那里有我的温床，有小露的气息。外面的人声开始远去。我可以出去了。

我沿着地道出了地宫。翠花的后院已经被夷为平地。按照我的设计，这里将成为祠堂的后花园，可供人们休闲小憩。当然，我不知道今后人们将如何安排。这与我还有关系吗？我不知道。

乘着夜色，我回到了"凶宅"。它依然空着，犹如被诅咒的地方。我从后门溜进去，随即关上前门。但嘎吱的关门声惊动了隔壁的胡大。他过来敲门："长老，是您回来了吗？"

"是的。"我只能这么说。

我赶紧替他开门。

"真的是您？太好了！"胡大情不自禁。

"你们都好吗？"我问道。

"都好……"他分明是欲言又止。

"怎么了？"

"小露姑娘被接走了。"

"被谁接走了？"

"被大风车接走了。"

我知道胡大所谓的大风车就是直升机。难道是翠花他们将她掳走了？

"是一个跟她长得一模一样的人把她接走了。"

一定是小朝。既然是小朝，那么小露必定是凶多吉少。

"你们为什么不阻拦呢？"我严厉地询问胡大。

"是小露姑娘自己要走的。我们都送她来着。"

"她临走说了什么？"

"她把这个留下了，说是等您回来了务必交给您。"胡大说着从衣袋里取出小露的手机。

"她是当着众人的面这么跟你说的？"

"不是，她是悄悄跟我说的。"

我明白了，小露一定在手机里留下了什么话。我请胡大回家休息。"让我看看她的手机吧！我们明天再说。"我跟他说。

胡大走了。我关上宅门，这才发现外面围了很多人。胡大叫他们都回家去，人们依依不舍地离去了。我急忙打开小露的手机。果然，她留了话，而且是几段视频。她说小桥边不用担心了，政府会派人来妥善处理相关事宜。问题是翠花和小朝她们已经给她打过恐吓电话，叫她注意我的动向，以便戴罪立功。她十分担心我的处境，因此愿意再次与豺狼"同流合污"，也好见机而行。她目衔泪花，一个劲儿地叫我多加珍重。

看来果真是心有灵犀。在没有预先商议的情况下，她走了，我回来了，但目标只有一个：打破如是帝国一手遮天的高危局面。如今大局已定，只欠东风。这东风可能是小桥边人的觉悟，也可能是小关和小露父女的声讨。父女情深，我相信小关最终会醒悟，也许他只是迫于翠花的淫威，暂时委曲求全；也许他在等待更好的机会，以便一网打尽。无论如何，形势大好。

当夜，我从睡梦中惊醒。我看到青春靓丽的翠花刹那间变得老态龙钟。她嬉笑着朝我扑来。我拼命挣扎，但手脚无力，身体犹如一摊烂泥。但是，我目光如炬，直勾勾地看着她。她怯懦了，双手慢慢垂了下来。似有屠刀咣当一声掉在地上，迸发出许多的火星。

我说："你怎么不动手啊？"

她无言以对，搞了那么多鬼、编了那么多鬼故事，最终化作一缕青烟，袅袅地钻入地下，化作土，化作尘，化作无。我想，这方水土从此清明，岁月从此静好，人心从此爽朗。

俗话说得好："谁知道明天和意外哪个先来呢？"

据传，翠花被绳之以法，判处无期徒刑，没收全部赃款。而我，似乎一直在梦里，就在梦里强颜欢笑吧！